珍藏本
纪念版

汉译世界学术名著丛书

一个孤独的散步者的梦

〔法〕卢梭 著

李平沤 译

商务印书馆
SINCE 1897 The Commercial Press

2017年·北京

Jean-Jacques Rousseau

LES RÊVERIES DU PROMENEUR SOLITAIRE

Oeuvres Complètes de J.-J. Rousseau

Volume I, Pleïade, Gallimard

1959

根据法国伽里玛出版社 1959 年版译出

卢梭像

汉译世界学术名著丛书
（120年纪念版·珍藏本）
出 版 说 明

2017年2月11日，商务印书馆迎来120岁的生日。120年前，商务印书馆前贤怀揣文化救国的理想，抱持"昌明教育，开启民智"的使命，立足本土，放眼寰宇，以出版为津梁，沟通中西，为中国、为世界提供最富智慧的思想文化成果。无论世事白云苍狗，潮流左右激荡，甚至战火硝烟弥漫，始终践行学术报国之志，无改初心。

逐译世界各国学术名著，即其一端。早在20世纪初年便出版《原富》《天演论》等影响至今的代表性著作，1950年代后更致力于外国哲学和社会科学经典的译介，及至1980年代，辑为"汉译世界学术名著丛书"，汇涓为流，蔚为大观。丛书自1981年开始出版，历时三十余年，迄今已推出七百种，是我国现代出版史上规模最大、最为重要的学术翻译工程。

丛书所选之书，立场观点不囿于一派，学科领域不限于一门，皆为文明开启以来，各时代、各国家、各民族的思想与文化精粹，代表着人类已经到达过的精神境界。丛书系统译介世界学术经典，引领时代思想，为本土原创学术的发展提供丰富的文化滋养，为推动中国现代学术和现代化进程做出了突出的贡献。

为纪念商务印书馆成立120周年，我们整体推出“汉译世界学术名著丛书”120年纪念版的珍藏本，寄望既利于文化积累，又便于研读查考，同时向长期支持丛书出版的译者、编者和读者致以敬意。

两甲子后的今天，商务印书馆又站在了一个新的历史时间节点上。我们不仅要铭记先辈的身影和足迹，更须让我们的步伐充满新的时代精神。这是商务人代代相传的事业，更是与国家和民族的命运始终紧密相连的事业。我们责无旁贷，必须做好我们这代人的传承与创造，让我们的努力和成果不仅凝聚成民族文化的记忆，还能成为后来人可以接续的事业。唯此，才能不负前贤，无愧来者。

商务印书馆编辑部

2017年10月

译者前言

我要写一本蒙台涅写的那种书，但我的目的与他的目的相反，因为他的《论文集》完全是写给别人看的，而我逐日撰写的文章则是写给我自己看的。[①]

卢梭

各位读者，这是一本一字一句皆出自真诚的书。你把书打开一看，就会发现，书中所言，除家庭和个人之事以外，便无别的。[②]

蒙台涅

卢梭的《一个孤独的散步者的梦》开始写作于 1776 年秋季。1778 年 5 月 20 日他离开巴黎，搬迁到吉拉尔丹侯爵向他提供的埃默农维尔山庄的新居。在新居仅住了一个多月，7 月 2 日上午在山庄散步回家后，突感不适，病情急剧恶化，来不及抢救，于 11 时与世长辞。从 1776 年秋到 1778 年 7 月这一年多“孑然一身，没有兄弟，

① 卢梭：《一个孤独的散步者的梦・第一次散步》。

② 蒙台涅：《论文集・致读者》，《法国散文精选》，李平沤选编，北岳文艺出版社 1999 年版，第 1 页。

没有邻人，没有朋友，没有可与之交往的人”的日子里，卢梭为什么要记述他散步中的“梦”呢？读者在展卷阅读本书之前想必要提出这个问题。这个问题提得好，先弄清楚这个问题，对于了解卢梭写作此书的因由和思路的展开与笔调变化的掌握，是有帮助的。以下，译者谨就管见所及，与读者一起对这个问题进行初步的探讨。

[一] 事情要从《忏悔录》说起

(1) 听众的沉默是不祥的征兆

1764 年末，卢梭在莫蒂埃[①]开始写作《忏悔录》。1766 年 3 月至 1767 年 5 月流亡英国期间写完了前几卷，而最后 1 卷(第 12 卷)大约于 1770 年杀青。他满怀希望，以为用这部“披肝沥胆地暴露自己”的书可以证明自己的无辜，消除人们对他的误解，终止官方和教会从他的《爱弥儿》1762 年被判为禁书之后对他的迫害，并揭露敌人对他的诽谤和施展的种种阴谋。而要达到这个目的，他必须敢于结束 1767 年 5 月从英国潜回法国之后居无定所的逃亡生活，回到巴黎。多亏孔迪亲王从中帮助和多方疏通，巴黎当局才默许他回到首都，只要他不随便发表文章，大家就不管他。于是，1770 年 6 月 24 日他又回到了他从前居住的普拉特里埃街(今让-雅克·卢梭街)的圣灵

① 卢梭想写一部表述自己一生清白的《忏悔录》，酝酿了很久，但始终没有动笔；因为写这样一本书，必然要涉及别人。1764 年 12 月，伏尔泰的《公民们的看法》这本恶语伤人的小册子传到莫蒂埃后，卢梭便抛开一切顾虑，着手写这部书。

公寓；经历了8年苦难的流浪生活到此终于告一段落。

他始终记住他此次回到巴黎的目的。尽管他“不随便发表文章”，但他要另想办法“公布事情的真相，他几次邀请公众来听他朗读他的书[①]。第一次是12月在佩泽侯爵家，第二次是12月末在多拉家，第三次是1771年2月念给瑞典王子听，还有一次是5月在埃格蒙伯爵夫人家”[②]。在埃格蒙伯爵夫人家读完第12卷[③]后，他表情严肃地发表了如下一段声明：

> 我讲的都是事实。如果有人说他所知道的情况与我所讲的情况相反，即使他说的情况是经过千百次验证的，他心里也明白，那全是谎言和诬蔑不实之词。如果他不去深入调查，并在我活着的时候给我把事情弄清楚，那他就是一个不公平正直和不尊重事实的人。至于我，我要在这里毫无畏惧地公开声明：将来无论什么人，即使他没有读过我的书，只要他亲自对我的天性、我的人品、我平日的作风、志趣、爱好与习惯进行一番观察之后，还硬说我为人不诚实的话，那他自己就是一个理应被绞死的人。[④]

他讲完这段话以后，满以为可以得到热烈的响应，然而听众却报以死一般的沉寂，一个个全都默不作声。这样的气氛，不仅令人

① 指他的《忏悔录》。

② 见雷蒙·特鲁松：《卢梭传》，李平沤、何三雅译，商务印书馆1998年版，第386页。

③ 他每次朗读，都只朗读《忏悔录》第7至12卷，而没有朗读第1至6卷，因为“这6卷的内容不适合于读给女士们听”。

④ 卢梭：《忏悔录》，巴黎“袖珍丛书”1972年版，下册，第476页。

尴尬，而且是一个不祥的征兆。果然，1771 年 5 月 10 日，巴黎警察总局局长应埃皮奈夫人的请求，下令禁止卢梭向公众朗读他的书；法官也召见他，告诫他要“安分守己”，否则就会导致法院对他的旧案重提。这一下，他被封住了嘴。

敌人胜利了，让-雅克·卢梭再一次遭到失败。

(2) 圣母院的祭坛被关闭，这难道是上天的旨意？

卢梭失败了，但他并不认输。禁止他向公众朗读《忏悔录》这一做法的本身，难道不是正好证明他的敌人心里有愧，证明他的敌人还在继续玩弄阴谋，而他更加有为自己辩护的必要吗？现在，摆在他面前的问题，不是要不要继续为自己辩护，而是如何辩护；这时，他忽发奇想：写一本与《忏悔录》在形式和笔调上完全不同的书；在这本书中，他将不像在《忏悔录》中那样详细陈述事实和内心的感情，而要自己对自己作一次客观的分析和评判。他把自己一分为二：把“让-雅克·卢梭”分为“让-雅克”和“卢梭”，另外还设想了一个法国人，通过他和这个法国人的对话，阐明他一生行事的是和非。从 1772 年到 1775 年底，他极其秘密地以《卢梭评让-雅克》为题写了三篇《对话录》。文字有时明快，有时晦涩，拐弯抹角，故布疑阵。被一分为二的卢梭和一个法国人谈论那个人人都在评说，但谁也不真正了解的让-雅克。卢梭读过让-雅克的著作，并且十分赞赏，而那个法国人没有读过让-雅克的书，却没完没了地重复让-雅克的敌人散布的流言飞语和捕风捉影之词，说什么作品是好的，但作者是一个十恶不赦的坏人！作品的“好”与作者的“坏”是矛盾的，如何解决这个矛盾？如何论证让-雅克是一个好人？如何论证这个热爱真理和热爱人类的让-雅克与他的作品之间的统一性？是卢梭这部《对话录》全书的主题。

第一篇《对话录》主要是回顾他的敌人对他策划的一系列阴谋，并坦率承认他的过错，后悔他不该抛弃他的孩子，他说他良心上的责备使他感到如同身在囹圄。在第二篇《对话录》中，卢梭说他经过调查，查明让-雅克并非人们所说的是一个坏人；人们之所以迫害他，是因为他敢说真话，他说："让-雅克人如其文；他言行一致，他的生活与他奉行的立身处世的原则是一致的。"第三篇《对话录》主要是让那位法国人讲他的看法；他说他在读了让-雅克的著作之后才恍然大悟这些著作的作者并不是一个坏人，还说他将和卢梭一起去收集能够证明让-雅克为人正直的证据，以便让后世的人们终有一天明白他是一个好人。

《对话录》大约完稿于1775年末；写好后，他并不公开发表，而是想悄悄把它藏在巴黎圣母院的祭坛上，托付给上帝替他保存。1776年2月24日他走进圣母院时，突然发现祭坛被人用栅栏围起来，栅栏的门被锁上了。他在巴黎生活了三十余年，从未见过祭坛周围的通道被关闭过，今天突然关闭，难道说上帝也要把他拒之门外吗？既然如此，以后就听天由命好了。于是他决心从此以后永远放弃为自己申辩的打算，因为他深信"不管人们怎样做，上帝自有安排，……我把该做的事情都做了，人们就休想折磨我，就休想使我死时心里不得安宁。"①他告诉人们"休想按照他们的模式

① 见卢梭：《前一部著作（指《对话录》——引者）写作的始末》，伽里玛出版社"七星丛书"，《卢梭全集》，第1卷，1959年版，第989页。

塑造一个让-雅克；卢梭将永远是原来那个卢梭”[①]。看来，他在说这个话的时候，就已经产生了用另外的方式和笔调写一部表述自己是何许样人的新作品；1776年九、十月间，《一个孤独的散步者的梦》的构思已大体上在他心中形成。

［二］1770—1776年：他以替人抄写乐谱谋生

有些人根据《对话录》中某些情节的描述十分荒诞，便认为卢梭写作此书时神志已经错乱，他晚年的头脑已不清晰。其实不然；我们从第一篇《对话录》中就可看出，书中的叙述是按照一定的顺序铺叙的，尽管有些谵言妄语，但事情的发展是合乎逻辑的。是的，卢梭晚年的脾气有些乖张，有时甚至反常，但他的思维一直是正常和健全的；1770—1776年这段时间，他的写作活动从来没有停止过。他应波兰米谢尔·韦罗尔斯基伯爵的请求，替波兰王国写了一本《关于波兰政府的思考》(1771—1772)；他为他的芭蕾舞剧《乡村巫师》增写了6首新的曲子，另外还写了许多短歌、抒情曲和二重唱，加起来大约一百首，在他去世后汇成一个集子，题为《我贫困生活中的慰藉》；在天气晴朗的日子里，他就到巴黎郊外去采集植物标本，而且，“为了讨得德莱塞尔夫人及其女儿小玛德隆的欢心，他还写了8封《关于植物学的信》。他说写这些信的目的，是使孩子们养成‘认真

① 见卢梭：《前一部著作(指《对话录》——引者)写作的始末》，伽里玛出版社“七星丛书”，《卢梭全集》，第1卷，1959年版，第985页。

观察,特别是养成正确推理的习惯。'"[1]除了这些活动以外,他还结识了一些新的朋友:《离恨天》的作者森彼得[2]就是其中之一。卢梭一生穷困,晚年靠替人抄写乐谱谋生;据他的账簿记载,这7年里替人抄写的乐谱有12000余页之多,"许多知名人士,如里涅亲王、加里齐纳、达尔贝公爵、德·克罗伊公爵、克伊翁伯爵,都曾气喘吁吁地爬几层楼梯到他的陋室来看望这个工作认真的小人物,只见他一刻不停地抄写,笔尖在纸上发出沙沙的声音。"[3]他这样勤奋工作,直到辞世前一年——1777年8月才完全停止。

[三] 最后一线希望一破灭,《梦》[4]的写作便开始

在《忏悔录》和《对话录》这两次为自己辩护的努力失败后,卢梭并没有气馁;他还依然抱着有朝一日为自己洗刷冤屈的希望。然而,正如俗语所说的:万事都有一个"料不到",他的希望再次落空;他在《第一次散步》中写道:

> 我心中恢复往日的平静的时间,到今天还不到两个月。尽管我早就什么都不怕了,而且满怀希望,但这个希望时而浮

① 雷蒙·特鲁松:《卢梭传》,商务印书馆1998年版,第390页。

② 森彼得(今译圣皮埃尔,1737—1814):法国作家,他的《离恨天》收入商务印书馆1981年版"林(纾)译小说丛书"此书今译作《保尔和维吉妮》。

③ 特鲁松:《卢梭传》,第392页。

④ 《梦》,《一个孤独的散步者的梦》的简称,此后,为行文的方便,有时用简称,有时用全称。

> 现在我眼前，时而又离我而去，搞得我心绪不宁，时忧时喜。突然，一件从未料到的令人伤心的事情把我心中的一线希望全都扫除干净，使我感到我的命运今生将万劫不复，再也无法挽回。从这个时候起，我决定一切都听天由命；如此决定之后，我的心才又重获安宁。[①]

这段话中所说的令人伤心的事情，是 1776 年 8 月 2 日孔迪亲王突然病逝。1762 年卢梭虽逃脱缧绁，未身陷囹圄，[②]但他心里一直想现身公堂，当众为自己申辩，得到一个公正的判决，恢复自己的名声，而唯一能帮助他达到这一目的的人，只有这位亲王；亲王一死，他的最后一线希望便随之破灭。万念俱灰的卢梭只好接受命运的安排，今后不再做任何徒劳的努力。他说："我要把我一生最后的时光用来研究我自己；我要及早准备我应当为我自己作出的总结。现在让我们全身心地投入与我的心灵进行的亲切的对话。"[③]他的《一个孤独的散步者的梦》就是在这种情况下产生的。

［四］对十篇《散步》的浅析

卢梭的《一个孤独的散步者的梦》是他在世最后两年的作品。

---

① 见本书正文第 6 页。

② 1762 年卢梭之能逃脱巴黎高等法院的逮捕，全靠孔迪亲王事前的通风报信；关于此事的经过，请参见本书正文第 6 页脚注①。

③ 见本书正文第 9 页。

1776 年秋写《第一次散步》，10 月 24 日在梅尼尔蒙丹被一条狂奔的巨犬猛撞，晕倒在地，没过几天巴黎街头便谣传他已死去，于是他便以这次事件为主写《第二次散步》。1777 年春夏写第三次至第六次《散步》；8 月，因视力不济，不得不完全停止替人抄写乐谱的工作，把他的时间用来研究植物学，到巴黎郊外去采集植物标本（《第七次散步》）。1778 年初写第八次和第九次《散步》。最后一次《散步》——《第十次散步》开始写于 1778 年 4 月 12 日星期天圣主枝日，没有写完，5 月便接受吉拉尔丹伯爵的邀请，迁居到伯爵在埃默农维尔仿照《新爱洛伊丝》中描述的"爱丽舍"的样式修建的庄园，仅住了一个多月，就于 7 月 2 日猝然病逝。

这十次《散步》所记述的文字，乍看起来好像是没有一定的次序，但仔细阅读便可看出，它们是按照作者预定的安排写的。这个预定的安排，见本书第 152 页《〈梦〉的草稿》第二十七段及对该段所作的译注。纵观全书，全书的整体布局是按照这个安排进行的，篇章之间内在的联系不仅行文自然，而且脉络清晰，例如《第二次散步》的头三段讲的就是《第一次散步》中陈述的作者的写作计划；《第二次散步》的结尾说"上帝是公正的……他知道我是清白无辜的"[①]。紧接着在《第三次散步》中，卢梭便追述他坚持宗教信仰的勇气和他与《百科全书》派无神论哲学家之间的分歧。从全书的内容来说，《梦》有两大主题。这两大主题，一个是写人，特别是剖析和评述作者本人；另一个主题是写自然，写自然的美和人与自然的心灵沟通。现在，让我们按照书中十次《散步》的顺序，对它们作一个简要的分析。

① 见本书第 23 页。

(1)《第一次散步》

这篇文字实际上是全书的“引言”，文中说明作者写作此书的原因，指出他如今孤独的处境是他的敌人长期策划的阴谋造成的；他说他发现敌人对他“布置的网罗是如此之大”，所以他从此将永远放弃在他“生前把公众重新争取到”他这一边的希望；他今后将不求助于任何人，而要反过来求诸自己，他说：“只有在我自身才能找到几许安慰、希望和宁静。”他庆幸自己的“心在逆境的洗涤下已得到净化”；他傲视他的敌人，他说：“尽管他们对我受到的屈辱拍手称快，尽管他们无所不用其极，但他们无法阻止我享受我的天真，安详地度过我的余生。”

(2)《第二次散步》

在这次《散步》的开头，卢梭着重说明了它将如何执行他在《第一次散步》中拟定的写作计划；他说他将忠实地记下他孤独一人散步时的思想“随着它们的倾向的发展而做的梦”，因为只有在他孤独一人散步时思考，他才“心无旁骛，毫无阻碍”。真正成了大自然希望他成为的那种人。

不幸的是，10 月 24 日正当他在梅尼尔蒙丹一边领略那片风景如画之地给他的愉快，一边回顾他“从青年时期到成年之后的心灵活动”时，被一条狂奔的巨犬撞晕在地，许久才在路人的救助下苏醒过来；他在书中记述了苏醒过来那一瞬间所见到的情景：

天色越来越黑。我看了一下天空，看见几颗星星，看见我周围是一片草地。这刹那间的第一个感觉，真是美妙极了。正是通过对这一景色的感觉，我才恢复了知觉；在这短暂的一瞬间我好像又诞生了一次似的。我觉得我所看到的这些东西充实了我微弱的生命。

然而，在他回忆当时的美妙感觉还余味未尽时，他头脑中挥之不去的疑虑又浮现在他眼前：他又想起了他的敌人对他玩弄的阴谋，因为巴黎街头盛传他已死去，甚至有人刊登了一则广告，说是要出版在他"家中发现的文稿"。于是，他不仅担心他的生命受到威胁，名声受到玷污，而更担心的是他的作品将被人篡改。可是，面对这一切，他又无可奈何，无计可施，只好求上帝为他作证；他说他相信"上帝是公正的，尽管他要我遭受苦难，但他知道我是清白无辜的。这是我的信心之所以得以产生的根源"。

(3)《第三次散步》

卢梭在这次《散步》中记述的是他对道德的追求和树立宗教信仰的艰苦历程。他在这两方面努力寻求的结果，都归纳在篇末最后一句对自己勉励和期望的话；他说："如果由于我自身的进步，我能够做到在临终之时比我在生之日虽不更好一些，但却更有可述的德行，我就引以为荣了。"

在文章的写法上，他用梭伦晚年常咏诵的一个诗句作全篇文字的出发点。不过，尽管他想像梭伦那样"活到老，学到老"，但"这么晚而又这么痛苦地从我的命运和他人摆布我的命运所采用的手法中获得的知识，对我有什么用处呢？""我们一生下来就进入了一个竞技场，直到死亡的时候才能离开。现在，我们已经到了赛程的终点，还有什么意义去学习如何更好地驾驭马车呢?”于是，他回顾他一生的经历，回顾他的童年，回顾他和华伦夫人的相识以及他在文坛的成功给他带来的厄运；他“严格检验”了他的内心和他与《百科全书》派无神论哲学家之间的分歧。对于他在《爱弥儿》中写的那篇《一个萨瓦者的牧师的信仰自白》，他依然深具信心，他说:“这部作品尽管遭到了现今这一代人的恶毒攻击和亵渎，但是，良知和信仰一旦复活，它终有一天会在人们的心中引发一场革命。”

(4)《第四次散步》

这次《散步》记述的仍然是关于道德问题的思考。

卢梭有几件深感内疚、悔恨一生的事情；他在《忏悔录》第二卷中所讲的“玛丽蓉丝带事件”就是其中之一。在一个富人家当仆人的少年卢梭偷了主人的一条丝带，被发现后，却满口谎言，说是女佣玛丽蓉偷来送给他的，致使这个小姑娘受到了伤害。诬陷他人，这是有损道德的事情；他不仅在《忏悔录》中坦率承认了他的过错，而且在晚年撰写这篇《散步》时又从回顾此事入手，剖析他的内心，检验他是否忠实执行了他的座右铭“我把我的一生奉献给真理”，并再一次告诫自己“在任何情况下都应当有为人真诚的勇气和力量，不仅口不能讲任何子虚乌有之事，尤其是专门用来记述真理的笔更不能写虚假不实之词。”谎言是有害的；在判断谎言的动机和后果方面，他认为最好的办法是听从“良心的启示”，按照道德的本能行事。他说他已经养成了这种本能，在那次“伤害了可怜的玛丽蓉的罪恶的谎言”之后，在一生中就再也没有为自己的利益撒过这种谎，更没说过任何可能涉及他人利益和荣誉的谎言。

(5)《第五次散步》

这篇《散步》记述的是卢梭在碧茵纳湖中的圣皮埃尔岛度过的短短四十余天的快乐时光。他对这个“地貌变化万千，什么样的风景都有”的小岛抱有极其甜蜜的怀念之情。他说：

> 在莫蒂埃遭到一顿石头袭击之后，我就来到这个岛上避难。我感到在这个岛上居住是如此地令人心旷神怡，岛上的生活是如此地适合我的性情，以致使我下定决心，要在这个岛上度过我的余生。……忘记岛外的人们，也让岛外的人们忘记我。

读到这里，读者将发现，卢梭在文字的布局上有些变化。前四篇《散步》之间有一条主线联系；这条主线是他对往事的不断回忆，他从不同的事例出发，追述他的敌人对他的迫害和他对艰难处境所抱的态度及采取的应对方法，而到了这篇《散步》，这条主线突然中断，文中描述的是作者沉浸在一个孤岛上的美丽的自然景色中的愉悦心情。这种心情，卢梭在《忏悔录》第 12 卷中讲过，现在重温旧事，那种人与自然融为一体，泛舟湖上，随波荡漾，心醉神迷的感觉又重新涌现在他的心头。

在这种感觉中，时间观念完全消失：既忘记了过去，也不希冀将来，心中只想到“现在”，只想到自己的存在，“对自己的存在感到可贵和可爱。”在这种状态中，他像做梦似地沉思，海阔天空般地想象，从而得到了“无论是命运或任何人都无法剥夺的乐趣”。

写这篇《散步》时，尽管作者已离开圣皮埃尔岛整整十二年，但回忆起来，仍觉得身在岛上，心情同那时一样快乐。

(6)《第六次散步》

这篇《散步》记述的是卢梭在篇首所讲的一段小故事引起的思考：他每天从丹弗尔豁口外面的一条大街到郊外散步时，总会在大街的拐角处见到一个瘸腿小孩，并给这个小孩几个小铜钱。可是有一天他避而不从那里经过；这是为什么呢？他对这一行动上的改变做了一番心理分析，想找出其中的原因。他说：“任何一个不自觉的动作，只要我们善于寻找，就不可能在我们心中找不到它的原因。”

这篇《散步》是第一次至第四次《散步》关于道德问题的论述的继续：回顾过去，审视自己的内心是全篇的主题。他说：“我的大部分行动的真正的第一动机，只有经过长时间的思考，才能把它弄清楚。”

向人布施，给那个瘸腿小孩几个小铜钱，这是善行。“行善事，是人的心所能获得的最大的快乐，”然而，如果这类事情变成了一种习惯，成了惯例，“变成了一种像功课似的非做不可的事情，”就会成为一种负担，感到厌烦，“心中的快乐便完全消失。”并感到它影响了自己行动的自由。他回顾他成名之后所吃的苦头，他说：自从他成为一个“人物”以后，他的家便门庭若市，“一切受苦受难的人或自称是受苦受难的人都来找我，四处打秋风的骗子和那些假装尊敬我而实际是想方设法整我的人都上门来见我。”好像欠他们的债，理应为他们效劳似的，这种情况使他感到苦不堪言。他说："一系列痛苦的经验改变了我的性情。"因此，他从经验中得出的结论是，当"善意有可能助长他人的恶意时，切莫盲目按自己的性情行事"。

(7)《第七次散步》

这次《散步》讲述的是卢梭对植物学产生浓厚兴趣的经过和他晚年专心研究这门学问的原因。

他在书中一边回忆他在四处流浪的青年时期采集植物标本的乐趣，一边又问自己：如今已年纪衰迈，为什么又重新对植物学燃起这股热情？他说他一想到这个问题便"开怀大笑"；对于这个问题的回答又再次引发了他对道德和敌情的思考；他思考的结果是：在当前众敌围困的情况下做他"高兴做的事"，这是最明智的选择，而且是很有勇气的选择，是避免仇恨的种子在他心中发芽滋长的最好办法。这个办法，不仅可以用来培养他"了无半点仇恨之心的善良天性"，而且还可以用来报复那些迫害他的人。他说："为了要惩罚他们，最残酷的办法莫过于让我痛痛快快地活着，而不去理睬他们。"

他在书中歌颂"树木和花草是大地的衣裳和装饰品"；他认为"鲜艳的花碧绿的草枝叶繁茂的森林，流水潺潺的小溪，幽静的树丛和牧场"能净化他的心灵。他说："对植物学进行研究，可以使我回想起我的童年时期，回想起我当年无忧无虑的快乐时光，使我再次享受到它们的乐趣，使我能在他人从未有过的悲惨命运中仍然生活得很幸福。"

(8)《第八次散步》

这篇《散步》讲述的是卢梭身处逆境，而仍能快乐生活的原因。他深入检查了他天生的性情，他说他的性情一方面“变化不定”，稍有什么风吹草动，他就心绪不宁，激动不已；另一方面他又疏懒成性，因此，面对错综复杂的世事和敌人的阴谋，他可以做到“不闻不问，心静如水”；他这种疏懒的性情使他克服了许多险情和困难，等风波平息，他又“重新恢复大自然所希望的那个样子”。

对于敌人和困难，他是如此的轻蔑；对于命运给他带来的不幸，他又如何处置呢？他说他不在乎命运对他的折磨；他在《第五次散步》中曾描述他既忘记了过去，也不希冀将来，而只想到“现在”的心境，他只注重“今天”，他说：“我从来不为明天如何而着急，只要我今天平平安安不受苦，就行了。”他对他的命运很满意，他说：“不是我自夸，尽管我处于这样可悲的境地，但我也不愿意和他们当中最幸福的人交换我的地位和我的命运；我固然是很穷，但我宁可依然故我，也不愿意为了家财万贯而成为他们那样的人。”他靠自己的劳动谋生，他说他的“力气是永远也用不完的”。

需要指出的是，这次《散步》的结束语，和《第一次散步》的结束语是遥相呼应的，读者阅读时，不妨把《第一次散步》最后那段话重读一下。

(9)《第九次散步》

这篇《散步》的开头两段话，是卢梭写好正文之后添加的。关于这两段话的最初的表述，请参见《〈梦〉的草稿》第3段。（本书第142—143页）

我们在前面(第 ix 页)曾经说过,卢梭的这部《一个孤独的散步者的梦》表面上看起来,十篇文章好像是各自成篇,互无联系;然而一仔细阅读,就会发现,有些重要的论点,他往往要重复发挥:在这篇《散步》中讲了,又在另一篇《散步》中再次加以阐述,比如他在这两段话中表述的对“幸福”的看法,就是一例。他在这次《散步》中说:

> 幸福是一种永恒的状态;世上之呈现这种状态,看来,似乎不是为人类而安排的。在这个世界上,一切都在继续不断地运动,是不允许任何事物保持一个固定的形态的。我们周围的一切都在变化,我们自己也在变化。谁也不敢保证他明天还依然喜欢他今天喜欢的东西。

我们稍加回忆,便可看出这段话是卢梭为了再次阐发他在《第五次散步》中所陈述的如下一段意思:

> 世间的一切事物都处在持续不断的变动之中,没有任何东西能保持一种永久不变的形态。我们对外界事物的感受,也同事物本身一样,经常在变动。……世上没有任何一种能使我们永远寄托的固定不变的东西,因此,我们在世上所能享受到的,只不过是一些瞬间即逝的快乐。至于永恒的幸福,我怀疑世上是否真正有过。

我们把这段话和上一段话加以比较,就会发现:意思虽然相同，但措辞和写法有了变化，便不乏新意。这种写法，在卢梭的理论著作和文学作品中都有。读卢梭的书，这一点，请多留意。

现在，让我们回过头来谈这次《散步》的正文。

正文从第119页“三天前，P先生来看我”起以下，让我们对这篇文章做一个简要的分析。

这篇《散步》的话题，是由达朗贝尔为热奥芙兰夫人写的一篇悼词引起的。达朗贝尔在悼词中对热奥芙兰夫人喜爱孩子说了许多赞美的话，然而笔锋一转就说凡是不喜欢孩子的人就是天性败坏的人。卢梭认为，达朗贝尔的这个武断的结论是针对他说的，是指摘他不该把自己的孩子送进育婴堂而不亲自抚养；他说：即使达朗贝尔的话全对，也不该写在悼词里，不该用这种指桑骂槐的笔法，用坏人的形象来“糟践他们对一个可敬的妇女的悼词”。

通观全文，这篇《散步》是描写心理活动的文章。从卢梭讲述的几个小故事看，文中表述的是他看见别人幸福和快乐他也感到幸福和快乐的满意心情。但是，正如他字里行间透露的，这种满意的心情往往最终被他病态似的心理完全破坏，变得疑虑重重，觉得到处都是对他抱有恶意的人，因此他哀叹：“如果我还有机会享受来自一颗心的爱，哪怕是一个穿开裆裤的儿童的心的爱；如果我还能像以前那样常常看到一个人的眼睛流露出与我同在一起的（或者至少是由我引起的）快乐与满意，……我也就用不着到动物中间去寻找我今后在人类当中再也见不到的善意的目光了。”

(10)《第十次散步》

这次《散步》，是卢梭为纪念1728年他和华伦夫人的第一次见面而写的：

> 今天是圣主枝日；正好是五十年前的今天，我第一次见到华伦夫人。……这第一次相见的刹那之间，竟决定了我的一生，使我在今后的一生中要遭遇到一系列不可避免的事情。

他怀着既愉快而又伤感的心情回忆他和华伦夫人相处在一起的美好时光；他说他“这一生中只有在这短短的日子里，才不仅活得充实而无杂念，无牵无挂，能够真正说得上是在享受人生”。

他在书中明确表明他的一生都是华伦夫人给他的，是她塑造了他；他说，如果没有和她相处的“这短短的一段珍贵的时间，我也许连我自己也不知道我将伊于胡底，”不知道他将成为怎样一个人。

这篇《散步》开始写于1778年4月12日，接着在5月就忙于搬家，离开巴黎，迁居到埃默农维尔；在埃默农维尔刚安顿不久，7月2日便离开人间，致使这篇怀念昔日情人的文章没有终篇，给人们留下许多悬想。他还有哪些想说的话没有说？人们无法揣测，也许他将把尚未在这里说完的话，带到另一个世界去告诉他临终前念念不忘的华伦夫人。

这十篇《散步》，文字清丽，无论写人写景或叙事析理，均娓娓道来，引人入胜。不过，笔墨的流畅只不过是这部作品成功的原因之一，因为文字只不过是载体，是传递思想的工具，而真正感动人的，是作者的真诚；只有真诚才能引起读者内心的共鸣。

这部《一个孤独的散步者的梦》和其他十篇自传类短文，译自法国伽里玛出版社“七星丛书”《卢梭全集》第1卷；在翻译过程中，曾参考该书编者所作的引言和注释。

李平沤

2006年2月于北京

目　　录

一个孤独的散步者的梦

附录

一个孤独的散步者的梦[①]

① 《一个孤独的散步者的梦》是卢梭在世的最后两年的作品，开始写作于1776年秋，到1778年4月写到《第十次散步》，未终篇即于是年7月2日猝然长逝。在卢梭的作品中，这是抒情意味最浓的作品之一。卢梭爱“孤独”，他在1762年1月4日致马尔泽尔布的信中说：“我生来就对孤独和寂寞有一种天然的爱。”卢梭爱“散步”，他的几部主要著作都是在散步时构思和写作的；他在《我的画像》片断35中说：“我只有在散步的时候才能写作，在其他时间，我是一个字也写不出来的。”这部作品有一个零零星星写在27张扑克牌上的写作提纲。他在第一张扑克牌上写道：“要真正按这个集子的标题写，我应当在六十年前就开始写了，因为我整个的一生，只不过是一个长长的梦；这个梦，由我每天散步时分章分段地做。”(本题解中的三处着重号是译者加的)——译者

第一次散步

我如今在这个世界上已孤零零地孑然一身，除我自己以外，既无兄弟，又无亲友，也没有可与之交往的人。人类当中最愿与人交往和最有爱人之心的人，却被人们串通一气，排挤在千里之外。他们怀着刻骨的仇恨心，想方设法要用最恶毒的方法折磨我多愁善感的心灵，并粗暴地断绝了与我的一切联系。不过，尽管他们这样对我，我也还是爱他们的。他们只有违背良知，才能躲避我爱他们的心。现在，他们既然不愿意我爱他们，他们在我心目中就是陌生人了，就是不相识和不相干的人了。但是，就我来说，尽管摆脱了它们，摆脱了一切，我自己又成了什么样的人呢？如今，我要探索的，就是这个问题。不幸的是，在探索这个问题之前，还须对我现在的处境做一个简短的回顾。只有经过这番回顾之后，我才能由谈他们转而谈到我。

十五年来[①]，甚或更多的时间以来，我一直处于一种奇怪的状

① 指1762年他的《爱弥儿》发表以后的十五年来；该书出版后，不仅遭到查禁和当众焚毁，而且卢梭的人身安全也受到威胁：听到巴黎高等法院发出逮捕令的消息后，卢梭连夜出逃，开始长达8年的流浪生活，直到1770年才返回巴黎。——译者

况；在我看来，整个事情好像是一场梦[1]。我总觉得我患了消化不良症，使我深受其苦；我的睡眠不好，迷迷糊糊，似睡非睡，因此，巴不得赶快醒来，去会会朋友，以减轻我的痛苦。是的，毫无疑问，我那时一定是不知不觉中从清醒陷入沉睡，从生奔向死。我不知道是怎样被排除在事物的正常秩序之外的；然而我发现，在离开那个秩序之后，我立刻又跌入了一个难以言状的混乱状态中：我什么也看不清楚，我愈是思考我当前的处境，我愈不明白我身在何处。

唉！我那时怎么能预见到我未来的命运呢？我哪里想象得到我今天会落到如此地步呢？我善良的心怎么能料到：同是过去的我和今天的我，会被人们一口咬定是魔鬼，是投毒犯、杀人犯和人类的灾星呢？我怎么能料到我会成为坏蛋捉弄的对象和来往的行人用吐唾沫的方式向我打招呼呢？我怎么能料到整整一代人个个都巴不得把我活埋才好呢？当这种奇怪的剧烈变化发生的时候，我毫无准备，因此我开始被弄得惊惶不已。我心情的激动和恼怒，使我陷入了精神错乱的状态，直到十年[2]以后才逐渐恢复平静。在这段期间，我行事一错再错，一误再误，干了一桩又一桩的蠢事；由于我的考虑不周，举措失宜，我给我的命运的主宰者们[3]提供了

① 卢梭在《第七次散步》开头第一句话中说道："我刚刚才开始描写我这长长的梦，我就觉得好像是快要写完了似的。"把这两句话中的"梦"加以比较，就可看出，它们表述的心情各有不同；一加细读，令人玩味。——译者

② 指十年前，即1766年，卢梭在英国伍顿居住期间，与休谟发生争吵；卢梭怀疑休谟与巴黎的法国《百科全书》派哲学家勾结起来陷害他。——译者

③ 指埃皮奈夫人、格里姆与霍尔巴赫等人。卢梭用这样的措辞指他们，在他的自传性著作中曾多次出现，例如在《忏悔录》第10卷中说"支配我的命运的那些人"。——译者

许许多多口实，让他们巧妙地用来使我从此沉沦，永无翻身之日。

我曾经做过短时间的斗争，然而，尽管我拼命挣扎，但毫无成效。我既不懂斗争的技巧，又缺乏斗争的策略；既无心计，又欠谨慎，而且直来直去，匆匆忙忙急躁行事，因此，我愈是斗争，反而愈陷入困境，让他们一而再地不断抓住新的把柄，不放过任何一次打击我的机会。当我最后感到我的一切努力终归徒劳，白白使自己连遭损失的时候，我发现，我最后能采取的唯一办法是：一切听从我的命运，再也不要和必然之事抗争。我发现，这种听从命运安排的办法，使我得到了宁静，从而能补偿我遭受的种种痛苦，而且又可避免又艰难又毫无效果的继续斗争。

另外还有一件事情有助于我心灵的宁静。在他们无所不用其极地仇恨我时，那些迫害我的人因急功近利，反而忽略了一个办法，没有使用。这个办法是：他们应当巧妙安排，使他们取得的成功一点一点地逐渐发挥作用，从而使我无时无刻都感到接连不断地遭到新的打击和受到新的创伤。如果他们善于策划，使我有一线希望的错觉，他们反而会使我受他们的掌握，收发由心。他们可以制造某些假象，把我玩弄于股掌之中，而我也将每每因希望落空，心里备受煎熬。可是，他们一下子把他们的手段全都使完了，在使我毫无招架之力的同时，他们也黔驴技穷了。他们对我的诬蔑、贬损、嘲笑和羞辱，虽不能有所缓和，但也没有什么新花样了；我们双方都失去了战斗力：他们再也没有什么办法增加我的痛苦，而我也没有办法逃脱他们的网罗。他们是如此之迫不及待地巴不得一下子使我的苦难达到极点，以致把人间的一切力量和地狱的一切诡计都使用净尽，便再也找不到什么更恶毒的办法了。身体上的创伤不但没有增加我的痛苦，反而分散了我心灵受到的压抑。他们虽然把我弄得大声喊叫，但却使我免于暗暗呻吟；我的身体受到了摧残，但却免去了我的心受摧残。

事已至此，我还有什么可怕他们的？他们既然没有什么办法使我的处境更加恶化，他们也就没有办法使我感到更加恐慌。不安和畏惧，这两种痛苦的心理我已完全摆脱，因此，我从此将永远感到轻松。现实的痛苦，对我的影响不大：对于我眼下的痛苦，我可以很容易地找到办法加以克服；但是，对我所担心的未来的痛苦，我就无能为力了。我这像脱缰的野马似的想象力把它们综合起来，反复琢磨，由此及彼地多方设想。等待痛苦，比真正受到痛苦给我的折磨更难受一百倍；威胁要打击，以打击本身更可怕得多，因为，在真正受到打击之后，就可对它们的程度作出正确的评估，而不必胡思乱想，担惊受怕地妄加揣测。

我心中恢复往日平静的时间，到今天还不到两个月。尽管我早就什么都不怕了，而且还满怀希望，但这个希望时而浮现在我眼前，时而又离我而去，搞得我心绪不宁，时忧时喜。突然，一件从未料到的令人伤心的事情[①]把我心中的一线希望全都扫除干净，使我看到我的命运今生将万劫不复，再也无法挽回。从这个时候起，我决定一切都听天由命；如此决定之后，我的心才又重获安宁。

当我发现他们布置的网罗是如此之大以后，我便永远放弃了

① 指 1776 年 8 月 2 日孔迪亲王的猝然死亡。亲王与卢梭的私交甚笃：1762 年《爱弥儿》出版后，巴黎高等法院发出逮捕卢梭的命令，这一消息就是亲王透露给卢梭，使他得以及时出走，逃脱厄运。孔迪虽身为贵族，但有共和主义思想，在卢梭遭遇困难时，曾多次给他以庇护，因此卢梭把恢复名声的希望，完全寄托于亲王的帮助。——译者

在我生前把公众重新争取到我这边的念头；即使公众的态度反过来倾向我，那对我也没有什么用处。他们枉自转向我这边，因为他们再也找不到我了。由于他们的行为使我感到轻蔑，因此我和他们交往已没有什么意义，甚至是一种负担：我孤单一个人，比和他们在一起，更愉快一百倍。他们把我心中对与人交往的乐趣，已消除干净；在我这个年龄，他们再也不可能使我的这种乐趣重新萌生；现在已为时太晚了。不论他们今后对我是好还是坏，我都毫不在乎；不论他们做什么，对我来说，我的同时代的人都永远与我无关了。

但是，我对未来还是抱有希望的：我希望更优秀的一代人将仔细检验这一代人对我的评判和他们对我的所作所为，从而充分揭露他们的行径，并彻底看清楚我是怎样一个人。正是因为我抱有这个希望，所以我才写我的《对话录》[①]，并使我想尽种种办法，试图把这部作品留诸后世。这个希望尽管很渺茫，但它使我的心跟我想在这个时代寻找一颗正直的心的愿望是同样的激动。我把希望寄托于未来，孰料此事也同样使我成了今天的人们的笑柄。在《对话录》中，我已经讲了我是根据什么理由产生这一期待的。我的估计完全错了。幸亏我及时觉察到了这一点，所以在我最后的时刻到来之前还能找到一段非常安宁和绝对闲适的时间；这段时间开始于我现在所谈的那个时期[②]；我有理由相信它将再也不会

① “对话录”是副题，这部作品的全称是《卢梭评让-雅克——对话录》，是卢梭用对话体写的一部自传性著作。——译者

② 指开始于孔迪亲王死后的时期。亲王死后，卢梭想恢复名声的希望完全破灭；正是由于这一希望的破灭，他反而心境灵静，不抱任何幻想，完全听天由命。参见本书正文第 6 页译注①。——译者

被中断。

刚刚在几天前，我又重新思考了一下，结果发现，我对公众之会回过头来倾向于我的估计，是大错特错了，甚至是下一个世纪的公众，也不会倾向于我，因为他们都是按照那帮引导他们的人的眼光看我的；而引导他们的那些人，是一拨又一拨地不断从那个憎恨我的群体中产生的：个人虽然死了，但群体没有死，他们原来的那些看法还依然存在，他们像魔鬼附身似的仇恨心还照样在活动。即使我的敌人作为个人全都死光了，但医生和奥拉托利会会员总还有活着的。即使迫害我的只是这两个群体，我估计，在我死后，他们也不会让我得到安宁，他们也会像我在生之时那样对我。也许，由于时代的变迁，我真正得罪过的医生们会平静下来，不再恨我；但我曾经爱过、尊敬过和信任过而从未冒犯过的奥拉托利会会员，这些基督教的教徒和半僧侣似的人，是绝不会手下留情、就此罢休的。由于他们自己的不公正而造成的我的罪过，他们反而自以为是，不原谅我，因此，被他们千方百计加以笼络和煽动起来的公众，也将同他们一样，是不会偃旗息鼓、就此收兵的[①]。

对我来说，在这个世界上，一切都结束了。人们从此既不能对我有所助益，也不可能对我有所不利。在这个地球上，我既不希望什么，也不害怕什么：我在地狱的最深处，反而最宁静；虽然成了一个可怜的倒霉鬼，但却和上帝一样，对世上的万事万物都无动于衷。

① 法国的奥拉托利会创办于 1611 年 。卢梭在蒙莫朗西居住期间，与该会会员多有来往，如《忏悔录》第 11 卷中提到的阿拉曼尼与芒达尔就是“奥拉托尼会的先生”。1762 年 5 月，卢梭送了一本《爱弥儿》给他们，这些“先生们”就开始与他疏远，于是卢梭便怀疑他们站到他的敌人那边去了。——译者

从此以后，对我身外的事物，我都毫不过问。我在这个世界上既无亲友，又无兄弟。我虽居住在这块土地上，但却好像是从另外一个星球上掉下来的人。虽说我周围有一些我熟悉的事物，但它们无非是一些令我伤心和痛断肝肠的东西。我不想看我周围的一切，因为它们没有一样不是使我感到鄙弃，便是使我感到痛苦。因此，应当马上把这一切使我感到难过而又无益的令人心酸的事从我心中彻底排除，既然我只有在我自身才能找到几许安慰、希望和宁静，我便应当独自一人安度余生，只依靠我自己和关心我自己。正是在这种心情下，我才又接续写我的《忏悔录》，真诚和严格地审视我自己。我要把我一生最后的时光用来研究我自己；我要及早准备我应当向我自己作出的总结。现在，让我们全身心地投入与我的心灵进行的亲切的对话，因为，只有与我的心灵的对话，是任何人都无法阻挡我进行的。我要对我内心的活动进行缜密的分析，把它们清理出一个很好的头绪，改正其中尚存在的缺点。我这样潜心思考，不至于完全没有用处；尽管我在这个世界上已不可能再作出什么贡献，但我绝不会浪掷我余下的时光。我每天散步的闲暇心情，往往充满了令人神往的对往事的回忆；遗憾的是，我把它们差不多都忘记了，因此，我要用笔赶快把我还能想起的事情都记录下来，以便今后拿出来重新阅读时，能从中得到快乐的享受。我要把我过去的不幸、我的迫害者和我受到的屈辱通通忘记，只回忆我的心配享受的奖励。

这些记录，严格说来，只不过是我的梦的不完整的日记。其中有许多地方是谈我自己，因为一个孤身进行思考的人，必然是大部分时间都思考他自己的。不过，在我散步的过程中，在我的头脑里一闪而过的一些不相干的事情,也将在我的记录中有一席之地。我认为事情是怎样经过的,我就怎样陈述,而且,事情与事情之间,没有多少联系,同昨天的看法与明天的看法通常无多大联系是一样的。不过,通过我的头脑在我所处的奇特环境中每天得到的感受和想法的影响,我必然会对我的天性和性格产生一种新的认识。因此,可以把这些记录看作是我的《忏悔录》的附录,不过,我并不给它们冠以这样的标题,也不觉得还有什么值得用这样标题的话要说。我的心在逆境的洗涤下,已得到净化;即使细心观察,也很难发现在我心中还残存有什么应当受到指摘的倾向。既然我在尘世的爱已完全从我心中消除,我还有什么要忏悔的呢?我既没有什么可称赞的,也没有什么可谴责的;今后,我在人类当中已形同虚无;既然我和他们没有什么真正的关系,又没有真正可与之交往的人,所以我只能是这个样子。既然我做的好事没有一件不变成坏事,我的每一个行动不是使他人,便是使自己受到伤害,那么,彻底抽身便成了我唯一的选择;我要尽力按我的这个选择去做。不过,我的身虽闲,但我的心还在活动:它还在产生情感和思想。它内在的生命力,似乎由于我在世上的一切利害关系已经断绝,反而有所增长。对我来说,我的肉体完全成了一个累赘、一个障碍,我要及早尽我的所能摆脱它。

如此奇特的一种处境,当然是值得加以研究和描写的。我将把我今后的闲暇时间用来做这项研究工作。为了把这项工作做好,就需要有条不紊地按部就班地进行。然而这是我力所不能的事情,而且我愈是这样做,反而愈是偏离我的目标,因为我的目标是:要把我心灵的变化和一个接一个的变化过程向我自己作一个详细的描述。我将像物理学家逐日记录每天的天气变化那样，在我自己身上从几个方面进行这项工作。我要把气压表放在我的心上，这样有针对性地长时间反复进行这项工作，必将使我获得与物理学家同样精确的结果。但是，我并不把我的工作做得那样细，我只满足于对它逐日作个记录，而不条分缕析地归纳成什么系统。我要写一本蒙台涅写的那种书，但我的目的却与他的目的相反，因为他的《论文集》完全是写给别人看的[①]，而我逐日撰写的文章则是写给我自己看的。如果我在接近辞世的垂暮之年还能怀着我现在的心情读我记述的文字，必将使我回想起当初写作时的无穷兴味，从而使我过去的时光重又出现在我的眼前，可以说，这样就等于是让我再次经历我的一生。尽管有人对我进行排斥，但我依然知道如何领略社会生活的乐趣；因为，虽然衰老之年的我和另一个时代的我在一起，但也如同和一个年龄比我小的朋友一起聊天。

我以前写《忏悔录》和《对话录》时，是始终怀有无限忧虑的，因此千方百计地加以隐瞒，以期使之不至于落入我的迫害者的贪婪的手，而能传诸后世。但现在写这部作品时，我已经没有这种折磨我的不安的心情了，因为忧虑不安是没有用的；何况使它们广为人知的愿望在我心中也早已熄灭，所以，对我的作品和我的清白的诸多见证将遭到何种命运，我都泰然处之，抱无所谓的态度；也许，对我的清白的见证，早已被他们清除干净了。目前，尽管有人在窥探我的行动，对我所写的这些文字深感不安，想方设法要夺取，要扣

① 卢梭对蒙台涅说的这个话，有失偏颇，因为蒙台涅在他的《论文集·致读者》中说，他的这部作品“主要是奉献给我的亲友”，而不是“为了讨好公众而作此书的”。（参见《法国散文精选》，李平沤选编，北岳文艺出版社 1999 年版，第 3 页）——译者

压，要篡改；这一切，我毫不在乎；我既不隐藏它们，也不出示它们。即使有人在我在生之时把它们夺走了，但他们不可能夺走我写作的乐趣和我对作品内容的记忆；他们尤其不能夺走我孤单一人潜心思考的能力：我这部作品，就是我潜心思考的结果，而潜心思考的源泉是只有随着我的才情的枯竭才枯竭的。现在想来，如果从我早先的灾难开始发生之初，我就懂得不和我的命运抗争，采取我今天采取的办法，那么，他们这些人的种种努力和布置的机关，就不会对我发生什么作用了，就不会像他们后来那样处处取得成功，玩弄种种伎俩扰乱我的安宁。不过，尽管他们对我受到的屈辱拍手称快，尽管他们无所不用其极，但他们无法阻止我享受我的天真，安详地度过我的余生。

第二次散步

我如今处在任何一个人都从未遇到过的奇特的处境中；对于我的心灵在这种处境中的状态拟好了写作计划之后，我发现，执行这个计划的最简单而又最可靠的办法是：忠实地记下我孤独一人散步的经过，记下我在散步过程中让我的头脑完全自由地思考、让我的思想毫无阻碍地随着它们的倾向的发展而做的梦。我只有在这一天当中孤独沉思的时候，才能够充分表现我自己和属于我自己；我独自一人思考，心无旁骛，毫无阻碍，敢于说我真正成了大自然希望我成为的那种人。

我不久就感到，我执行这个计划的时间已经太晚了。我的想象力已不如从前活跃；已不像从前奔放，一看见引起它注意的事物就集中精力思考。梦境中的狂热，已不再令我感到陶醉。今后，在梦境中产生的，属于回忆性的东西多，属于创造性的东西少；淡泊一切的倦意使我所有的官能几乎陷于麻痹，生命的火花已逐渐在我身上熄灭，我的心灵已很难冲出它的窠臼；对于我认为我有权利达到的境界，已毫无达到的可能了：今后，我只有在回忆往事中感到我还依然存在。因此，在暮年到来之前，为了审视我自己，就需要至少追溯到我在世上的希望完全落空、我的心在这个大地上再也找不到什么精神食粮之前的几年时光[①]:从那个时候起,我已逐渐习惯于以它自己来滋养它自己,在我的身内寻找养料。

这个来源,尽管我发现得太晚了,但它是如此的丰富,以致足以满足我的所需。由于我已养成了反观自己的习惯,因而使我忘掉了我对我的苦难的感受和记忆。我从我自身的经验中发现:真正的幸福的源泉在我们自身;一个人只要自己善于追求幸福,别人是无法使他落到真正悲惨的境地的[②]。这四五年来,我经常领略到我温柔仁慈的心在我沉思默想之时所感到的快乐。在我孤身一人散步的过程中,我之所以有时候是那样的心醉神迷,这要归功于那些迫害我的人;没有他们,我也许既不能发现也不能认识我自身所拥有的这一财富。对于这一如此丰富的宝藏,我应如何忠实地把它们一一记录下来呢?然而,在我回忆我在梦境中得到的那么多乐趣时,我不仅顾不上描述它们,反而愈来愈沉醉在其中。这种状态,是在我进行回顾之时造成的,因此,对它的感受一旦停止,我也就走出这个状态了。

在我决定按照计划继续写我的《忏悔录》之后,我在散步中,尤其是在我即将谈到的那次散步中,我对这种感受深有体会;在那次散步过程中,一次没有料到的意外事故打断了我的思路,使我的思路在有一段时间朝别的方向发展了。

1776 年 10 月 24 日星期四,我顺着林荫大道一直走到绿茵

① 指从《爱弥儿》(1762 年 6 月)出版到他开始流亡生活的那几年。——译者

② 这个话,卢梭在十多年前就说过了。1762 年 1 月 26 日,他在致马尔泽尔布的信中说:"我的幸福是我自己创造的。……我心里想怎么快活,我就能做到怎么快活。我从来不到遥远的地方去寻求幸福,我就在我身边寻找,而且真找到了。"——译者

街；从这条街登上梅尼尔蒙丹，从那里的葡萄园和草地中的小路走到夹在两个村庄中的风景如画的夏洛纳；接着，我便回过头来想经过这块草地，从另外一条路回家。我一边走一边领略这些风景如画之地给我的愉快，有时候又停下来观赏绿叶丛中的花草。我发现两种在巴黎周边少见但在这一带却非常之多的植物。这两植物，一种是菊科的黄菊，另一种是伞形科的柴胡。这一发现使我欢喜不已，而且接着又发现了一种在高山之地更为稀少的植物——水生小鸡草。尽管当天发生了那次事故，我后来还是在我那天随身携带的书中找到了它，并把它收藏在我的植物标本册里。

接着，我又仔细观察了另外几种尚在开花的植物；尽管它们的花和叶子及分类我都很熟悉，但我对它们还是很感兴趣。随后，我逐渐停止了这些细小的观察，集中精力尽情回味这一片美丽的景色使我产生的愉快而又动人的感觉。收获葡萄的日子已结束好几天了；城里来的游客已渐次稀少；农夫们已离开田野，一直要等到冬忙才重新到地里干活。尽管农村依然是绿油油的，但有些树木已开始掉叶，呈现出荒凉的景象：到处静悄悄的，冬天已经临近了。大地的景象既甜蜜又令人悲伤，与我的年龄和命运极其相似，使我不能不触景生情，别有一番感受。我发现，我清白而又不幸的一生，已到了暮年。尽管我的心还充满了强烈的感情，灵魂还装点着几个花朵，但它们已经由于悲伤而枯萎了，由于忧虑而凋零了。孑然一身，被世人抛弃的我，已感到初冬的寒意即将来临；我一天比一天枯竭的想象力，已经不能按照我的心意想象有人来陪伴我度过这孤寂的余生。我慨然长叹，我问我自己：我在这世上究竟做了些什么？我是为了过人的生活，才诞生在这世上的，然而我却没有经历过真正说得上生活的日子便死了。无论怎么说，这都不是我的过错，因此，我向我的生命的创造者奉献的礼物，虽然不是什么美好的作品（人们不让我做出这样的作品）但至少是美好的愿望（尽管它屡遭挫折）和健康的思想（虽然它们没有产生什么成果）与受人嘲弄而不稍动摇的耐心。我怀着无限的温情这样思考，认真回顾我从青年时期到成年之后的心灵活动，尤其对我被排除出人类社会以后和我准备了此余生的长期的隐居生活中的心灵活动，我回顾得更加详细。我怀着喜悦的心情回忆我心中的感情，回忆那亲切而又盲目的眷恋之心，回忆这些年来我头脑中所产生的令人安慰多于令人悲伤的思想。我决心要把它们召回在我的眼前，以便怀着我当初沉湎于它们之时的快乐心情将它们记录下来。那天下午，我就是这样在宁静的沉思中度过的。然而，正当我庆幸我这一天没有虚度，准备回家时，下面叙述的意外事故使我脱离了梦境。

大约在 6 点钟左右，我走下梅尼尔蒙丹，差不多快到“风流的园丁”小酒馆对角时，我发现走在我前面的行人突然向两边闪开；只见一辆四轮马车前边有一只高大的丹麦狗向我这个方向跑来。当它看见我时，它已来不及刹住脚或掉转方向。于是，一下子就扑在我身上。我当时认为，要想不被它冲倒在地，唯一的办法是向旁边腾空一跳，让它在尚未落地之前，从我下边跑过去。可惜，我的这一想法刚一闪现，还来不及细想和实施，就发生了那次事故。当时，我既不知道是怎样被撞的，也不知道是怎样倒在地上的，更不知道我苏醒以前发生了些什么事情。

当我苏醒过来的时候，天已经快黑了。我发现，我躺在三四个年轻人的怀里；他们把经过的情况告诉了我。他们说，那只丹麦狗因为没有刹住脚，撞在了我的两腿上。它高大的身躯和奔跑的速度，一下子就把我撞得头朝前方，身子摔倒在地。承受着我全身重量的上颌碰在一条高低不平的石板路上。这是一条下坡路，所以摔得特别猛；我的头比我的脚伤势还重。

那只狗的主人的四轮马车紧跟着便冲了过来。要不是车夫及时勒住缰绳，也许车子就从我身上压过去了。我从那些把我扶起来并在我苏醒之后还一直抱着我的人的口中知道的情况，就是这些。我苏醒时见到的情景特别奇特，不能不在这里描述一下。

天色越来越黑。我看了一下天空，看见几颗星星，看见我周围是一片草地。这刹那间的第一个感觉，真是美妙极了。正是通过对这一景色的感受，我才恢复了知觉。在这短暂的一瞬间，我好像又诞生了一次似的；我觉得，我所看见的这些东西充实了我微弱的生命。我当时只注意到眼前的情景，别的什么都不知道，对自己的状况也没有清楚的意识，更不知道究竟发生了什么事情；我既不知道我是谁，也不知道我在什么地方；我既不感到疼，也不感到害怕和不安；我像观看小溪的流水那样，看着我的血往外流，而意识不到那流淌的血是我自己的血。我心中有一种非常安详平静的美妙感觉，此后，我每次再回顾当时的情景，就再也没有获得可与之相比的快乐，尽管我也领略到了别人领略过的乐趣[①]。

人们问我家住哪里；我回答不上来。我问他们我在什么地方，

① 这里的"别人"，指蒙台涅；蒙台涅有一次从马上跌下，从昏迷中苏醒过来浑身无力时，反而感到这一跤跌得很有趣。(见蒙台涅：《论文集》，第2卷，第6章，巴黎费尔曼—迪多版，第390页)——译者

他们告诉我说在上波纳街，可是我听起来好像是在阿特拉斯山。[①]于是我依次问在阿特拉斯山脉的哪个国家、哪个城市和哪个街区。一连问了这几个问题之后，结果还是搞不清楚我究竟在什么地方；及至顺着这个方向一直走到那条林荫道，我才想起我的住处和我的名字。有一位素不相识的先生陪我走了一段时间；当他知道我住得那么远以后，便建议我在圣殿街雇一辆马车送我回家。我走路走得很好，很轻快，既不感到疼，又不觉得受了伤，尽管我一直在咳嗽，而且咳出了许多血。我感到身上很冷，冻得我残缺的牙齿格格作响，很不舒服。到了圣殿街，我心里想，既然我走路没有问题，那最好就仍然一路步行，以免坐在马车上受冻。我就这样走完了从圣殿街到普拉特里街的半法里路[②]。沿途一路无事，躲闪障碍和来往车辆，都没有问题；辨认道路也很清楚，和我身体健康之时一个样。我走到了家，打开临街的门上的暗锁，摸黑走上楼梯，最后走进了我的房门：别的意外没有发生，只是最后摔倒在地；至于我是怎么摔倒的，摔倒之后发生了什么事情，我一点都不知道。

我的妻子看见我时，发出了一声尖叫，这才使我发现我的伤势比我想象的严重。当天夜里我没有怎么感到疼痛；我是第二天才感到疼痛难忍的。我的上嘴唇里边的皮肉已经破裂，一直裂到鼻子；嘴唇外边幸亏有皮肤保护，才没有裂成两半；有四颗牙齿被撞得陷进了上腭，因此这半边脸肿得特别大。我的右拇指挫伤了，肿得很粗大，左拇指也严重受伤；左臂挫伤，左膝也肿得很厉害，而且

① 阿特拉斯山：位于北非，绵亘于摩洛哥和突尼斯之间。——译者

② 本书中的法里指古法里，一古法里约等于 4 公里；半法里约等于 2 公里。——译者

有一处挫伤疼得我不能弯身。不过，尽管受了这么多伤，但没有断胳臂断腿，连牙齿也没有掉一个，这真是奇迹，不幸中的大幸。

以上是我对那次事故的忠实记录。可是，没过几天，这件事情就传遍了巴黎，而且愈传愈离奇，竟添枝加叶地篡改得和事情的真相完全两样了。这样的篡改，虽不出我之所料，但没有想到其中竟掺杂了那么多古怪的传闻和含沙射影、欲言又止的话：人们在和我谈起这件事情时，都面带一种如此可笑而又神秘的样子，以致使我深感不安。我对黑暗历来是深恶痛绝的[①]，因此自然而然地对这些年来有增无减地在我身边暗中捣鬼的事情十分憎恨。在这段期间众多稀奇古怪的讹传中，我只讲其中的一个，因为，仅此一个，就足以使人们判断其他了。

我和警察局长勒鲁瓦先生从来没有任何联系，可是他却派他的秘书来打听我的消息，而且说可以马上提供一些帮助。他的这一表示，在当时的情况下，对减轻我的痛苦毫无用处。那位秘书急着要我对是否接受帮助表明态度，甚至说，如果我不信任他，可以直接写信告诉勒鲁瓦先生。这么殷勤和诚恳的样子，反倒让我看出这当中必定有什么阴谋。这次事故已经使我够烦的了，加之又发高烧，因此，稍有一点儿异样的情况就使我惶惑不安。我怀着忧虑的心情翻来覆去地琢磨，对我周围的风言风语更是闻之心惊。这种心态，完全是一个高烧病人的精神紊乱，而不是一个与世无争的人的冷静。

① “我生来就害怕黑暗；我害怕并憎恨黑暗的那种阴森可怖的样子。”（卢梭：《忏悔录》，第 11 卷，巴黎“袖珍丛书”1972 年版，下册，第 348 页）——译者

另外还有一件事情把我搞得心绪不宁。陶穆瓦夫人这几年来一直想结交我;其中的原因,我始终没有猜透。她经常给我送一些针对我的爱好的小礼品,有时又无缘无故地登门拜访,索然无味地和我闲聊。这些情况,相当清楚地表明她一定有什么不可告人的目的。她对我说过,她想写本小说作为礼物献给皇后。我把我对女作家的看法告诉了她。后来我终于明白,她的这一行动的目的是要重振家业,并求得皇后的庇护。对此,我没有什么话可说。她告诉我,由于她没有接近皇后的机会,所以她要把她的书公开发表。对于这种做法,我不便提什么建议,因为,一方面她没有要求我提什么建议,另一方面我发现,即使我提了,她也不会照办。她说她要先把书稿给我看;我求她别这么做,因此她也就没有给我送来。

有一天,正当我静心养伤的时候,我收到了她那本已经印刷并装订成册的书。我在该书的序言中发现她对我说了好些恭维话,但语言却非常粗俗,而且笔调矫揉做作,使我感到很不愉快。一看她的文章,就知道她是在胡乱吹捧,而不是出自真正的善意:我的心是不会上这种当的。

过了几天,陶穆瓦夫人带着她的女儿来看我。她告诉我说,她的书由于其中的一条注释闹得满城风雨,给她招来了麻烦。我先前在匆匆阅读她那本小说时,对那条注释没有怎么注意。在陶穆瓦夫人走了以后,我拿起书来重新阅读。我仔细研究她的写法,这时我才恍然大悟,明白她以前屡屡来拜访以及她在序言中吹捧我的动机。我发现,这一切的目的无他,全是为了使公众认为那条注释是我写的，把公众对那条注释的指摘引到我头上[①]。

我没有办法平息人们的议论和消除它可能产生的影响。我唯一能做到的事情是：从此不再接待陶穆瓦夫人和她的女儿虚情假意的来访。为此，我给陶穆瓦夫人写了一封便函如下：

“卢梭不在家中接待任何作家。对陶穆瓦夫人的好意谨敬谢不敏，请夫人此后勿再光临寒舍。”

她给我写了一封回信，形式上倒还客气，但语气却跟别人在这种情况下给我写信一样，用词造句都很尖酸。我给她敏感的心上猛地捅了一刀，因此我从她信中的笔调可以看出：她对我的感情是那么的强烈和真实，而我却对她宣布断绝往来，她一定会气死的。在这个世界上，无论做什么事情，只要老老实实坦率行事，反而会造成可怕的罪恶：我在我的同时代人的眼中，只因为我不和他们同流合污，不跟他们一样虚伪和奸诈，他们反而把我看成是坏人和恶人。

我已经走出家门闲逛了好几次，甚至还常常到杜伊勒利宫去散步；在散步过程中，我从我遇见的那些人的吃惊的表情可以看出，他们对我还有一些我不知道的新的传闻。我后来得知，原来是公众以为我因那次摔倒的伤势过重而亡。这个传闻传得如此之快和如此之添油加醋，以致两个星期之后有人告诉我说：国王和王后

① 卢梭在他的《对话录》第二次对话的一条脚注中说：“那些迫害我的人惯用的手法是：拿我作牺牲，来满足他们发泄仇恨的心；让他们的仆从去干坏事。最后把责任推在我身上。他们用这种手法，先后把《自然的体系》（霍尔巴赫著——引者注）和《自然哲学》（德·萨勒著——引者注）以及陶穆瓦夫人小说中的那条注释说成是我作的。”（卢梭：《对话录》，弗拉玛尼翁 1999 年版，第 316 页）——译者

在谈起我时竟信以为真。好心的朋友写信告诉我说,《阿维尼翁信使报》在刊登这一桩消息[①]时竟提前登载了一篇准备以悼词的形式发表的谩骂和羞辱我的文章。

这一消息还伴随了一个更加奇怪的情况:这个情况,我是偶尔得知,但不甚详细。据说,有人刊登了一则征订广告,说是要出版在我家中发现的文稿。于是,我明白,原来是有人准备把我的文章收集起来,加以篡改之后出一个集子,以便把集子中的文章说成是我的遗作。如果人们以为他们会把那些在我家中找到的文章一字不改的忠实付印的话,那就太傻了;这是任何一个有头脑的人都可想象得到的;十五年来的经验已经充分向我证明了这一点。

所有这些一个接一个地纷至沓来的传闻,再加上许多令人吃惊的现象,又重新把我原以为已经死亡的想象力激活起来了;人们不断在我周围暗中捣鬼的伎俩,使我自然而然地产生了一种恐惧心理。我努力对这一切作了一个又一个的分析,想尽量把这一切莫名其妙的神秘的事情弄个一清二楚。从这么多谜团的猜测中得出的唯一结果,更加肯定地证实了我以前的结论,即:我个人的命运和我的名声,已经被现今这一代人确定了,而且,无论做出多么大的努力,我都无法逃脱,因为,在这个时代,我没有办法使我的作品不经任何一个想扼杀它的人之手传诸后世。

不过,这一次,我通前彻后想得更多。那么多意料不到的情况;我的那些残酷的敌人由于时运亨通而步步高升:所有那些执掌国政和指导公众舆论的人,所有那些身居要津的人,所有那些从暗

---

① 指在公众中讹传的卢梭的"死讯"。——译者

中恨我的人当中挑选出对我施展阴谋的家伙，他们之间的沆瀣一气是如此的异乎寻常，所以不可能纯属偶然。然而，只要其中有一个人拒绝成为他们的同伙，只要有一件事情朝着与他们的阴谋相反的方向发展，只要有意外的情况成为他们实施阴谋的障碍，他们的阴谋就会彻底失败的。可是，无论是上天的意志还是命运的安排或事态的演变，都有助于那些人的阴谋的实施；他们奇迹般的步调一致的协同作战，不能不使我认为他们的成功已经是记录在永恒的神谕上了。无论是过去还是现在所看到的诸多事实，都使我如此明确地认识到：从今以后，我必须把我迄今认为是人性的恶造成的结果看作是非人的理性所能识透的上天的秘密之一 。

这一看法，不仅不使我感到难过和心酸，反而使我感到安慰，心里平静，有助于我拿定听天由命的主意。然而我并不像圣奥古斯丁[①]走得那么远，没有像他那样认为：如果上天要他遭受苦难的话，他就一定要想方设法受到苦难，才感到心安。我的听天由命的想法，虽然不是那么毫无私心，但却完全出自真诚，而且十分纯洁，无愧于我所敬拜的完美的上帝。上帝是公正的，尽管他要我遭受苦难，但他知道我是清白无辜的。这是我的信心之所以得以产生的根源；我的心和我的理性告诉我：我的信心是不会欺骗我的。因此，那些人和我的命运想怎么折磨我，就让他们怎么折磨我；我要学会毫无怨言地忍受；一切都终将回到正常的秩序，因此，或早或晚轮到我的那一天，必将到来。

① 圣奥古斯丁（公元 354—430）：基督教神学家。——译者

第三次散步

我要活到老，学到老。

梭伦[①]晚年经常吟诵这句诗。他晚年时候的看法，可以说，我晚年时候也有；不过，这 20 年来[②]的经验教给我的知识，是很可悲的，因此，还不如没有这些知识为好。人生的逆境无疑是一个伟大的教师，不过，对它的教导是要付出高昂的代价的，而且，从它的教导中得到的教益，往往抵不上所交的学费。此外，从它开始得太晚的教导中得到的知识，还来不及应用，时光就匆匆过去了。青年是培育才德的时期，而老年是付之实行的时期。我承认，经验对我们的教育始终是有用的，但它发挥效用的时间是在我们往后的日子里。难道说，要到临死之前才是我们学习如何生活的时间吗？

唉！这么晚而又这么痛苦地从我的命运和他人摆布我的命运所采用的手法中获得的知识，对我有什么用处呢？我必须学

---

① 梭伦（公元前 640—前 558）：古希腊政治家，雅典的立法者，雅典民主政治的奠基人。——译者

② 指 1757 年 12 月卢梭与埃皮奈夫人、格里姆等人发生龃龉，愤而搬出退隐庐后，到他撰写这篇《散步》之时的 20 年。——译者

会更好地认识人，才能更好地感知他们使我遭受的苦难；不过，即使靠这些知识可以发现他们设置的每个陷阱，但也不能使我躲过其中的任何一个。但愿我永远处于那种虽愚昧但却很甜蜜的信任感中，因为，尽管这种信任感使我这么多年来成了那些大吹大擂的朋友们的猎获物和捉弄的对象，但我却对他们给我布下的重重网罗没有产生过一点疑心！我成了他们欺骗的对象和牺牲品，而我却还以为他们非常爱我；我的心还一直在想：他们给我多少友谊，我也要用多少友谊回报他们。现在，这一切甜蜜的幻想都烟消云散了。时间和理性向我揭示了可悲的事实真相，使我认识到了我的苦难的根由，使我认识到这一切已无法挽回；我唯一能采取的办法是：逆来顺受，听之任之。我这些年来所获得的经验，对我现在所处的境况来说，既无眼前的用处，又无将来的意义。

我们一生下来就进入了一个竞技场，直到死亡的时候才能离开。现在，我们已经到了赛程的终点，还有什么意义去学习如何更好地驾驭马车呢？如今，唯一要做的事情是：想办法如何离此而去。一个老年人如果还有什么要学习的话，那就是学习如何死亡。这一点，恰恰是人们在我这个年龄考虑得最少的：人们什么都想到了，唯独这一点没有想到。所有的老年人都比小孩子更留恋生命，比年轻人更舍不得现在的生活，因为他们所有的一切努力都为的是今生，只是在生命结束的时候他们才发现：他们的一切辛劳都是白费劲。他们的种种经营，他们的一切财产以及他们夜以继日地工作的成果，在他们离开这个世界的时候，都得舍弃。他们没有认识到，他们生前所获得的东西，他们死时一样也带不走。

想到这一切，我心中豁然开朗，顿有所悟，而我之所以没有从我的思考中找到更好的解决办法，这倒不是因为我觉醒得不及时和没有更好地加以分析。从童年时候起，我就被投入到社会的旋涡之中，因而很早就从经验中知道我生来就不适合于在这个社会中生活。在这个社会里，我将永远无法达到我的心所向往的境地。因此，试图在世人当中寻求我明知寻求不到的幸福，这个念头我早已放弃；我强烈的想象力已经飞越了我刚刚开始的生命拓展的空间，仿佛到了一块陌生的土地，想找一个可以安安稳稳休息的宁静之地。

我之所以有这种想法，是我童年时候所受的教育养成的，现在，经过一生的坎坷，我的这种想法是更加强烈了，可以说它贯穿了我的一生，使我时时都比别人更有兴趣和更细致地研究我的天性和我人生的目的。我发现，有许多人比我更善于条分缕析地进行哲学思辨，但是，他们的那一套哲学可以说与他们自己毫无关系。他们每个人都想显示自己比别人高明，因此，他们像观察某种稀奇的机器似地去研究，想了解宇宙是怎样安排的。他们也研究人的天性，其目的，是为了将其作为夸夸其谈的谈资，而不是为了对人的天性获得真知；他们高谈阔论，为的是教训别人，而不是为了吐露他们的心声。他们当中有几个人一心想写一本书——不论什么样的书，只要有人拍手叫好就行，而在书写好和印刷以后，他们就对书的内容不再关心；如果不是为了让别人夸他们的书，或者在别人批评时为自己的书进行辩护，他们便对书的命运不再过问：既不从他人的批评中吸取教训，也不对书中的内容是对还是错担负责任，只要不遭到驳斥就算完事[①]。至于我，我研究的目的，是为了认识我自己，而不是为了教训别人。我始终认为，在教育他人之前，必须首先对自己有一个充分的认识；我这一生在人们当中进行的种种研究，几乎没有一种是不能像我今天这样准备把我的余生孤孤单单地幽禁在一个荒岛上进行的。一个人应该做的事情，其成功与否，在很大程度上取决于他的信心；在一切不涉及自然的第一需要的事物中，我们的舆论是我们行为的准则。根据这个原则（我始终遵循这个原则）我花了很长时间研究如何把我的一生用来探讨它的真正的目的；我不久就感到庆幸的是，尽管我的天资不高，但它巧妙地指导了我在这个社会中的行动，使我发现：我本来就不该在这个世界上追求这个目的。

我出生在一个崇尚美德和笃信宗教的家庭，后来在一个既聪慧又虔诚的牧师的家中健康地成长。我在童稚之年就受到了许多宗教教义和嘉言隽语的熏陶；尽管有些人说它们是偏见，但我至今

① 在《爱弥儿》中，卢梭有一段话讲得很精辟，与此处的这段文字异曲同工："即使哲学家们有发现真理的能力，但他们当中哪一个人对真理又感到过兴趣呢？每一个人都知道他那一套说法并不比别人的说法更有依据，但是每一个人都硬说他的说法是对的，因为那是他自己的。在看出真伪之后，就抛弃自己的荒谬的论点而采纳别人所说的真理，这样的人在他们当中是一个也没有的。哪里找得到一个哲学家能够为了自己的荣誉而不欺骗人类呢？哪里去找在内心深处没有显扬名声的打算的哲学家呢？只要能出人头地，只要能胜过同他相争论的人，他哪里管你真理不真理！最重要的是要跟别人的看法不同。在信仰宗教的人当中，他是无神论者，而在无神论者当中，他又是信仰宗教的人。

经过这样的思考之后，我得到的第一个收获是了解到：要把我探讨的对象限制在同我有直接关系的东西，而对其他的一切则应当不闻不问；除了必须知道的事物以外，即使对有些事物有所怀疑，也用不着操我的心。"（卢梭：《爱弥儿》，商务印书馆 2002 年版，下卷，第 381 页）——译者

仍铭记在心，从未忘怀。当我还是一个孩子的时候，我就由着我的性子行事[①]；后来，在他人的善言诱导下[②]，在虚荣心的唆使、幻想的诱骗和生活的逼迫下，我改宗了天主教，然而我心里始终是一个基督教教徒。此后，由于久而久之的习惯，我的心对新的宗教还真的产生了诚挚的感情。华伦夫人对我的教导和示范作用，使我的这种感情愈来愈巩固。我如花似锦的少年时期是在乡村的宁静环境中度过的；乡村的宁静和我贪读好书的癖好，加强了我对真挚感情的天然倾向，使我变得几乎像费讷龙[③]一样虔诚。在寂静的环境中的思考，对大自然的研究和对宇宙的观察，这一切，使一个孤独的人不断向造物主祈求引导，并怀着不安的心情探索他看到的一切事物的结局和他所感受到的种种心情的起因。在我的命运再次把我投入社会的激流以后[④]，我就没有发现过任何一样能使我的心感到片刻欣喜的事情。我对往昔悠闲度日的乐趣，一直眷恋不已，因而对一切能获得财富和荣誉的事情都不感兴趣，甚至感到厌烦。然而，由于我对我追求的是什么，连我自己也不清楚，因此我心中的奢望不多，而感到有所得的时候，那就更少了。甚至在我的命运微露曙光之时，我也感到：即使在得到了我所追求的东西的

① 指 1728 年 3 月 14 日傍晚他决定离开日内瓦，独自一人开始流浪生活。这一年，卢梭只有 16 岁。——译者

② 指孔菲涅翁的朋维尔劝导他信奉天主教。“这位神父是个专家，善于把脱离基督教的人转变为天主教的教徒。”（特鲁松：《卢梭传》，李平沤、何三雅译，商务印书馆 1998 年版，第 25 页）——译者

③ 费讷龙（1651—1715）：曾任康布雷主教和法王路易十四的孙子布尔戈涅公爵的师傅。——译者

④ 指 1740 年初他怀着忧伤的心情辞别华伦夫人，离开夏梅特后，再次混迹社会，先到里昂，后来又到巴黎。——译者

时候，我也没有发现我一心向往但又无明确目的的幸福。因此，早在那些使我成为这个社会的另类人物的不幸事件到来之前，这一切已经让我心灰意冷，对这个社会日益疏远了。在我年满四十岁以前[①]，我一直漂荡在贫穷和富有、正道和歧途之间；不过，尽管我有许多恶习，但却无半点邪念；我随遇而安，在生活中并不奉行什么从我的理性中产生的原则。对于我应尽的本分，我虽不抱轻视的态度，但并不十分关心，而更多的时候对它们缺乏正确的认识。

在我还是一个青年人的时候，我就把年满四十这一年定为终点；到了这个终点，我为了跻身上流社会而做的种种努力以及为实现胸中的抱负而具有的一切理想，都通通宣告结束。决心一下，我便从年届四旬之时起，无论我身处何种境地，我都不再为了走出那种境地而斗争，我要把我的余年用来悠闲度日，绝不为未来如何而操心。我等待的时机终于到来，于是，我便毫不犹豫地开始执行我的计划，尽管那时候我的命运似乎还有更上一层楼的样子，但我还是决心放弃，不仅无怨无悔，而且打心眼里还十分高兴。在摆脱了种种诱惑和幻想之后，我成天懒懒散散，无忧无虑，心灵十分宁静——这是我最喜欢的乐趣，它最适合我一生的天性。我离开了这个社会与它的一切喧嚣和浮华，我抛弃了一切装饰品，我不戴佩剑，不戴时表，不穿白色长袜，不戴镀金饰物，不戴头饰，只戴一顶简简单单的假发，穿一件宽大的粗呢衣服，而且，更重要的是，我把一切贪图名利的思想从我心中通通驱除，（这是我离开社会之后的

① 指1750—1755年卢梭相继以两篇论文（《论科学与艺术》和《论不平等》）登上文坛以前。——译者

一大成就）我放弃了根本就不适合于我担当的职位[①]，开始替人抄写乐谱，按页数收费谋生：这个工作，我干得津津有味，乐此不疲。

我不仅仅只改革我生活中的外在事物。我认为，这种改革的本身就要求我还需要进行另外一种更艰辛的但却是必要的改革，即思想改革。这两种改革，我决定不分成两次进行，因此，我对我的内心作了一番更严格的检验，以便加以调整，使我在我今后余下的日子里，能成为我临终时希望看到的那种人。

我内心发生的这场大革命和展现在我眼前的另外一个精神世界，世人的胡乱评说（我当时并未预料到会深受其害，直到今天我才开始觉察到它们是何等的荒谬）和我倾心追求的另外一种与文坛的名气[②]迥然不同的荣誉（文坛的名气刚一吹拂到我身上，我就感到十分厌烦）与我要为我的余生开拓一条不像我前半生所走过的道路那么坎坷的道路的愿望：这四者迫使我加紧进行我感到有必要进行的大检验。这项检验，我现在已开始做了；为了完成这项工作，一切可以由我做到的事情，我一样也不忽略。

我完全脱离社会和从此矢志不渝地喜欢孤独，就是从这个时期开始的。我撰写的那篇文字[③]，只有在我绝对隐居的情况下才

① 指在他的朋友杜宾·弗兰克耶主管的梅斯和阿尔萨斯财政区税务局出纳处担任的职员工作。——译者

② 指他的两篇论文，尤其是第一篇论文（《论科学与艺术》）发表之后，原本默默无闻的卢梭，一夜之间便声名鹊起，但接着又给他招来许多麻烦，与包括前波兰国王斯·勒辛斯基在内的知名人士进行了一场激烈的论战。——译者

③ 指 1762 年发表在《爱弥儿》第 4 卷中的《一个萨瓦省的牧师的信仰自白》这篇被伏尔泰视为“可以单独用软羊皮装订起来”的文字，详细陈述了卢梭的全部宗教思想和宇宙观。——译者

能写出：它需要我长时间的和痛苦地潜心思考，不能受到纷扰的社会活动的干扰；它使我在有一个时期养成的生活方式，我后来发现它是如此之好，以致从那个时候起，我只有在迫不得已的情况下才短时间中断，而且，一有可能，我便马上又满心欢喜地恢复这种生活方式，而不觉得有什么不便。后来，人们硬把我孤立起来；然而我发现，他们为了使我落到可怜的地步而采取的包围手段，反而使我获得了我自己无法获得的幸福。

我全身心地投入我的作品的写作：情绪稳定，快慢适中，视内容的重要程度和我感到的需要而按部就班地进行。那时候，我与几位和古代的哲学家大不相同的现代哲学家[①]过从甚密；然而，他们不但没有消除我心中的疑团和犹豫不决的态度，反而动摇了我对我认为已经了解的某些问题的信心。他们是狂热的无神论的传播者，行事极其武断和专横，不论在什么问题上，他们都不能容忍他人敢于发表与他们不同的看法。由于我不喜欢与人争论，而且又缺乏争论的才能，所以我往往只是轻描淡写地稍稍辩护一番，不过，我是从来没有采纳过他们的那些令人难过的论点的。与这些不容异己并固执己见的人的意见相左，也成了使他们对我心怀仇恨的诸多原因之一。

他们不仅没有说服我，反而使我感到不安。他们的论点虽使我产生了动摇，但并未使我心悦诚服。我总觉得他们的论点中有可反驳之处，但我又找不到用什么话来反驳他们：这不是我的过错，而是由于我的头脑迟钝。我的心对他们的论点大不以为然，然

① 指百科全书派的狄德罗、格里姆及霍尔巴赫等人。——译者

而我的头脑却说不出一个所以然。

最后，我问我自己：难道我就永远让那些能说会道的人的诡辩弄得左右为难，摇摆不定吗？其实，我根本就不相信他们宣讲的、并硬要别人采纳的论点是他们自己也奉行的。从主导他们的论点的那种感情与硬要别人相信这个和那个的急切表现来看，是根本捉摸不透他们到底想说些什么的。我们能在宗派的首领们的身上去寻找真正的信仰吗？他们的哲学是对别人宣扬的，而我需要的是为我自己的哲学。趁现在为时尚不太晚之际，我要尽一切努力去寻找这种哲学，以便获得一个能指导我今后的行为的准则。现在，我已到了成熟的年龄，有充分的理解能力。我已接近晚年，如果再蹉跎岁月的话，那么，在我为时已晚的沉思中，我就没有使用我的全部力量的时间了。我的智能也许已经失去了它的活力，所以，即使我今天尽我的最大努力，其收效也不见得能那么好了。让我们抓住现在的有利时机：现在，既是从外部和物质方面进行改革的时候，同时也是在精神和道德方面进行改革的大好时机。一旦拿定了我的主意，确定了我奉行的原则，我今后就终身要成为我经过深思熟虑之后应当成为的那种人。

我执行这个计划的速度尽管很慢，而且有几次反复，但我是尽了全力并最认真地执行的。我深深感到：我今后余下的日子是否能得到安宁，我整个命运是否顺达，全取决于此。我首先发现，我进入了一个充满障碍的迷宫，到处是困难，到处有人反对，道路曲曲折折，沿途一片黑暗。我曾许多次准备放弃我的全部计划，不再做这毫无希望的寻求，只按一般谨慎行事的规则进行思考，而不去探索那些我难以理解的原理。然而，这个谨慎行事的规则，对我来说，是如此的格格不入，以致我觉得，如果用它来作我的向导的话，那无异于在暴风骤雨的大海中驾着一条既无舵又无罗盘的船向一个几乎无法接近的灯塔驶去，因而不可能找到进入港口的航道。

我坚决按原计划继续进行：这是我有生以来第一次鼓起勇气做事，而我之能顶住那早已把我团团围困而我却丝毫没有觉察的厄运的压力，就靠的是这股勇气。在我进行了从无他人进行过的最真诚和最专心的探索之后，我终于制定了我这一生应当奉行的准则；如果奉行的结果出现了差错的话，我相信，人们至少是不会把我的错误看作是罪行，因为我已经尽了我的全力防止我犯任何罪行。是的，我毫不怀疑我童年时候形成的思想和我内心的秘密愿望已经使我的心感到事情在向着最令人愉快的方向发展。硬要人们不相信他们一心向往的事物，那是很难的；谁也不会怀疑：大多数人对他们所希望的或害怕的事物的看法，都取决于他们对来生的审判是相信还是不相信。我承认，所有这一切都将对我的判断产生巨大的影响，但它们不能改变我的信仰：在任何事情上我都不愿意自己欺骗我自己。既然问题的关键是如何使用这个生命，那么，我就应当知道如何更好地使用它，以便在为时不太晚的时候，让那些操之在我的东西充分发挥它们的作用，而不受到他人的欺蒙。不过，在这个世界上，我最担心的事情是：生怕我的灵魂的永恒的生命沉溺于享受世上的种种浮华，因为，在我看来，它们并不是什么值得欣慕的东西。

我还要承认，我并未完全满意地解决所有那些使我感到困惑的难题，尽管我们的哲学家经常絮絮叨叨地在我耳边讲说那些难题。既然我决定要在人类的智慧理解得如此之少的事物方面做出自己的判断，并到处发现了难以识透的谜和无法解答的反对意见，我就要在每个问题上采取我认为是最有直接根据、而且本身就最值得相信的观点，而不去理会那些我无法解决的反对意见，因为它们自会遭到与它们对立的思想体系的强烈驳斥。在这些问题上，说话武断的人，必定是骗子；至于我们，我们应当有一种对自己负责的精神，尽可能经过深思熟虑之后才发表我们的意见。万一我们这样做了之后还是犯了错误，我们也问心无愧，因为我们不是故意犯罪。我心安理得，凡事处之泰然的态度，就是建立在这个不可动摇的原则的基础上的。

我这番苦心孤诣地探索的结果，差不多全都写进了《一个萨瓦省的牧师的信仰自白》[①]；这部作品，尽管遭到了现今这一代人的恶毒攻击和亵渎，但是，一旦良知和信仰复活，它终有一天会在人们的心中引发一场革命。

自此以后，我便安下心来按照我经过如此长的时间和反复思考之后制定的原则行事；我确定了指导我的行为和信仰的永不更正的准则，便再也不为那些我解决不了的疑难和没有遇到的新出现的问题而操心了。尽管它们有时候使我感到不安，但它们不可能动摇我的信念。我经常对我自己说：所有这一切，都无非是一些夸夸其谈的诡辩和形而上学的烦琐哲学，对我经过理智思考而采取的基本原则丝毫不能产生什么影响，因为我衷心奉行的原则，都打上了我的心在情绪宁静之时认同的印记。在人类的智力难以解

① 卢梭：《爱弥儿》，李平沤译，商务印书馆 2002 年版，上卷，第 369—376 页；下卷，第 377—457 页。——译者

答的诸多深奥的问题中，是不是只要有一个我不能解答的反对意见，就完全推翻我有坚实的事实依据并经过潜心思考的一整套理论呢？难道与我的理性、感情和整个人生都有密切联系、并得到我对其他理论都未曾有过的衷心赞同的理论，就将如此轻易地被它所推翻吗？不会；因为毫无根据的论断永远不能破坏我在我永恒的天性与这个世界的结构与自然的秩序之间所发现的完美的契合。在这完美的契合中，我发现了与自然的秩序相对应的精神的秩序——这是我进行的探索所取得的成果；它正是我忍受人生的苦难所需要的支持。在任何其他的秩序中，我将无法生存，在绝望中死去，成为人类当中最不幸的人。让我们紧紧依靠这个秩序，因为只有它才能使我不受命运和他人的摆布，生活得很幸福。

这番思考和我从中得出的结论，难道不像是在上天的指引下进行的和取得的吗？难道不是他为了让我对即将遭遇的命运做好准备去接受它的磨炼吗？如果找不到一个躲避那些凶恶的迫害者的避难所，如果找不到任何办法洗雪他们使我在这个世界上蒙受的屈辱，如果没有得到我应当得到的公正对待的希望，并一直遭受这个世界上从未有人受过的可怕的命运的折磨，那么，我当初在那么令人苦恼的状况中，在有生之年被逼迫得处于如此令人难以置信的境地中，我将成为什么样子？我后来又可能成为什么样子？当我以为安安静静、清清白白地生活就可受到人们的敬重和亲切对待时，当我向我的至亲好友敞开心扉无话不谈时，那些背信弃义的人却悄悄把我投入地狱的深渊。一颗高尚的心突然遭到那前所未料的可怕的苦难的袭击：不知道被谁、也不知道为什么被推进这污浊的环境，跌入一个耻辱的深谷，周围一片黑暗，充满了阴森可怖的东西。乍一坠入这令人吃惊的环境，简直把我吓得目瞪口呆；如果我事先没有积蓄足够的力量从跌倒的地方站起来，我就永远不能从这前所未有的沮丧状态中恢复清醒。

正是在经历了多年的心灵动荡之后，我的精神才又振作起来，开始恢复我的常态，并感受到了我为应付逆境而积蓄的力量的巨大价值。我下定决心要对一切我应当作出判断的事物整理出一个正确的看法，因此，当我把我奉行的准则和我所处的环境进行比较时，我发现，我把别人的错误论调和这短暂的一生中的琐碎事情看得太重，太耿耿于怀了。既然这短促的一生是一场连续不断的考验，那么，这场考验将采取什么形式就无关紧要了，只要它能达到预期的效果就行了，因此，考验的规模愈大、愈激烈、愈多种多样，则知道如何去经受它们，就愈有好处了。无论多么剧烈的痛苦，只要我们深信能从中找到办法对它加以巨大的和可靠的补偿，我们就不觉得它有什么了不起；我对这种补偿之所以有这样的信心，是我从前面所说的沉思中获得的主要成果。

是的，在我遭受各方面对我施加的不计其数的伤害和无所不用其极的羞辱的过程中，我有时候也感到不安和怀疑，从而动摇了我对希望的信心，并扰乱了我的安宁。我的能力以前无法解答的重大疑难，恰恰在我承受着命运的打击时，又出现在我心中，把我搞得心灰意冷，几乎丧失了勇气。在从前曾一度使我大伤脑筋的论点的支持下，新的论点又时时浮现在我的心里。在我的心紧张得几乎使我窒息的时候，我问我自己：唉！在我屡遭厄运的打击时，如果理性使我感到的安慰只不过是一些幻象，那么，又有谁来保证我陷入绝望的境地呢？如果它要这样摧毁它自己的业绩，打破它在我身处逆境之时使我产生的希望和信心，我将如何是好呢？不过，回过头来一想，在这个世界上，那些只能欺骗我一个人的幻象，有什么用呢？现今这一代人把我独自一人特有的看法都视为谬误和偏见；他们认为，只有在与我的理论体系相反的体系中才能发现真理和真正的论据；他们甚至不相信我的理论体系的产生是出自真诚，而且，在我毫无偏见地形成这一理论体系的过程中，我又发现了我无法克服的困难，不过，尽管我无法克服它们，但它们不能阻止我坚持我的理论。这样说来，在众人当中，是不是只有我一个人是智者和头脑清楚的人呢？是不是只要事物适合我的心意，就可以相信它们是真的呢？如果我的心不支持我的理性，我也要把那些在他人看来已毫无根据而且在我本人看来亦纯属虚妄的表面现象看作是真的吗？在我自己的幻象屡遭他们的破坏而我又无力抵抗他们的破坏的情况下，要想与我的迫害者[①]作斗争，最好的办法难道不是采用与他们对等的武器和论点吗？我自以为我明智，而实际上我却陷入了一个荒谬的错误的圈套，成了它的牺牲品和殉葬品。

在这样的怀疑和动摇期间，我有许多次几乎完全陷入绝望的境地。这种情况，只要有一次持续一个月，我这一生就完了，我本人将不再在人间。这种危机，尽管以前曾一再发生，但为时都很短暂；而现在，虽然我没有完全摆脱它们，但它们发生的次数已如此稀少，而且转瞬即过，所以它们已无力扰乱我的安宁。我只稍稍感

① 指他的《爱弥儿》出版后，那些撰文批驳和动用法律手段迫害他的人，如巴黎大主教、巴黎高等法院和他从前的朋友——百科全书派的哲学家。——译者

到一点儿不安:如同掉进河中的一片羽毛之不能改变水的流向一样,这一点点儿不安,根本不能影响我的心灵。我认为,如果要我对以前决定了的看法重新加以审视,这就意味着我得到了什么新的启示,或者对我所探索的真理有更确切的判断或更大的热情。可是,这些情况我都没有,因此,没有充分的理由使我宁可自己陷于绝望之时徒增我的苦难的那些论调,而不要我青春正旺和思想成熟的时候经过严格分析之后采取的观点;因为它们是在我心灵最宁静,除了寻求真理便别无他念之时所形成的看法。今天,我的心十分焦虑,我的灵魂已被烦恼折磨得极其疲惫,我的想象力已陷入毫无头绪的境地,我的头脑被我周围的许许多多可怕的疑团搞得昏昏沉沉,再加上我的各部分官能因我的年事已高和心中的忧伤而大大衰弱,失去了它们的活力,在这种情况下,难道要我自己剥夺自己积蓄的精神力量,去相信必将使我再遭不幸的一天比一天衰退的理性,而不相信能补偿我不该遭受的苦难的充满活力的理性吗? 不。尽管我并不比当初在这些重大问题上作出决断之时更明智、更有见识和更有信仰,但我对今天使我感到困惑的疑难并非完全没有认识,因此,它们没有能够阻挡我前进;如果还有什么我没有预料到的难题的话,那就是形而上学的胡乱的诡辩了;不过,它们若想推翻古往今来的贤哲都承认的、世界各民族都信奉的、用永不磨灭的大字镌刻在人们心中的永恒的真理,那完全是徒劳的。在我思考这些问题时,我发现,人类的理解如果只通过感官去认识它们的话,那是不可能把它们全都认识清楚的。因此,我只限于研究我的能力所能研究的问题,而不去探索那些超过我的能力的问题。我过去就是这样做的,而且矢志不渝,从不更改。今天，有这么多强有力的理由要我坚持这样做，我凭什么不这样做呢？按照这个路子走下去，有什么危害？不走这个路子，又有什么好处？如果采纳我的那些迫害者的学说，是不是也要同时采纳他们的道德观呢？他们那种既没有根又不结果的道德观念，尽管在书中大肆吹嘘或者在舞台上大演特演 ，但永远打动不了人们的心，也影响不了人们的理性，不过，他们可以用它作幌子，暗中用卑鄙的手段向人们灌输他们那一伙人内部奉行的学说：他们在行为中唯一遵循的，以及十分巧妙地用来对付我的，就是这种学说。这种学说纯粹是进攻性的，而不能用来防御，只可用来侵犯他人。在我处于他们迫使我身处的境地中，它对我有什么用处呢？在苦难中，只有靠我清白的心支持我。如果我失去了这个唯一的但是更强有力的手段，用邪恶的手段代替它，我遭受的痛苦不知道还要大多少倍！？我能用害人的伎俩来害他们吗？即使用害人的伎俩能使我获得胜利，我使他们遭受的痛苦能减轻我自己的痛苦吗？如果我这样做了，就失去了我自己的尊严，而且到头来将一无所获。

我就是这样对我自己讲说道理的，因此没有被那些夸夸其谈的说法和无法解决的矛盾以及非我本人甚至整个人类的思想能力所能解决的难题动摇我奉行的原则。我自己的思想是建立在我为它营造的坚固基础上的，所以是如此安然地得到我的良心的庇护，以致任何旧的或新的奇怪的学说都无法干扰它，都无法片刻扰乱我的安宁。尽管在我心情忧伤和苦闷之时，我甚至忘记了我赖以建立我的信仰和行为准则的论点，但我始终没有忘记我本着良心和理性从中得出并一直坚持的结论。让所有的哲学家们都来说三道四，挑它的缺点；我敢断言，他们将枉自花费他们的时间和精力。

今后，在我的晚年，无论在什么事情上，我都将坚持我当初能正确判断时所选定的方针。

在我这样心情宁静之时，我高兴地发现了在我现今所处的境遇中所需要的希望和安慰。而在我如此长久而忧伤的极端孤独的时期中，面临现今一代人的强烈的敌意和他们使我一再遭到的屈辱，我不可能不有时候感到颓丧。我渺茫的希望和令人心灰意冷的疑虑，又时不时地来扰乱我的心，使我感到忧伤。由于我的头脑已无力进行必要的思考，不知道如何使我恢复信心，因此，我需要回顾我以前的决定，需要回顾我为了作出我的决定而花费的心力和奉献的真诚，才能恢复我的信心，把所有一切新的想法都通通抛弃，把它们视为巨大的错误：它们虚假的外表将徒然扰乱我的安宁。

正是由于我囿于我以前的知识的狭隘的圈子，所以我没有梭伦那样在年纪老迈之时仍每天学习、日益精进的雄心[①]，因此，我要防止我有害的虚荣心去学习那些我今后已无力学会的东西。如果在获取有用的知识方面希望甚微的话，在养成适合于我的处境的道德方面，我还是有许多重要的事情可做的。现在，正是用新的成就来充实和装点我的灵魂的大好时机，让它摆脱这个使它闭目塞听的臭皮囊，揭开遮挡着真理的帷幕，识破我们的伪学者们如此吹嘘的那些知识的虚妄；我这一生中竟浪费了那么多时间去寻求这种知识，这不能不说是一大憾事。只有耐心、温情、听天由命的态度、正直和公正才是一个人自身可以不断充实的财富，是任何别

① 指篇首所引梭伦晚年常吟诵的那句诗："我活到老，要学到老。"——译者

人都抢夺不走的，甚至死亡也不会使它失去其价值：我要把我的晚年全都用来进行这唯一有用的探索。如果由于我自身的进步，我能够做到在临终之时比我在生之日虽不更好一些，但却更有可述的德行，那我就引以为荣了。

第四次散步

在我现今还偶尔阅读的少数几本书中，普鲁塔克[①]的作品是我最喜欢的和受益最多的书。它是我童年时候阅读的第一本书，也是我晚年阅读的最后一本书；可以说只有这位作者的书，我没有一次阅读是没有收获的。前天我还阅读了他的《道德篇》中的一篇论文：《如何使敌人为我所用》。也是在前天，我在整理几位作者寄给我的小册子时，我突然看到洛西埃教士[②]送我的一本学报，在这本学报的扉页上，他题写了这么一句话："赠给那位把一生献给真理的人"。我对这些先生们的刀笔之厉害，是太了解了，所以，不会不明白这句话的含义。我知道：他是想用这种客气的语气说我一句刻薄的反话。不过，他根据什么说这句话呢？为什么要这样挖苦我呢？我有什么把柄被他抓住了呢？为了实地运用善良的普鲁塔克的教导，我决定第二天散步时就谎言问题严格检查一下我自己；检查的结果使我认识到人家的话是对的，德尔福神庙的格言："你对你自己要有所认识"并不像我在《忏悔录》中所说的那么容易做到。

① 普鲁塔克(约公元50—125)：古希腊史学家。——译者

② 洛西埃教士，卢梭于1768年与他相识于里昂。洛西埃是里昂王家科学院院士，自1771年起，担任《物理学和博物学学报》主编。——译者

第二天，我一边散步，一边按我的计划做。我开头想到的第一件事，是我在少年时候说过一次坏良心的谎话[①]。在我这一生中，我一想到此事就深感不安，一直到我的晚年，它还在以各种各样的方式折磨着我已经受了伤害的心。这次谎言，它本身就是一个大罪过；从它产生的后果看，罪过就更大了；尽管它产生的后果我始终不知道，但我的后悔之心使我从各方面都能想象得到它是多么严重。不过，我当时只不过是灵机一动而撒谎的。这次谎言，是由于错误的害羞的心理造成的，绝不是我存心伤害那个姑娘。我敢对天发誓：就在不可克服的害羞的心理使我撒谎的那一瞬间，我真愿意用我全身的血去换取谎言的后果全都落在我一个人的身上。对于这件事情，我只能按我现在的认识来解释，那就是：在当时的那一刹那间，我天生的害羞的心压倒了我心中所有的其他想法，所以才说了那一番胡言乱语。

这一不光彩的行为，以及它在我心中留下的永不磨灭的歉疚，使我对谎言十分厌恶，从而保证了我的心今生今世再也不做此罪恶之事。当我选定我的座右铭[②]时，我感到我就是为实践这个座右铭而生的。我毫不怀疑，当我按洛西埃教士的话开始严格检验我自己的时候，我是无愧于他那句话的勉励之意的。

一深入地严格检查我自己，我发现，正是当我自夸热爱真理，

① 卢梭偷了朋达尔小姐一条丝带，被发现后，竟一口咬定说是女厨玛丽蓉偷来送给他的，使这位姑娘有口难辩，成了他的谎言的牺牲品。此事对卢梭性格的影响极大，使他终生受到良心的谴责。请参见卢梭：《忏悔录》，第2卷。——译者

② 卢梭信奉的格言："我把我的一生奉献给真理。"1759年3月18日卢梭决定以这句话作为自己的座右铭，并专门刻了一方镌有这句话的图章。——译者

并自以为在人类当中再也找不到另外一个人像我这样为了真理宁愿牺牲自己的安全、利益和生命的时候，竟凭空编造，把不是真实的事说成是真实的，而且，编造的事情之多，就我能回想起来的件数来说，就够我大吃一惊了。

最使我吃惊的是，在我回忆这些凭空编造的事情时，我没有任何真正的后悔之意。我这个对谎言深恶痛绝，心中容不下半句谎言的人，我这个敢面对苦刑，宁挨一顿鞭打也不撒谎的人，为什么会那么奇怪，竟心口不一，心血来潮就撒谎呢？因撒了一次谎而心中不断地内疚了五十年的我，在既无必要，又无好处的情况下，是什么不可思议的矛盾的动机使我撒了谎也毫不后悔呢？对于我的错误，我是从来不抱听之任之的态度的；道德的本能始终引导着我走正确的道路，我的良心尽管为了我个人的利益也可能变坏，但它迄今还像当初那样纯洁。在欲望的驱使下，只要良心端正，它就至少能正视自己的缺点。然而，为什么单单在不能自圆其说的无关紧要的事情上良心摆不端正呢？我认为，在这一点上是否能正确判断自己，全看我是否能解答这个问题。经过仔细思考以后，我终于用以下的方式把这个问题解答了。

我记得有一本哲学书上讲过：所谓撒谎，就是一个人掩盖他应当公之于众的事实。从这个定义可以看出：一个人对于没有义务非讲不可的事情保持沉默，是不能算作撒谎的。不过，如果一个人不满足于对一个事实闭口不讲，而说了相反的话，我们是算他撒谎呢还是不算他撒谎？按照那本哲学书上的定义来看，是不能说那个人撒谎的，因为，如果他把一枚假钱币给了一个他分文不欠的人，他当然是欺骗了那个人，但他并没有捞取那个人的好处。

这里有两个问题需要加以研究;两个问题都很重要。第一个问题:既然并非时时都该把事实告诉别人不可,那么,在什么时候和以什么方式把一个事实告诉别人才好呢?第二个问题:是否可以无恶意地欺骗别人?这第二个问题,我知道,要求的回答必须是一语道明的。书上的回答说不行,因为书的作者讲严格的道德规范是一个钱也不花的;相反,社会大众却回答说可以,因为,在他们看来,书上讲的道德全是不能实践的废话。让我们把这些互相矛盾的看法放在一边不谈,尽量用我自己的理论,为我自己解答这些问题。

普遍的和抽象的真理,是所有一切美好的事物中的最珍贵的事物。没有它,人就会成为瞎子;它是理智的眼睛。有了它,人们才知道应如何立身,如何为人,如何做该做的事和达到该达到的目的。特殊的和个别的真理,并不一定总是好的,它有时候甚至是坏的,更多的时候是用不上的。一个人必须知道的与他的幸福密切相关的事情,是不会太多的,但是,不论是多是少,都是属于他的财富;他无论在哪里,他都有权获得。谁要是不允许他获得,谁就会犯最不公平的盗窃罪,因为它是属于大家公有的财富,归大家公用,谁也不能不允许一个把自己的一份财富交归公有的人享受他应该享受的那一部分。

至于那些没有任何用处的真理,既不能教化人,又无实践意义,我们怎么能说它们是真实的财富呢?它们说不上是财富,因为,财富的最终目的是供人使用,没有用处的东西,就不是财富。我们可以要求得到一块土地,哪怕是一块不毛之地,但它至少可以供人居住。然而，一件毫无用处的事情，一件无论从哪方面看都可有可无、对谁都无足轻重的事情，不管它是真是假，都与任何人没有关系。对人的精神无益的事物，对人的身体也将是无益的。一无用处的东西，就没有价值。一个事物要有价值，就一定要有用处或能够排得上用处，因此，只有合乎公正的原理的真理，才是有价值的真理。如果把没有用处的事物也称为真理，那简直是在亵渎真理的神圣的名称，因为，它们的存在与谁都没有关系，即使掌握了有关它们的知识，那也是没有用的。真理如果失去了它的可用之处，就不再成为有价值的东西了；无论是闭口不谈它或是渲染它，都不算是撒谎。

到底有没有毫无意义的和没有任何一点儿用处的真理呢？这是另外一个问题，我以后会回过头来谈它们的。目前要讨论的，是第二个问题。

闭口不说真话与说假话，这根本是两码事儿。不过，这两件不同的事儿会产生同样的后果，因为，只要两者的后果都是零，则所产生的效果就是相同的。在真理不为人重视的地方，它的反面——谬误——也不会为人所重视。在这种情况下，一个说与事实相反的话的人，也不会比另外一个明知事实而不说的人更有伤公正，因为他们两个都同样是在骗人。既然是没有用处的事情，把它理解错了，也并不比不知道它糟糕到哪儿去。我认为海底的沙子是白色或是红色，这与我根本不知道它究竟是什么颜色一样，对我的关系都不大。既然不公正的后果是伤害他人，那么，怎么能说一个不伤害他人的人是不公正的呢？

我把这些问题简单明了地提出来了，但是，如果不预先做许多必要的解释，阐明如何在可能出现的种种情况下准确地应用它们，我们也是不可能恰到好处地应用的，因为，如果说真话的义务纯粹是以真话的实际用处为基础的话，要怎样把它们的实际用处判断准确呢？往往出现这样的情况：对一方有利，对另一方就有弊；个人的利益几乎总是和公众的利益相矛盾的，在这种情况下，该怎么办呢？要不要把不在场的人的利益奉献给予你当面谈话的人呢？对一方有利而对他方有害的真话，到底是说还是不说？我们把该说的话是拿到独一无二的公众利益的天平上去衡量，还是拿到公平分配的天平上去衡量？我敢不敢肯定说我把事情的一切关系都搞清楚了，以致不需要参考我所掌握的情况，单单按公平的法则行事就可以了？此外，一个人在检查了他应该如何对待别人的同时，是否也充分检查了他应该如何对待他自己和如何对待真理？尽管我欺骗了别人，但我对他没有造成任何损害，能不能因此就说我对我自己也没有造成任何损害呢？只要一个人从未做过不公正的事，就能说他是一贯清白的吗？

伤脑筋的问题虽然这么多，但只要你自己拿定主意："不论冒多大的危险，我都要说真话"，这些问题就容易解决了。公正的本身存在于事情的真实中。谎言总是有伤道德的，谬误终将使人误入歧途的。一个人只要把不合常情的事原封不动的告诉他人说是该做的或该信的事，不论他的话将来的后果如何，他都该受到指摘，因为他没有把自己明知此事不合常情的话说出来。

谈到这里，问题虽然都清楚了，但还没有解决，因为，问题不在于弄清永远说真话是不是好，而在于弄清是不是应该（按我在前面引述的那个定义说是:不应该)区别对待,是不是应当区分:在哪些情况下是绝对该说真话,而在另外一些情况下,只要不有失公正,便可避而不谈,或者在不撒谎的条件下,改变一下说法。我发现,这些情况实际上是存在的;问题在于我们应当找到一个可靠的法则去识别它们。

不过,到哪里去找这么一个法则,并如何证明它是万无一失的绝对可靠的呢? ……在诸如此类的困难的道德问题上,我总觉得用我的良心的启示,比用我的理智的光辉来解决好。[①] 道德的本能从来没有骗过我;一直到现在,它在我心中还保持着它的纯洁,我可以信任它。尽管它有时候对我的行为的欲念保持沉默,但在我事后回忆时,仍能对我加以引导。我就是这样自己审判我自己,而且,审判之严格,和我死后由最权威的法官审判是一样的。

对于人们的言论,如果用他们的言论产生的后果去检验的话,往往检验得很不准确的,推其原因,除了由于它们产生的后果并不总是那么明显的和容易识别的以外,还由于它们产生的后果,如同言论所针对的事情一样,是变化无穷的。唯独用发表言论的人的意图去检验他的言论,不仅可以作出正确的评价,而且还可断定他的言论好到什么程度或坏到什么程度。只有在故意骗人的情况下

① 关于良心比理智更能导人于善,卢梭在他的《爱弥儿》中有一段著名的话:“良心呀,良心! 你是圣洁的本能,永不消逝的天国的声音。是你在妥妥当当地引导一个虽然是蒙昧无知然而是聪明和自由的人,是你在不差不错地判断善恶,使人形同上帝! 是你使人的天性善良和行为合乎道德。没有你,我就感觉不到我身上有优于禽兽的地方;没有你,我就只能按我没有条理的见解和没有准绳的理智可悲地做了一桩错事又做一桩错事。”参见卢梭:《爱弥儿》,李平沤译,商务印书馆 2002 年版,第 4 卷,第 417 页。——译者

说假话，才能算作撒谎。故意骗人之心，它本身并不总是和害人之心联系在一起的，它有时候的目的还恰恰相反呢。不过，为了使一句谎言无害于人，单单无害人之心是不够的，还需要有确切的把握，使听谎言的人即使把事情搞错了，也不会受到任何损害。一个人是很难有这种把握的，同样，要使一个谎言百分之百的无害，那也是很难的。为自己的利益而撒谎，那是故意蒙骗人；为他人的利益而撒谎，那是弄虚作假。为害人而撒谎，那是故意中伤，这是谎言之中最坏的谎言。既无图利之心，又不损害自己和他人，即使说了谎言，也不算撒谎。这不能算撒谎，而只能算作瞎说一气。

为了宣扬一种道德而编写的故事，叫作寓言或神话。由于它们的目的只能是或应当是包含有一些以令人喜闻乐见的形式表达的有用的真理，所以就用不着掩盖谎言，因为它只不过是真理的外衣；至于为编写寓言而编写寓言的人，我们无论从哪方面看，都不能说他撒谎。

还有一些编写的故事，纯粹是无益的，如大部分短篇故事和小说，就属于这类作品。它们没有任何真正的教育意义，完全是为了供人消遣而作。对于这类毫无道德意义的作品，只能根据作者的意图来评价它们。当一位作者煞有介事地洋洋洒洒写书的时候，我们很难说他写的东西是假的，有谁对他的谎言起过疑心，认认真真地琢磨过呢？有谁对写这类作品的人严肃地批评过呢？举例来说，《尼多斯神庙》[①]这本书如果是为教化世人而作，它的目的也被

① 《尼多斯神庙》是孟德斯鸠 1725 年发表的一部作品，书中有许多渲染色情的描写，遭到当时的人们的批评。——译者

书中绘声绘色描写的豪华场面和荒淫行为糟踏得一干二净了。作者为什么要用一层朴素无华的油彩来掩盖这一切呢？他谎称他这本书是一部译作，原稿是用希腊文写的；他编造了一套发现这部原稿的经过；编造得合情合理，以致读者们把他说的话信以为真。如果这不算地地道道的谎言，请问，要怎样才算是谎言呢？问题是：有没有人敢说这位作者犯了撒谎罪？有没有人根据这本书就说作者是骗子？

人们休想说什么那本书上讲的，只不过是让人读了觉得好玩而已；说作者已经讲了，他不指望有什么人把书中讲的故事当真事，实际上，他也的确没有使谁真相信了他的故事，公众也从不怀疑他本人就是这部所谓的希腊作品的作者，尽管他说他只是译者。我的回答是：这样一种毫无道德目的而只图读了好玩的作品，实在是一种非常愚蠢而又幼稚的书。尽管他说他不指望别人相信他讲的故事，他也难辞撒谎之咎。我认为，应当把有知识的读者和广大的普通读者加以区分，因为后者往往是作者怎么讲，他们就怎么信的。对于这样的读者，由一个装出一副善良样子的严肃的作者讲的故事，是很有权威性的；他们会毫不怀疑地把作者用古代的酒杯盛的毒酒一饮而尽的。这杯毒酒，如果作者用现代的杯子盛，读者至少会有点戒心，提高警惕的。

不论书中有没有这种区别，至少在一切善良的人的心中是有这种区别的，因为他不愿意受他的良心的谴责。为了自己的利益而说假话，其骗人的性质，与为了损害他人而说假话是一样的，虽然撒谎的罪过不那么大。如果把利益给予一个不该得这份利益的人，那就会打乱秩序和有损公正。把一个错误归给自己或归与他人，其结果，不是受到称赞就会遭到谴责；不遭别人指摘，就会有人出来替他辩护，所以，这种做法是不正确的。凡是与真实的情况相反的话，都将以某种方式损害公正，因此，应当视为谎言。这是一条准确的界线。不过，一切与真实的情况相反的话，只要不以某种方式涉及公正问题，就只能被看作是瞎编的故事。现在我宣布：无论何人，只要把他纯粹是瞎编的故事斥责为谎言，我就承认他的良心比我的良心好。

冠冕堂皇的谎言，是真正的谎言。因为，无论是把谎言得来的好处归给别人或归给自己，都同样是不公正的，有害于人的。无论何人夸不该夸的事或骂不该骂的事，只要涉及一个人，他就是撒了谎；如果涉及的是一个虚构的人，他爱怎么说就怎么说，说了也不算撒谎。但是，如果他从道德的角度评论他编造的事实，而且不实事求是地硬说他是对的，人们就可以说他是在撒谎，因为，他虽没有谎言事实，但他的话有违道德，而道德是比事实可敬一百倍的。

我曾经看见过一些人们称之为上流社会中的诚实人；他们的诚实表现在无所事事的闲聊上。他们在列举地方、朝代和人物的时候，的确是很忠实的：他们不瞎编任何事，不胡乱渲染任何情景，也不说什么夸张的言辞。在一切与他们的利益无关的事情上，他们谈起话来的确是百分之百的忠实。然而，一谈到与他们有关的事，一提起与他们有牵连的问题，那就什么花招都用上了，一切都拣好的说，从对他们最有利的方面说。如果谎言于他们有利的话，他们自己不说，而想方设法让人家去说，结果是：谁也不知道别人的话是出自他们的口授。这就叫老谋深算；让诚实见鬼去吧。

至于我所说的诚实人[①]，他的做法却恰恰相反。对于鸡毛蒜皮的事，别人闹翻了天，而他却无动于衷。他可以信口编造一些瞎话去取悦他的同伴，只要他编造的瞎话无论对死人或活人都不会产生不公正的或褒或贬的结论。任何一句话，只要对某人有利或有害，只要含有对某人尊敬或轻视之意，只要违背公正和真理的表扬或谴责，他就会认为是一句谎言，他心里就不会想，嘴上也不会说，笔下也不会写。即使有损他个人的利益，他也会毫不动摇地诚诚实实地[②]做人。在无关紧要的谈话中，他倒也不句句都追求诚实。他的诚实[③]表现在他从不骗人。无论是指摘他的话或夸奖他的话，他都以同样的忠于真理的态度听取；他从来不为了自己的利益或者为了损害他的敌人而干骗人之事。我所说的诚实人与另外一种诚实人之间的区别是：上流社会的诚实人，在一切不需要他付出代价的事情上，他是非常之诚实的，但不能超过这个界线；而我所说的诚实人，在需要为真理牺牲自己的生命时，他必定会极其忠实地为真理而献身。

也许有人会问：既然一个人也有信口瞎编、说话没遮拦的时候，这与我所称赞的对真理的热爱怎么能调和得起来呢？既然对真理的爱掺杂了那些东西，那它岂不成了假的了吗？不，它是真实的和纯洁的，是对正义的爱的真诚流露。尽管他的做法有时候令人难以理解，但他绝不虚伪。正义和真理，在他心中是两个可以毫无差别地互相替用的同义词。他心中热爱的神圣的真理，不是什么鸡毛蒜皮的事情和没有用的空名，而是把每一个人应该得到的

①②③　着重号是原有的。——译者

真正属于他的东西原封不动地给他，无论那个东西是好还是坏，是荣誉还是恶名，是赞扬还是非难。他对人绝不虚情假意和故意害人，因为他的正义感不允许他这样做。他绝不损人而利己，因为他的良心不允许他这样做；他绝不把不属于他的东西据为己有。他非常珍惜他的自尊心，这是他一丝一毫也不割让的财富；如果为了赢得别人的尊重便牺牲这个财富，他认为那是毫无一得的真损失。他有时候在一些无关紧要的事情上也口没遮拦地说假话，但他的假话，无论对别人或对他自己，都既无损害，也不带来好处，所以不能说他撒了谎。然而，一旦涉及历史的真实，涉及人的品行、正义、人与人的关系和有用的学识时，他就会尽力保证他自己和别人都不出差错。不属于这种情况的谎言，在他看来算不上谎言。如果《尼多斯神庙》是一部有益的书，则有关希腊原稿的那段故事就只能算作一个无害的虚构；如果这本书是一部有害人心的坏书，则作者的那段虚构，就是一个该受惩罚的谎言。

这就是我评判谎言和真话的良心的法则；在我从理智上采用这些法则以前，我的心已经不知不觉地按照这些法则行事，并在运用这些法则方面养成一种道德本能了。我那次伤害了可怜的玛丽蓉的罪恶的谎言，给我留下了不可磨灭的悔恨，从而使我在以后的一生中不仅没有再撒这种谎，而且没有撒过可能涉及他人的利益和荣誉的谎。既然我什么谎都不撒，所以我就用不着斤斤衡量撒谎的利和害，用不着在害人的谎言和出于好意而编造的谎言之间划什么确切的界线。我把这两种谎言都看作是有罪的，所以这两种谎言我都不说。

在这个问题上，和在其他问题上一样，我的气质对我为人的准则，或者说得更确切一点，对我的生活习惯，有很大的影响。我做事是很少按部就班地做的；无论在什么事情上，我除了按我的天性的驱使去做以外，是很少按其他的准则去做的。预先打定主意撒谎的事，我从来没有干过，我也从来没有为我个人的利益撒过谎。我撒谎，往往是因为我害羞，是为了在一些无关紧要的或顶多只涉及我一个人的事情上摆脱一时的窘境，例如，在与别人谈话时，当我的头脑反应慢或者找不到话说的时候，我才会编造一些话来说。当我必须说话而又一时想不起有趣的话说时，我就会瞎说一气，以免待在那里像哑巴。不过，在我瞎编瞎说的时候，我也尽量小心使我编造的话算不上谎言，也就是说，它们既不有亏道义，也不伤害真理，全是一些对别人和我都是无关紧要的事情。我希望，我至少要做到：我讲的话，虽不确有其事，但在道德上是说得过去的，也就是说，要向别人的心展示天性的爱，是或多或少有益于人的。总而言之，我说的话要有道德意义，要有寓言的意味。不过，要做到这一点，我的才思还嫌不够，我的口才还不足以使我讲得杂乱无章的话句句都起到教育人的作用。当我与别人谈话时，谈话的进展往往比我头脑的反应快，因此常常逼得我来不及思考就说，说一些傻话和莫名其妙的话，及至说出了口，我的理智才觉得不对，我的心也不赞成，然而它们已经在我仔细掂量之前说了，已无法收回来重新另说了。

也是由于我的气质的不可抗拒的原动力的驱使，往往在意料不到的刹那间，我害羞和胆怯的心理又使我说一些违心的假话。它们之所以不经过心中的思考就脱口而出地说了出来，完全是一时的形势的需要。那次伤害可怜的玛丽蓉的谎言，给我留下了深刻的印象，一想起此事，就使我不敢再撒这类损害他人的谎。不过，这并未阻止我为了摆脱困难而说只涉及我一个人的假话；这种假话，在违背我的良心和我立身处世的原则方面，与损害他人命运的谎言是一样的。

我请上天作证：如果我能收回我为了摆脱困境而说的谎言，并说出于我不利的真话，而又不因为我收回前言便蒙受新的羞辱，我是真心愿意收回那些谎言的。不过，由于我不好意思由我自己来暴露我的错误，所以我到现在还没有这么做。对于我的错误，我是真心悔恨的，尽管我没有胆量去纠正它们。有一个例子可以说明我这番话的意思，并说明我撒谎既不是为了谋取利益；也不是出于维护我的自尊，更不是由于我有什么企图或坏心，而唯一无二地是由于一时的尴尬和我错误的害羞的心理。我有时候非常清楚：谎言就是谎言，对我是一点用处也没有的。

不久前，福尔基耶先生硬要我破例带着我的妻子，和他及他的朋友贝鲁瓦，到瓦加森太太开的饭馆去吃什么野餐。这位老板娘和她的两个女儿也与我们一起吃，吃到半中间，那位大女儿（她已结婚并有了身孕）突然问我，硬要我告诉她：我是不是曾经有过孩子。我的脸唰地一下羞得一直红到耳根；我脱口回答说："我还没有这个福气"。她露出诡秘的微笑，环视了一下在一起用餐的人。这个动作的意思是很清楚的，连我在内，大家都明白的。

我的回答显然不是出自我的本心，尽管我是有意骗她。我抬头看那个提此问题的女人，我看出：我否定的回答并未改变她对这个问题的看法。她是早已料到我会否认的，甚至可以说她是故意激我撒谎，好拿我开心的，这一点，我还不至于蠢到觉察不出来。两分钟以后，我该回答的话自动就出现在我的脑子里了，我应该这样告诉她："一个年轻的女人向一个老头儿提这个问题是不甚妥当的。"[①]这样措辞，既没有撒谎，也用不着因为说了什么肯定的话而脸红，不仅稳住了那些看我笑话的人，而且也使那个女人受到一次小小的教训，自然而然地使她不敢再那么放肆地盘问我。可是我没有这么做，没有说我该说的话，相反，我说了不该说的毫无用处的话。可以肯定的是，我的回答既未经过我的思考，也不是出自我的本心，而是由于我一时窘迫的结果。在这个问题上，我以前未曾这么尴尬过。我承认我的错误，而且承认时的语气是坦率多于羞愧，因为，我毫不怀疑的是，人们是看得出我弥补过失之意和深感内疚之心的。而这一次，人们狡黠的目光使我感到难堪，使我手足无措，不知如何是好，结果，使我更加窘迫，更加胆怯。可见，我之所以撒谎，完全是因为我害羞的缘故。

我从来没有像我在写《忏悔录》时那样明显地感到我对谎言有一种天生的厌恶。因为，在这个时候，只要我的天性稍稍往撒谎方面倾斜一点儿，撒谎的念头就会一而再、再而三地强烈引诱我撒谎。然而，我决定：我要无话不说；我该受谴责的事，一件也不隐瞒。由于一种我难以解释的和不愿意模仿他人的心理作用，我反倒觉得最好是从相反的方向撒谎，这就是说：对我自己的指摘，宁可有过之而无不及；对我自己的辩解，要轻描淡写到等于没有辩解。这样，我的良心就保证了我将来不会像我自己这样严厉地受别人的评判。是的，我是怀着高尚的心灵这样说和这样感觉的。在写《忏悔录》的时候，我的心地之善良、真诚和坦率，我敢自信，和任何另外一个人是

① 着重号是原有的。——译者

一样的，甚至还远远过之。我既感到我心中的善胜过恶，我什么话都说，这对我是有好处的，因此，我把我要说的话，全都说了。

我该说的话，不但没有少说，而且有时候还多说。不过，不是多说了事实，而是对当时的环境讲得过多。这类谎言，是想象力奔放的结果，而不是存心说的。实际上，我是不该把这一类话称为谎言的，因为，我多说的话没有一句是假的。我写《忏悔录》的时候，我已经老了[①]，对于我浅尝辄止的生活中的乐趣，已经感到厌倦了，觉得它们都是毫无意义的了。全书是凭回忆写的；有些情况我回忆不起来，或者回忆得不完全，于是，只好用想象来代替回忆，想象出一些细节来填补空白。不过，我想象的细节，其情况绝不和当时的情况相反。我喜欢把我一生中的美好时刻讲得详细一些，有时候还情不自禁地添枝加叶把它们美化一番。对于我已经忘记的事，我就想当然地说一个可能是如何如何的情形。我有时候用天花乱坠的词句来描写事实，但我绝不用撒谎的办法来文过饰非，搪塞我的罪恶，也不硬说我有什么这样那样的美德。

在描写我的画像时，虽然我有时候由于不自觉地一时冲动而不假思索地掩饰了我不好看的一面，但这种略而不谈的做法，得到了另外一种更加奇怪的略而不谈的做法的补偿，那就是：为了做到闭口不谈我做的好事，我花的心思，比我为了闭口不谈我做的坏事所花的心思多。这是我的天性中的一个奇特之处。有些人不相信这一点，是大可原谅的；尽管是不可相信的，但是是完全真实的。在谈到我的恶行时，我就要把恶行的种种卑鄙龌龊之处抖搂个一

① 1764 年卢梭开始写他的《忏悔录》时，年五十二岁。——译者

干二净；而在谈到我的善行时，我不但很少把善行的可贵之处通通都摆出来，而且还经常是只字不提，因为它们将使我获得太多的荣誉。再说，如果我一字不漏地全讲的话，我就有自我吹嘘之嫌。我在描写我青年时期的事情时，我就没有夸我心中的优良品质；对于有些可充分证明我优秀品质的事，我干脆就略而不提。在这里，我回想起我童年时候的两件事；这两件事，我写《忏悔录》时也想起了的，但我都略而不提；唯一的理由，就是我刚才讲的那几点。

我几乎每个星期日都到帕基去，在法齐先生家待一天。法齐先生娶了我的一个姑姑，在帕基开了一家织印花布的作坊。有一天，我在轧光机房里一边晾花布，一边观看轧光机的生铁轧辊。轧辊的光泽很好看，我用手指去摸，觉得很好玩。这时，小法齐在大转轮那里，他把转轮稍稍动了一下，真是巧得很，正好转过来压着我的两根长手指的指头，把两根指头的指甲压掉了，我尖叫一声，小法齐立即把转轮倒回去，于是两个指甲都卷走了。我的两根手指鲜血直流；小法齐也吓得大叫一声，跑过来抱着我，求我别叫喊，说我再叫喊，他就完了。我尽管疼得很厉害，但看到他那难过的样子，我的心就软了。我什么话也不说；我们两人到水槽那里去，他帮我把手指洗干净，用碎棉纱团给我把血止住。他哭着求我别去告他。我答应不去告他。我说话算数，严格遵守我的诺言，直到二十多年过去了，也没有人知道是什么事故给我这两根手指留下伤疤的。这两个伤疤至今还在。我在床上躺了三个多星期，有两个多月我几乎不能活动，有人问我时，我总回答说是一块大石头掉下来把手指砸伤的。

这出自侠肝义胆的谎言啊！

它岂不比任何真话都美吗？①

从当时的情况看，这次事故对我的影响是很大的；因为那时我们正在搞训练，想把城里的人都组织起来。我原来是和三个与我同年龄的孩子编为一个班，要穿着军装和区里的连队一起出操的。可是这时，我却卧床不起。听到连队敲着鼓，和我的三个伙伴一起从我窗下经过，我心里是很难过的。

在我年龄稍大时，还发生过一件类似这样的事。

我和一个名叫普兰士的伙伴在普兰宫玩槌球，我们玩着玩着竟吵了起来，最后还动手打架。他用槌球棍在我没有戴帽子的头上打了一下，这一下打得那么准，如果再稍微重一点儿的话，就会把我打得脑浆迸裂的。我立刻倒在地上；这个可怜的男孩看见我满头是血，吓得慌乱无比。他当时心情激动慌乱的样子，我一生中还从来没有见过。他以为把我打死了，他扑过来把我抱着，紧紧地抱着我，放声大哭，还不时发出令人心碎的叫声。我也使劲抱着他，也像他那样激动得直哭。当时的激动是含有某种温暖的情谊的。他帮我止血，可是我的血还继续流。他眼见我的两块手巾不够止血用了，就把我搀扶到他妈妈家里。他妈妈的屋旁边有一个花园。这位善良的太太看见我这个样子，差一点晕了过去。她尽力给我包扎伤口：她用一盆清水把伤口洗干净后，又给我敷上用白酒浸泡过的百合花。这是我们家乡很好的敷伤口的药，很管用的。这母子两人的眼泪是如此之深深地打动了我的心，竟使我在一个

① 引自意大利诗人塔索：《解放了的耶路撒冷》，第二章，第22段。原诗咏的是少女索福洛尼娅为了救基督徒，毅然把别人犯的罪说是她犯的。——译者

很长的时期里，把她看作我的母亲，把她的儿子看作我的兄弟，一直到我不再见到他们以后，我才逐渐逐渐地把他们忘记。

同上次事故一样，我对这件事情也严守秘密。类似这样的事情，在我这一生中何止发生过一百次，但我在《忏悔录》中都不曾提；不提的原因，一则是由于我不知道如何才能把它们写得有意义，再则是由于我的性格使然。有时候我也讲了一些与我所知道的事实不符合的话，但那只是一些无关紧要的事情，或者是由于叙述的杂乱，或者是由于一时的兴之所至，下笔行文才有欠考虑，而绝不是为了我个人的私利，更不是为了有利于或有损于别人。将来，无论何人读我的《忏悔录》，只要他平心静气，不偏不倚，他就会感到：我在书中对我所做的事情的评述，远比我评述罪恶之事的用词更令人羞愧和令人难过；其实，要真是做了什么罪恶之事，尽管其性质十分严重，那也没有什么不好意思说的，而我之所以没有谈，完全是因为我没有做过罪恶之事。

从以上所讲的话就可看出，我所说的诚实，它的基础建立在思想的正直和公允上者多，建立在事情的真实上者少。我立身行事，遵循的是良心的指导，而不是抽象的真或假的概念。我有时候生编一些故事来讲，但我很少说假话。按照这些原则去做，尽管我让人家抓住我许多辫子，但我没有损害过任何别人，也没有把不该我得的好处捞给我自己。我觉得，只有这样做，讲真话才是一种美德。从其他方面看，对我们来说，它只不过是一种既无益又无害的纯抽象的事情。

然而，对于这样的区分，我心中并不十分满意，因此，不能认为我没有任何可非议之处。在仔细思量我对别人歉疚之事时，我是否也仔细检查过我对我自己也有歉疚的地方呢？如果说对别人要公正的话，对自己就应当真实，这是诚实的人对自己的尊严应有的尊重。在我和别人谈话的时候，因一时找不到适当的话题便迫不得已地编造一些无害的话说，这我当然是做错了，因为我不应当为了取悦别人而自己降低自己；在写作时，如果只图写得痛快，便给所讲的真事添枝加叶地描写，那就更是错上加错了，因为，用虚构的情景来美化真实的事实，实际上是在歪曲事实。

自从我选用了那个座右铭以后，我就更加不能要求人们对我多加原谅了。那个座右铭迫使我比所有其他的人都更应密切地接近真理。为了真理，单单牺牲我个人的利益和改变我的爱好，是不够的，还须同时改掉我的弱点和天生的害羞之心，在任何情况下都应当有为人真诚的勇气和力量，不仅口不能讲任何子虚乌有之事，尤其是专门用来记述真理的笔更不能写虚假不实之词。这些话，我在选定那个庄严的座右铭时，就已熟记在心，只要我继续奉行这个座右铭，我就要不断地时时重温。我说假话，绝不是由于我为人虚伪，而完全是由于我的心灵软弱，但我不能以这一点来为我辩解。因为，软弱的心灵顶多只能保证人不做坏事，而要敢于宣扬伟大的德行，就需要有自负和勇敢的心。

若不是洛西埃教士提醒我，我的头脑里是不可能产生这些看法的，当然，要应用这些看法，已为时很晚，但还不是太晚，因为，它们至少可以改正我的错误，重新把我的意志纳入正轨，自此以后，一切都要看我自己怎么做了。在这件事情上，以及在其他类似的事情上，梭伦的教导是任何年龄的人都可以应用的，因此，甚至向敌人学习聪明、真实和谦逊，学习如何少一点儿自以为了不起的心，学习这些，我们任何时候都不能说为时太晚。

第五次散步

在所有我曾经居住过的地方中（有几处是很迷人的），没有一个地方是像碧茵纳湖中心的圣皮埃尔岛那样使我真正感到十分快活，并使我对它产生极其甜蜜的怀念之情。这个小岛，纳沙泰尔人称它为拉莫特岛；即使是在瑞士，知道这个小岛的人也不多。就我所知，还没有任何一个旅行家曾经谈起过它，然而，它却非常之美，对一个喜欢自己把自己幽禁起来的人来说，它的位置简直是好得出奇。尽管在这个世界上我也许是唯一一个命中注定要自己把自己幽禁起来的人，但我不相信有这种天生的爱好的人只有我一个，虽然迄今为止，有此种乐趣的人我还没有发现过。

碧茵纳湖的湖岸比日内瓦湖的湖岸虽显得更荒芜，但却更别致。由于湖边的岩石和树木更临近湖水，所以湖岸之美，并不逊于日内瓦湖。虽说沿湖一带的农田和葡萄园比较少，市镇和住户也不多，但它依然到处是郁郁葱葱，一派天然的美景；到处是草地和树荫遮盖的幽静处。地势起起伏伏，互相映衬的景色，比比皆是。由于这宁静的湖滨没有可通车马的大路，所以很少有人到此一游，然而，对喜欢孤独和沉思的人来说，这里正是好地方，因为他喜欢陶醉于大自然的妩媚，喜欢在这除偶尔有几声莺啼和小鸟的鸣啭与从山巅奔腾直泻的哗哗水声以外，便别无其他声音打扰他在寂静环境中的潜心沉思。在这近似正圆形的美丽的湖泊中央，有两个小岛，其中一个方圆约半法里，岛上有人居住，种有庄稼；另一个小一些，无人居住，十分荒凉，岛上的泥土不断被人们搬去修补大岛上被波涛和暴风雨冲毁的地方，看来，这个岛终有一天将荡然无存。弱者的血肉就是这样被用去增补强者的身躯。

岛上只有一幢房子。这幢房子很大，很漂亮，也很舒适；它和这个岛都属于伯尔尼医院所有。房子里住着一位税务官和他的家人与仆役。屋旁有一个养有许多家禽的饲养场、一个鸟栏和几块鱼塘。岛子虽小，但地势和地貌变化万千，因此，什么样的风景都有，什么样的作物都可以种植。有庄稼地，有葡萄园，有树林，有未开垦的处女地，有树荫掩映的大牧场，周遭有各种各样的灌木林，它们靠近湖边的水，长得很茂盛；另外，在一个高高的台地上种有两行树，在台地的中央建有一个大厅，在收葡萄的季节里，每逢星期天，湖边的居民就到大厅来聚会和跳舞。

在莫蒂埃遭到一顿石头袭击[①]之后，我就来到这个岛上避难。我感到在这个岛上居住是如此地令人心旷神怡，岛上的生活是如此地适合我的性情，以致使我下定决心，要在这个岛上度过我的余生。我唯一担心的，是怕人家不让我执行这个计划，硬要把我送到英国去，此事的酝酿，我早已觉察[②]。我心中惴惴不安，真巴不得

① 1765 年 9 月 6 日夜，莫蒂埃部分居民扔石头袭击卢梭的住所。关于此事的经过，请参见卢梭：《忏悔录》，第 12 卷。——译者

② 石头袭击事件发生后，卢梭的朋友们催促他接受英国哲学家休谟的邀请，到英国居住。1766 年 1 月 4 日，卢梭由休谟与德吕兹伴随离开巴黎，于 1 月 13 日到达伦敦。——译者

人们把我这个安身的地方建成一个永久的监狱，把我在这里关一辈子，剥夺我的一切权利，断绝我走出这个监狱的念头，切断我与陆地的联系，使我对外界发生的事情一无所知，忘记岛外的人们，也让岛外的人们忘记我。

人们让我在这个岛上居住的时间连两个月都不到[①]，而我倒是真想在岛上住两年，住两个世纪，甚至永远住下去也不会感到片刻的厌腻。我和我的伴侣[②]在岛上只和那位税务官与他的太太及仆役接触，此外就没有任何其他来往的人。这税务官一家的确是好人，仅此而已，而我需要的也恰恰是这种人。我把这两个月看作是我一生中最幸福的一段时间。这段时间是如此的幸福，以致，要是我能终生过此生活，我就心满意足，再也不会三心二意想去过其他的生活了。

不过，究竟是什么样的幸福呢？它有哪些东西让我享受呢？我让本世纪的人根据我对我在岛上的生活的描写去猜。首先是我无事可做[③]，这是最珍贵难得的享受，是我得到的种种享受中最主要的享受，现在回想起来还觉得其味无穷。我在岛上居住期间，我所做的，只不过是一个懒散成性的人喜欢做的和必须做的事情而已。

有些人巴不得让我在这个孤岛上自己把自己幽禁起来，如果没有他人的帮助，我就不可能逃离此地，而要逃离，那一定会

---

① 卢梭于1765年9月12日到圣皮埃尔岛，同年10月25日离开，只在该岛住了六个星期。——译者

② 指黛莱丝·勒瓦赛尔。——译者

③ 着重号是原有的。——译者

被人发现的。此外，如果没有我周围的人的通力合作，我就无法和外界联系和通消息。他们的这些想法，倒使我产生了另外一个想法，那就是：我要比以往任何时候都更平平静静地在岛上度过我的晚年。由于我想到我有充分的时间安排我的生活。所以在开始的时候，我一点准备工作也没有做。我仓促之间被人们送到这个岛上，单独一个人，什么东西也没有带，只好把我的女管家[①]接到岛上，然后又陆陆续续把我的书和我的那一点儿行李运来。可是我懒得打开看，箱笼之物运到时放在哪里，就让它们放在哪里。我住在我打算度过一生的屋子里，就好像住旅店第二天就要离开似的，一切都原封不动，这样挺好；若要整理，反而会弄得一团糟。最使我高兴的事情之一是，我的书放在箱子里一本也没有动，甚至连纸、笔和墨水也一样也没有取出来。当有些伤脑筋的信非要我拿起笔来写回信不可时，我只好满腹牢骚地到税务官家去借，用完以后马上就归还，盼望从此不再去借第二次。我的房间里不但没有讨厌的文具，反而摆满了各种各样的花和草，因为那时候我已开始爱上了植物学。这是迪维尔努瓦博士引导我产生这一爱好的，而且，不久就使我入了迷。我既然不愿意看书和写作，就得有一件既能使我感到好玩，又不让我这个懒人花多大力气的事情来填补这个空缺。我打算写一本《圣皮埃尔岛植物志》，描述岛上的一草一木，一个也不遗漏，而且要写得尽量详细，好以此来打发我的时光。听说有一个德国人为了一块柠檬皮就写了一本书，而我则要对草地上的每一种

① 此处的“女管家”，即前文的“伴侣”黛莱丝·勒瓦赛尔。——译者

禾本植物和树林中的每一种苔藓以及岩石上的每一种地衣，都要一个一个地写一本书；总之，无论是一株小草也好，一粒种子也好，我都要详细研究，一个也不放过。按照这个美好的计划，我每天早晨吃完早饭后，便一手拿着一个放大镜，一只胳臂下夹着一本《自然分类法》①，信步走到岛上的一个地方去调查。为了做好这个工作，我还特意把这个小岛划分成好几个小区，以便在每个季节里一个一个地去研究一番。那时，我对植物的组织和结构，对它们的性器官在开花结实过程中所起的作用，一无所知，因此，每当我在观察中有什么发现时，我欢喜若狂的心情，简直是无法形容。从前，我对各种植物的生殖特性的差异，毫无概念，因此，我特别喜欢在常见的几种植物身上检验这种差异，以期从中发现更鲜为人知的现象。当我第一次看到夏枯草的两根长长的雄蕊上的分叉，看到荨麻和墙草的雄蕊的弹动，看到凤仙花的果实和黄扬壳的爆裂，看到开花结实过程中的数不清的微小现象时，我真是高兴到极点了。拉封登问人家是否读过《哈巴谷书》②，而我倒要问人们是否见过夏枯草的角。两三个小时以后，我满载而归地回家；下午若老天下雨，我就不愁在家没事儿干了。上午如有空闲，我就和税务官与他的太太及黛莱丝一起去看他的雇工们干活；我们也经常动手和他们一起劳动。常常

① 《自然分类法》，瑞典博物学家林内(1707—1778)的一部主要著作。——译者

② 拉封登(1621—1695)：法国诗人、寓言故事作家；《哈巴谷书》为《圣经·旧约全书》中的一书。这里卢梭有误，据路易·拉辛(《让·拉辛评传》)说，拉封登最欣赏的是先知巴录的《巴录书》。——译者

有伯尔尼人来看我，他们曾多次发现我爬在一株大树上，腰间挎一个口袋，等装满了我采摘的果子，我就用一根绳子把口袋吊放到地上。上午的这些活动以及与活动分不开的愉快心情，使我的午饭吃得很香，吃的时间也长。但是，如果遇到天好的话，我不等午饭吃完就离席，乘别人还在桌上用餐之时，独自一人溜出屋去，跳上一条小船，把船划到湖中心；湖上波平浪静，我躺在船上仰望天空，听任小船随风漂荡，爱漂到哪里，就漂到哪里。有时候，我在船上一躺就躺好几个小时；我沉思默想，千奇百怪的景象想得很多，乱是乱一点，但都挺有趣。尽管没有固定的目标，而且对任何一件事情都不是一想就想到底，然而，正是由于随我的兴之所至，所以我觉得它们比人们所谓的生活的乐趣还美妙一百倍。我经常是看到夕阳西下，才发现我该回家，然而这时，我已经离岛很远了，只好使出全身的力气拼命划船，赶到天黑以前回到岛上。有几次，我不是把船划到湖中心，而是沿着绿茵茵的岛岸一桨一桨地向前划去。这儿的湖水清澈见底，岸边的树荫又浓密得使我禁不住自己跳入水中游泳。不过，我划船常去的地方之一，是从大岛到小岛。我午饭后，把船划到小岛，弃舟登陆，在那里度过一个下午，在稚柳、泻鼠李、春蓼和各种各样的灌木丛中散步，有时候我躺在长满细草、欧百里香、野花甚至还有岩黄芪和苜蓿的沙丘上休息。看来，苜蓿是人们从前种的。有苜蓿之地最适合于野兔居住，它们可以在那里平平安安地生活，既不担心人家伤害它们，它们也不伤害别人。我把这个想法对税务官讲了，于是，他让人从纳沙泰尔买来几只公野兔和几只母野兔；在我离开圣皮埃尔岛回陆地之前，它们就已经开始生小兔了。如果它们能熬过严酷的冬天的话，它们一定会在岛上昌盛繁衍的。这个小小的殖民地建立那一天，真是热闹得很。我比“阿耳戈”号船上的司令官[①]还神气，率领我们这支队伍，把野兔从大岛护送到小岛。最使我感到得意的是，那个怕水怕得要命并老晕船的税务官太太登上我的船，在我的率领下，信心十足地到了小岛，一路上一点畏惧的样子也没有。

当湖上波涛汹涌不能行船时，我下午就在岛上到处去采集植物。有时候又坐在一个风景宜人的僻静处像做梦似的沉思，海阔天空地想象，有时候又站在高坡或高地上极目眺望美妙的湖景；湖岸一边临山，一边是土地肥沃的大平原，地势辽阔，一直延伸到远处淡蓝色的群山。

暮色降临时，我从岛上的高岗走到湖边，坐在一个僻静的湖滩上。在那里，波涛声和汹涌的水声集中了我的思想，驱走了翻腾在我心中的烦恼，使我的心能够长时间地沉醉在美妙的梦境里，直到天已大黑，我还没有发现时间已到夜晚。波涛起伏，水声不停，不时还夹杂着一声轰鸣；这一切，不断传到我的耳里，吸引着我的眼睛，时时唤醒我在沉思中停息了的内心的激动，使我无需思考，就能充分感到我的存在。我有时又短暂地和淡淡地思考时事的沧桑，变化无常，宛如这湖面的涟漪。不过，这短暂的想象不久就消逝在永恒的和平稳的心灵运动中，使我得到慰藉。尽管我的心没有主动让我长久处于这种状态，我也是如此之沉湎于兹，以至到了

① 指希腊神话故事中率领“阿耳戈”号船上的勇士去寻找金羊毛的伊阿宋。——译者

钟点和约好的信号叫我，我才费了很大的劲摆脱这种状态，回到家里。

晚饭后，如果天好的话，我们便一起到高地上去散步，呼吸湖上送来的清新的空气。我们在一个亭子里休息，笑呀，聊呀，唱几首比现今怪声怪调的歌好听得多的老歌，然后怀着对一天的生活过得很惬意的心情回家去睡觉，筹划如何在明天也像今天这样快快活活地过一天。

除有时候接待一些不速之客以外，我在这个岛上居住期间，天天都是这样度过的。现在请人们告诉我：究竟是什么原因使我入了迷，使我对圣皮埃尔岛如此恋恋不忘地亲切怀念，以致时隔十五年[①]之后，每一想到在岛上居住的那段甜蜜的时光，便好像我又再次登上该岛，置身于我原来居住的地方。

在坎坷不平的漫长的一生中，我发现，最使我得到甜蜜的享受和舒心的快乐的时期，并不是最常引起我回忆和使我感触最深的时期。那令人迷醉和牵动感情的短暂时刻，不论它是多么的活跃，但正是由于它的活跃，所以在生命的长河中只不过是几个明亮的小点。这种明亮的小点为数太少，而且移动得也太快，所以不能形成一种持久的状态。我心目中的幸福，绝不是转眼即逝的瞬间，而是一种平平常常的持久的状态，它本身没有任何令人激动的地方，但它持续的时间愈长，便愈令人陶醉，从而最终使人达到完美的幸福的境地。

① 卢梭 1765 年到圣皮埃尔岛，至 1777 年夏写作本文，其间只相隔十二年。——译者

世间的一切事物都处在持续不断的变动之中，没有任何东西能保持一种永久不变的形态。我们对外界事物的感受，也同事物本身一样，经常在变动。它们不是走在我们的前头，就是落在我们的后头；或者使我们回想一去不复返的过去，或者使我们憧憬往往难成现实的未来。世上没有任何一种能使我们的心永远寄托的固定不变的东西，因此，我们在世上所能享受到的，只不过是一些转瞬即逝的快乐。至于永恒的幸福，我怀疑世上是否真正有过。即使在我们尽情享受的时候，也很难有一个瞬间真能使我们的心对我们说："我愿这一瞬间长此持续"。因此，我们怎么能把那使我们忐忑不安、心中一片空虚、患得患失的转瞬即逝的状态称为幸福呢？

如果世间真有这么一种状态：心灵十分充实和宁静，既不怀恋过去也不奢望将来，放任光阴的流逝而紧紧掌握现在，不论它持续的长短都不留下前后接续的痕迹，无匮乏之感也无享受之感，不快乐也不忧愁，既无所求也无所惧，而只感受到自己的存在，单单这一感受就足以充实我们整个的心灵；只要这种状态继续存在，处于这种状态的人就可以说自己得到了幸福——不是残缺的、贫乏的和相对的幸福，而是圆满的、充实的、使心灵无空虚欠缺之感的幸福。我在圣皮埃尔岛上就经常处于这种状态。我或者躺在随风漂荡的船中，或者坐在波涛汹涌的湖边，或者站在一条美丽的小河旁或流水冲激砾石潺潺作响的溪边，孤独一人，静静沉思。

在这种状况下，得到的是什么乐趣呢？在这种情况下得到的乐趣，不在任何身外之物，而在我们自身，在我们自己的存在，只要这种状态继续存在，一个人就可像上帝那样自己满足自己。排除一切其他欲念而只感到自身的存在，这本身就是一种非常珍贵的满足感和宁静感。单单这种感受就足以使一个人对自己的存在感到可贵和可爱，并知道如何消除一切不断来分散我们的心力和干扰我们在世上的乐趣的肉欲和尘世杂念。不过，大多数人都被一个接一个的情欲搅得心绪不宁，感受不到这种状态的魅力。他们只是在很难得的短暂时刻隐隐约约进入这种佳境，因此，对这种境界只有一个模糊不清的概念，不足以使他们领略到它的美。然而，从目前的客观环境来看，如果一味贪恋这种令人如醉如痴的境界，未必是一件好事，因为它将使人对社会生活感到厌腻，而社会生活中不断增长的种种需要，是要求人们承担一定的义务的。但是，一个被逐出人类社会、在这个世界上无论对人或对己都不能做出什么有意义的事情的人，却在这种状态中可找到无论是命运或任何人都无法剥夺的乐趣，以补偿他失去的人间幸福。

是的，这种补偿，并不是每个人，也不是在任何情况下都能感受到的。必须心境宁静，没有任何欲念来打扰。进入这种境界的人要有发自内心的感触，另外还需要有周围的事物的谐和。内心不能绝对静止，也不能过分激动；内心的活动必须缓慢而均匀，既不时而过快，也不时而间歇。没有运动的生命必将麻木；如果运动不均匀，或者过于猛烈，就会一惊而醒。只要我们对周围的事物一动心念，就会破坏我们沉思的佳境，失去内心的平衡，从而又再次戴上命运和人世间的枷锁，回忆过去的苦难。绝对的宁静将使人感到哀戚，使人有死之将至的感觉，因此，这时候就需要借助于欢乐的想象来驱散心中的凄凉。凡是具有上天赐予的想象力的人，是一定会自然而然地频频想到许多欢乐的景象的。这时，内心的活动将取代外界的刺激，轻松而愉快的想象将微微拂动心灵的表面而不触及它的深处。心中的宁静感虽然微小，但却非常的甜蜜，这就足以使人把握自我，忘记他所受的苦难。无论你身在何处，只要你能静下心来，便可领略这种沉思的乐趣。我经常在想：即使我身陷巴士底狱，或者被关在一间伸手不见五指的牢房里，我也能非常愉快地这样静思。

应当承认，这一切，必须在一个树木繁茂的孤立的岛上做起来效果才更加美好。这个岛由于自然条件的限制，与陆地完全隔绝。岛上的景色赏心悦目，非常宜人；没有一样东西会勾起你对过去的痛苦的回忆。和少数居民的交往亲密无间，但关系又不密切到没完没了地来打扰你。这样，我每天可无拘无束地想做什么就做什么，没有什么事情要我操心；我可以懒懒散散，安闲度日。对一个置身在许许多多令人不快的事物中也能想象出使人愉快的景象的沉思人来说，这样的环境是非常好的。他可以随他的心意尽情幻想，使各种各样能真正打动他的感官的东西都听从他的安排。当我从长时间的幻想回到现实中来时，看到我周围浓密的树木和各种各样的花和小鸟，极目远眺，观看那围绕在辽阔的和明净的湖水四周的湖岸，我还以为这些美好的景色是出自我的幻想。直到我一步一步地恢复自我，回到周围的现实事物中，我也不知道应当把虚幻的景象与现实事物的分界线划在何处。所有这一切，使我在这个美丽的小岛居住期间所过的孤独宁静的生活十分惬意。这样的生活，难道就不能再过一次吗？但愿我能再次到那个可爱的岛上居住，在那里度过我的余年，永远也不离开，从此不再见到任何一个陆地上的居民，以免使我回想起他们这些年来千方百计地使我遭到的苦难！尽管我事过不久就把他们通通忘记了，但他们却永远也不会忘记我。不过，这有什么要紧呢？因为他们没有办法到岛上来打扰我嘛。摆脱了喧嚣的社会生活中产生的种种尘世的欲念，我的心就可超出尘世，提前和天上的神灵交往，希望不久就成为他们当中的一员。我完全知道，有些人不愿意把这样一个安静的避难处还给我，他们早已打定主意不让我留居该岛了。然而，他们无法禁止我每天给我的想象力插上翅膀，让我飞到该岛，像我身居该岛那样，在几个小时中再次领略我从前在岛上沉思时的乐趣。有一件事情我还要做得更好，那就是：我要在该岛幻想，我就要随心所欲，爱怎么想，就怎么想。我既然要想象我现在就在岛上，我岂能还像从前那样幻想吗？我要添枝加叶，给虚幻的和单调的梦境增添一些可以使它富有生气的美妙形象。从前，它们往往在我心醉神迷的时候逃避我的眼睛，而现在，我愈深入沉思，它们就愈在我面前活跃；与我当初身在岛上的情况相比，我现在更觉得我是身在其中，比那时的心情更快乐。可惜的是，随着想象力的衰退，想象起来就更加困难，而且也不能持久。唉！当一个人开始离开他的躯壳时，他的躯壳反而阻碍他的想象力。

第六次散步

任何一个不自觉的动作，只要我们善于去寻找，就不可能在我们心中找不到它的原因。昨天，我从新林荫大道到比埃弗河，沿着让蒂耶一侧河岸去采集植物标本，在走近当弗尔豁口时，我向右绕了一个弯，穿过一片田野，经过枫丹白露街，登上这条小河上的一块高地。这一绕弯，它本身没有什么奇特之处。但是，当我一想起我曾多次到了那里就不由自主地绕这个弯，我便在心中琢磨这究竟是为什么。在我最后找到其中的原因时，我不禁哑然失笑。

在走出当弗尔豁口的一条大街的一个拐角处，在夏日里，有一个女人每天都在那里卖水果、饮料和小面包。这个女人有一个小男孩，很可爱，但是个瘸子，夹着两根拐杖一瘸一拐地向过往行人乞讨。我和小人儿打过一次交道；此后，每当我经过那里时，他都要来向我问好，而我也总要给他几个铜子儿。开头几次我很高兴，后来又有几次我还是满心欢喜地给他点东西，而且故意问他几个问题，听他回答一些天真烂漫的话，觉得很有趣。此事逐渐成了习惯，不知不觉变成了一种像功课似的非做不可的事情。于是，我开始感到厌烦，尤其是每次都必须听他一段开场白：他一张口就称我为“卢梭先生”，表示他和我是老相识；其实，恰恰相反，我发现，他跟那些教他的人一样，对我根本就不了解。从此以后，我就不大愿意从那里经过，而且不知不觉地变成了习惯：一走到那里便绕一个弯。

我在思考这件事情时，所发现的情况就是如此；这些情况，此前从未在我的脑海里清清楚楚地呈现过。这件事情，以及它后来使我回想起的其他许多事情，都向我证明：我的大部分行动的真正的第一动机，只有经过长时间的思考，才能把它弄清楚，我深深知道，行善事是人的心所能获得的最大的快乐；然而这一乐趣，我已经很长时间无缘问津了。处在我这样悲惨的境地中，要想由自己选择并有成果地做一件好事，那是不可能的。那些操纵我的命运的人的最大心愿是：让我看到的一切都是骗人的假象；而任何合乎道德的动机，都是他们向我展示的诱饵，诱我掉进他们为我设下的陷阱。这一点，我现在已完全明白了；我发现，今后，我的能力所能做的唯一一件好事是：切莫轻举妄动，以免在无意中或者在不知情的情况下做了坏事。

不过，我从前也曾经有过快乐的时候，因为那时候只要我按照我的心意的指导，我有时候也能做出令他人满意的事情。这一点，我可以大胆为我自己作证：那时，每当我感受到这种快乐时，我发现它比任何其他快乐都更沁人心脾。这种感受非常的强烈和纯真，在我的内心深处从来没有觉得它有什么不妥当的地方。然而，由于我做的好事随之产生了一系列必须尽的义务，从而变成了一种沉重的负担，这时，我心中的快乐便完全消失。这样的事情开头固然使人感到高兴，但没完没了地继续做，便索然无味，麻烦得令人难以忍受了。在我短暂的走运的日子里，有许多人来求我帮助，我都尽力而为，从来没有拒绝过他们当中的任何一个人。但是，我当初实心实意所做的好事，却给我一个又一个地招来许多我没有料到的必须包办到底的事情，使我后来一直没有办法摆脱它们的束缚。我对他人做的好事，他们却把它看作是我应当做的事情；有些不幸的人受了我的恩惠以后，就缠住我不放，一再要我为他们效劳，以致使我自由自愿做的好事变成了尽不完的义务，一有需要就来找我为他们出力，即使我的力量不够，也无法推辞。就这样，原本非常甜蜜的快乐变成了不堪承受的重负。

这副沉重的担子，在我默默无闻时我倒不觉得它怎么重。然而，当我的著作一夜之间使我出了名，成了一个人物（这显然是个严重的错误，使我吃了不少的苦头），我就变成了“总务处”：我的家门庭若市，一切受苦受难的人和自称是受苦受难的人都来找我；四处打秋风的骗子以及那些假装尊敬我，实际是想方设法整我的人，都找上门来见我。因此，我有理由断定，一切天然的倾向（包括行善事的倾向）如果不加小心和不加选择地用到社会上，就会变质，而且，它们原本是多么有益，后来也将变得多么有害。一系列痛苦的经验逐渐改变了我的性情，或者说得更确切一点，把它限制在适当的范围以内。经验告诉我：当我的善意有可能助长他人的恶意时，切莫盲目按自己的性情行事。

不过，对于我那些痛苦的经验，我并不感到后悔，因为，经过思考之后，我发现，它们无论在我认识我自己方面，还是在认识我在千百种抱有幻想的情况下行事的真正的动机方面，都给予了我新的启示。我认为：要高高兴兴去做一件好事，我就需要有行动的自由，不受任何约束。要使一件好事失去它的乐趣，只需将它变成一种我必须履行的义务就够了；因为义务的压力将把甜蜜的乐趣变成一个沉重的包袱。我记得我在《爱弥儿》中说过[①]，我在土耳其人中间不可能成为一个好丈夫，因为，当有人在大街上叫喊男人尽他们做男人的义务时，我是不会听他的话的。

以上所说，大大改变了我保持了很久的对我自己刚毅性格的看法，因为，按照自己的天性行事，这不能算作刚毅的性格；在天性的驱使下，从行善事中寻求快乐，这也不是刚毅的性格。刚毅的性格表现在：当义务要求我行某事时，我能战胜天性的驱使，去做义务要求我做的事情；在这一点上，我做得比上流社会的人差得多。我生性善良，易动感情；我的怜悯心甚至发展成了我的弱点；凡是对人慷慨的事，我都满心欢喜地去做；我为人厚道，爱行好事，乐于助人；只要别人能打动我的心，我就回报他以真情；如果我是人类当中最有势力的人，我就会是最仁慈的好人；即使我有报仇的能力，我也能克制自己，不会产生报仇的念头。对于我自己的利益，我能一秉大公，该牺牲时就毫不犹豫地牺牲；然而对于我所喜爱的人的利益，我就难下决心这么做了。当我的义务与我的心发生矛盾时，只要我不采取行动，则前者往往不能战胜后者：在这种情况下，我表现得最坚强；要违背我的天性行事，那是不可能的。只要我的心不许可，无论任何人、任何义务甚至生活的需要，都不能命令我做任何事情；我的意志是不听从任何人摆布的，我是不会服从

① 在这里，卢梭记错了：不是在《爱弥儿》中，而是在《忏悔录》第5卷中："在任何事情上，我都是不能容忍他人的约束和强迫的；即使是令人快乐的事，若硬要强迫我去做，我也是不愿意的。据说，在穆斯林那里，天刚亮，就有一个人在大街上吆喝，叫男人尽自己对妻子的义务。我可不是那么听话的土耳其人：我不会听他的命令在这个时候干那种事。"（卢梭：《忏悔录》，巴黎"袖珍丛书"1972年版，上册，第293页）——译者

任何人的命令的。当我发现灾祸将要降临到我头上时，我宁可让它降临，也不去想办法加以防止。我做事有时候开头很起劲，但这股劲头不久就逐渐松弛，甚至消失得一点也没有了。在任何一种可以想到的事情上，只要我做起来没有兴趣，不久我就无心再做了。

还有，别人的约束即使与我的愿望相符合，而且约束的程度也不大，那也会打消我的愿望，使我感到厌烦，甚至恶心。即使是好事，只要是别人强迫我去做的，我做起来就感到难过：好事只能由我主动去做，而不能由他人强迫我做。纯粹无偿的好事，我当然是愿意做的，但是，如果受惠的人因此就以为他有权利要求我继续不断地做，永远当施恩者，否则，他就会恨我，那么，我就会感到厌烦，完全失去当初做那件好事时的乐趣；如果我迁就对方，勉强地做了，那就是出于软弱或不好意思拒绝的害羞心理：不是真心诚意地做，我不仅不高兴，而且还要在心里责备我自己不该违心地做那件事情。

我当然知道，在施恩者与受惠者之间存在着某种契约，甚至是契约之中最神圣的契约。他们彼此之间形成了一种社会，其间的关系比把一般人都包括在内的社会更紧密得多，因此，只要受惠者有无言的感谢的表示，施恩者也应对他报以同样的情谊；只要他没有成为一个不配受惠的人，施恩者就应当继续以好心相待，对他的要求尽可能予以满足。不过，这些都不是明文规定的条件，而是他们之间所建立的关系的自然结果。在第一次向他人要求无偿的帮助时若遭到拒绝，那是谁也无权抱怨那个拒绝的人的；但是，谁要是在他曾经施恩的人再次要求无偿帮助时表示拒绝的话，谁就会令那个人原本以为可再次得到满足的希望遭到破灭，使他的期待落空，而这种期待乃是由施恩者让对方产生的，因此对方将感到受到了不公正的对待，比当初第一次若遭到拒绝更令人难堪；不过，这种拒绝毕竟是我们喜欢独立行事的一种表现，是不能轻易放弃的。偿还欠人家的债款，是我应尽的本分；而给人以赠品，乃是为了使我自己高兴的事情。不过，尽本分的乐趣，是只有那些养成了实践美德的人才能领略的；那些全凭天性行事的人还达不到这个高度。

有了这么多痛苦的经验以后，我学会了及早料到凭一时冲动而行事的后果，因此，我后来经常是袖手旁观，不去做我本来想做而且有能力做的好事，生怕由于考虑不周，贸然行事，会被它纠缠得脱不开身。我并非一贯是如此担惊受怕的，相反，在我青年时期，我曾经常以我美好的行为去帮助别人，而且发现，我所帮助的人后来之所以对我那么亲近，是出于感谢之情而不是由于利害关系。但是，从我的倒霉之日一开始，这方面的情况就立刻起了变化。我从此生活在新的一代人中间，他们与前一代人大不相同；我对他们的感情，同他们对我的感情一样，都发生了变化。我发现，尽管人还是那些人，然而，原本那么不同的先后两代人，如今可以说是互相同化了。例如夏梅特伯爵就是这样；我原来是很尊敬他的，而他也很喜欢我，可是他为了让他的亲戚能当上主教，竟不惜自己去投靠舒瓦瑟尔[①]，充当他的打手。又如曾受过我的恩惠的

① 舒瓦瑟尔(1719—1785)：法国政治家，曾担任路易十五的外交大臣和陆军大臣。——译者

巴勒神甫，他本来是一个好人，是我的朋友，在青年时期是一个很诚实的小伙子，可如今在法国一有了点名气，就使劲出卖我。比尼斯神甫也是如此；此人在我任法国驻威尼斯使馆秘书期间，曾当过我的副手，因此，我的所作所为自然赢得了他的爱戴和尊敬，可是后来为了大发横财，一言一行都全不顾良心和真理。穆尔杜本人也由白变成了黑①。当初，他们为人都很坦率和真诚，如今却竟然变成了这个样子，行事和别人完全一样。世道变了，人也跟着世道一起变。唉！那些当初以他们的人品赢得我的敬重的人，如今行事与当年判若两人，我怎么还能对他们抱同样的感情呢?！我不恨他们，因为我根本就不懂得什么叫恨；然而我不能不轻视他们，因为他们理应受到轻视：我对他们不能不明确表示我的这种态度。

也许我本人也有巨大的变化，只不过我自己没有看出来罢了。什么样的天性能顶住类似我所处的这种情况而不发生变化呢？这二十年的经历②使我深深明了，大自然赋予我心中的良好资质，都被我的命运和那些主宰我的命运的人败坏了，既损害了我，也伤害了别人；我把别人让我做的任何一件好事都看作是他们给我设置的陷阱，其中藏有害人的机关。我知道，不论我的事情的结果如

① 卢梭晚年在写作《一个孤独的散步者的梦》这段期间，尽管生活和心理方面已相对稳定，下笔为文，条理清晰，但他的思维，尤其是在对人（包括他的少数几个挚友）的看法上，仍未完全摆脱过于偏执的状态，他对穆尔杜的看法就是一例。穆尔杜始终是他的一个值得信赖的忠实朋友。在卢梭离世前不久——1778 年 3 月 15 日，穆尔杜还带着他的儿子皮埃尔去他家看他；他把他的《忏悔录》和《对话录》的稿子交给穆尔杜，并要年轻的皮埃尔允诺：如果他的父亲没有完成交办的任务就去世，他要替他的父亲继续完成。（见特鲁松：《卢梭传》，李平沤、何三雅译，商务印书馆 1998 年版，第 405 页）——译者

② 指 1757 年 12 月他离开退隐庐以来的二十年。——译者

何，我的好心都是没有好报的。不错，回报总是有的，但它内在的喜悦已完全失去了。一旦没有了激励这种心情的因素，我对一切便淡漠了，心中一片冰凉，只觉得，非但不是在做什么好事，而是在受人愚弄；这既有悖于我的自尊心，也违背我的理智，因此只能使我感到厌恶与反对；然而同是这种事情，如果是在自然状态中，我一定会满腔热情地去做的。

有些逆境有助于升华和增强我们的心灵，然而也有一些逆境使人的心灵陷于沮丧，甚至遭到扼杀：我所处的就是这后一种逆境。只要我的心中稍微有一点邪恶的种子，我所处的逆境就会使它急剧增长，使我行事疯狂，成为一个无用之人。既然不能为我自己也不能为他人做好事，我就索性什么事也不做；我是被迫处于这种状态的，因而是无罪的；不仅如此，我发现，这种状态还给我一种温暖的感觉，使我能充分宽慰自己，而不必责备我自然的天性。当然，我在这方面做得有点过头，因为我每每想方设法逃避有所作为的机会，甚至在我发现它只有好处而无坏处的时候，我也逃避。我深深知道，人们是不会让我了解事情的真相的，所以我不会只凭他们让我看到的表面现象就下结论，因此，不论人们用什么样的借口来掩盖他们行为的动机，我都能看出他们的动机是在迷惑世人。

我的命运似乎在我童年的时候就给我设置了一个陷阱，使我后来往往轻易就掉进了其他的陷阱。我生来就是众人当中最信任他人的人；在整整四十年[①]中，我的这种信任他人之心一次也没有

① 严格说来是三十八年，因为卢梭1712年出生到1750年他的第一篇论文（《论科学与艺术》）发表时，刚三十八岁出头。——译者

用错过。后来，由于突然进入了另外一种人和另外事物的行列，我便中了千百次圈套，而从来没有事先觉察过一次，而二十年的经验也仅仅使我对我的命运开始有所明了。当我发现人们对我装模作样的种种表示全是假的和骗人的以后，我又走到了另外一个极端，因为一个人一旦不按他的天性行事，就不会受任何界线的限制了。从此以后，我对所有的人都感到讨厌：我的意志与他们的意志发生撞击，我要远远地离开他们，因为我厌恶他们这些人，比厌恶他们对我玩弄的诡计更有甚之。

不论他们的花样多么翻新，我对他们的厌恶都不会发展成憎恨之心。一想到他们千方百计硬要我依赖他们，仰他们的鼻息，结果反倒让我把他们搞得事事受我支配；他们真可怜得很啊。我固然不幸，他们自己也不幸嘛。当我的头脑恢复清醒时，我总觉得他们十分可悲。在我的这种看法中也许掺杂有骄傲的成分，因为我认为我比他们高尚得多，所以不屑于去恨他们；他们顶多只能让我对他们嗤之以鼻，而绝不可能引起我对他们怒目圆睁。我太爱我自己了，所以我不对任何人抱仇恨之心，因为，一仇恨他人，就要压缩我自己的生活范围，而我追求的是，把我的生活范围扩大到整个宇宙。

我宁可躲开他们，而不去恨他们。他们的面貌引起我的反感，他们冷酷无情的目光使我感到心寒。只要引起这些感觉的东西一消失，我不愉快的心情也随之不复存在。在他们出现在我眼前时，我虽不得不与他们周旋，但他们一走，我就不再去想他们。在我看不见他们的时候，我觉得他们就等于零，好像世界上根本就没有他们这些人。

只有在与我有关的事情上，我才对他们漠然视之；而在他们之间的相互关系中，我将把他们看作是我在舞台上所看到的人物，依然对他们感兴趣，对他们表示关心。除非我的道德观完全泯灭，我才不过问事情是公正还是不公正。不公正和邪恶的事情，我一看见便怒从心头起；而实践美德，既不张扬又不矜夸的事情，我每次看到都满心欢喜，甚至感动得流下眼泪，不过，必须要我亲眼见到和作出判断以后才行，因为，在我经历了那么多事情以后，除非我是疯子，我是不会以别人的看法为看法的，我是不会别人说什么我都信以为真的。

如果我的面貌和特征也像我的性格和天性那样不为世人所知的话，我在他们当中生活起来也许还没有什么困难。只要他们把我当作陌生人，说不定我还很喜欢他们的那种生活。只要让我无拘无束地按照我自然的天性行事，只要他们不来干扰我，我还是很喜欢他们的。我对他们将竭诚相待，而不存半点私心，但是绝不能形成什么特殊的关系，不受任何义务的约束，我将自由地和主动地为他们做他们碍于自尊心和他们的规矩而不好意思求我为他们做的事情。

如果我一直是自由的、默默无闻的和离群索居的（就我的天性而言，我最好是处于这种状态）我也许能做许多好事，因为我心中毫无半点害人的念头。如果我像上帝那样无所不能和谁也看不见，我也许会成为像他那样善良和广行善事的人。要成为杰出的人，必须要有能力和行动的自由；软弱无能和唯唯诺诺，必然把人变成坏人。如果我有吉热斯[①]的那枚戒指，它就会把我从依赖于

① 吉热斯：公元前7世纪理迪国国王，据说，他有一枚神奇的金戒指，戴在手上就能隐身，不被他人看见。——译者

人的状态中解放出来，让我反过来把别人置于我这种状态。我经常在心中琢磨如何使用这枚戒指，而且想的全是如何滥用这枚戒指。如果我有满足我的欲望的能力，想做什么就做什么，而又不被别人欺骗，那么，我将有什么要求呢？我只有一个要求：看见所有的人都心满意足，皆大欢喜。只有公众的至福才能永远打动我的心；我永不改变的热情是：要为实现公众的至福贡献自己的力量。只要我为人始终正直而无偏心，善良但不软弱，我对人就不会有盲目的怀疑心和冤冤不解的仇恨；因为，只要实事求是地看待他人和了解他们的心，就会发现，好到值得我衷心爱戴的人不多，而坏到值得我恨之入骨的人也为数极少，甚至他们的恶行也有使我对他们感到可怜的地方，因为他们在伤害他人的同时，也伤害了他们自己。也许，在我高兴的时候，我的童心复萌，有时候也能做出一番产生奇迹的事情，但那绝不是为我自己，而是遵循我的天性行事，一秉大公，按照宽厚和公平的原则办理。作为上帝的使者和他的律法的执行者，我将尽我的全力完成一系列比《圣徒传》[①]上所记载的和圣梅达公墓出现的奇迹[②]更有益于世人的伟大事业。

只有在这一点上，我的这种可以游走四方而不会被人发现的隐身之术可能会使我产生难以抗拒的邪念；而一旦走上了歧途，我就不知道我将被它引到什么地方。如果我自以为没有被它误导，

---

① 《圣徒传》，13世纪热那亚圣多明我会的修士雅克·沃拉吉纳作，是一本在当时广为流传的宣扬圣徒布道和行奇迹的故事的书。——译者

② 圣梅达公墓出现的奇迹，圣梅达公墓在巴黎。据说，1727—1732年间，狂热的冉森派教徒一到该公墓中的帕里修士的墓室前，就“全身痉挛”，能看到许多奇迹。——译者

或者以为我的理性阻止了我走上这条致命的下坡路,那就意味着我对人的天性和我自己认识不足。在其他事情上我都很自信,唯独在这件事情上我失败了。凡是能力超群的人,就应当克服人的弱点,否则,能力的过度滥用,便只会使他落他人的下风,甚至不如他从前的自己,因此还不如与他人势均力敌为好。

经过多方考虑之后,我觉得,最好是把那个有魔力的戒指扔掉算了,以免被它弄得去干傻事。如果人们硬要说现在的我不是从前的我,一见我的面就感到讨厌,我就躲开他们,不让他们看见我,然而这不是说我在他们当中从此就湮没无闻,失去了光彩。事实上,应当躲藏起来不让我看见的是他们;他们应当把他们的阴谋诡计掩盖起来,躲避光明,像鼹鼠那样藏在地洞里。对我来说,只要他们能看见我[1],就让他们看好了;那好得很嘛;可惜的是,他们根本没有办法看见我;他们所看见的,纯粹是他们在想象中按他们的心愿塑造出来加以仇恨的让-雅克 。因此,如果因为他们那样看我,我就感到难过,那我就错了:他们如何看我,我毫不在乎,因为他们所看到的,并不是真实的我。

我从这些思考中得出的结论是:我的确不适合这个文明社会;在这个社会中,到处都是绽绊,都有应尽的和必须履行的职责,加之我特立独行的天性不允许我忍受为了和他人在一起生活而必须忍受的束缚。只要我能自由行动,我就是好人,做的全是好事,而一旦感到身上有了枷锁,无论它们是来自生活的需要还是来自他人的干预,我都要反抗,或者说得更确切一点,我就会成为脾气倔

① 这里的"我",指真实的我。——译者

强的人,一个一无用处的人。不过,要我违背我的意志行事,我无论如何是不干的;甚至连我的意志想做的事,我也因为感到力量薄弱而不去做。我无所作为,什么事也不做:我的软弱表现在行动上,我的力量往往反而起消极作用,我的一切罪过都是由于我的疏忽造成的[①],而不是由于我做了什么该做的事情而产生的。我从来不认为人的自由是在于他想干什么就干什么;恰恰相反,我认为人的自由是在于他可以不干他不想干的事:我所追求的和想保有的自由,是后一种自由。然而正是因为我想保有这种自由,我遭到了与我同时代的人的责难。他们这些人成天东奔西走,到处活动,四方钻营;他们不愿意看到别人有行动的自由,也不想为别人争取这种自由;只要他们能为所欲为,或者说得更确切一点,只要能把他们的意志强加于人,他们便一生都甘愿干连他们自己也感到讨厌的事情,不惜采用一切卑鄙的手段去愚弄他人。他们的错误不在于把我看作一个无用之人而排除在社会之外;他们的错误在于把我看作一个危险分子对我倍加敌视:我承认,我做的好事不多,然而为恶的念头在我这一生中却从来没有在心中产生过;因此,我敢说,在这个世界上没有任何一个人干的坏事比我少。

① 这句自责的话,卢梭在《忏悔录》第10卷中也说过:"我最严重的错误是由于我的疏忽造成的;我很少做不应该做的事,但不幸的是,我更少做我应该做的事。"(卢梭:《忏悔录》,巴黎"袖珍丛书"1972年版,下册,第269页)——译者

第七次散步

我刚刚才开始描写我在这个集子中所做的长长的梦[1]，我就觉得好像是快要写完了似的。因为另外一件有趣的事情取代了它，吸引了我的全部注意力，甚至使我忙得不可开交，没有时间做梦。我当时是如此疯狂地全身心投入到这件事情中，以致后来一想起它来，我便开怀大笑。我做这件事情，从来不惜力气，因为在我这样的处境中，除了无拘无束地完全按照我的天性行事以外，便无其他的法则可遵循。对于我的命运，我无能为力，所以做事只能顺从我天真无邪的性情；对于他人的议论，我听之任之，根本不过问。此时，最明智的办法是，就我的能力所及，无论是在公众面前还是单身独处，我想做什么就做什么，全凭我的兴之所至；除了受我的力量的限制以外，除了受我的力量的限制以外，便不受其他的约束。我就是这样以干面包充饥，把全部精力和时间都用来研究植物的。在我已经成为老人的时候，我才开始在瑞士的伊维尔努瓦博士那里学了一点点儿基本知识；值得高兴的是，当初在我四处流浪期间，我已采集到了相当多的植物标本，对植物学这个领域

① 参见本书正文第1页注①："我整个的一生，只不过是一个长长的梦；这个梦，由我每天散步时分章分段地做。"——译者

有了一定的了解。现在，我已年过六旬，又蛰居巴黎，我已无力去大量采集标本了；此外，我又忙于为别人抄写乐谱，没有时间做别的事情，所以只好放弃这项无暇再做的有趣的工作了。我把采集的标本都送给别人了，有关的图书也全卖掉了，只有时候到巴黎郊区散步时观赏一下一般的植物。在这段期间，我所知道的那一点点儿知识，全都从我脑海中消失了：它们消失的速度，比我当初下死功夫记它们的时候快得多。

我转眼之间就年过六十五岁[①]；如今，我本来就不好的记忆力已完全消失，到野外工作的力气也没有了；既没有人指导，又缺乏参考的图书，也没有种植植物的园地和贴植物标本用的本子：在这种情况下，我之所以重新对植物学又产生了浓厚的兴趣，靠的还是我当初的那股热情。我又按照适当的计划认真重温穆赫[②]的《植物界》，细心研究地上生长的各种植物。由于我没有钱去买书，我就把别人借给我的书抄写下来，并决心要比第一次采集更多的标本；我要把水中和高山上长的花草以及印度的各种树木的标本都收集齐全；我首先采集不花钱就能采集到的海绿、细叶芹、琉璃苣和千里光草；我非常细心地采摘生长在我的鸟笼子上的小草；每当我发现一种过去没有见过的植物，我心里便乐开了花，禁不住大叫一声："又发现了一个新品种。"

我用不着为我自己随兴之所至而作出的这个决定辩解；我认为它是合乎情理的。我深深相信，处在我当前的情况下，做我高兴

---

① 1777年6月28日，卢梭年满65周岁。——译者

② 穆赫：瑞典植物学家，是植物学家林内的《自然分类法》一书的出版人；他为该书写了一篇序言，题为《植物界》。——译者

做的事，这是很明智的选择，甚至是很有勇气的选择：这是避免仇恨的种子在我心中发芽滋长的最好办法。像我这样命苦的人，要想得到某种乐趣，就需要具有一种了无半点仇恨之心的善良的天性。我要按照我的方式报复那些迫害我的人；我发现，为了要惩罚他们，最残酷的办法莫过于让我痛痛快快地活着，而不去理睬他们。

是的，我的理性允许我，甚至是规定我要按照这个吸引我、而且是无论什么力量都无法阻止我顺从的倾向行事。但是，我的理性并没有告诉我这个倾向为什么会吸引我；现在，我年事已高，说话颠三倒四，身体衰败，行动不便，记性又不好，这项无利可图的研究工作为什么会使我又做我青年时候做的事情和一个小学生做的作业呢？它的魅力何在？这当中的奥妙，我一定要自个儿琢磨，把它弄个明白。我觉得，把这一点弄清楚之后，也许可以给我以新的启示，使我能更好地认识我自己：我把晚年的余暇用在这一点上，真是用得十分恰当。

我有时候想得很深；但想的时候，很少是高高兴兴的，相反，差不多总是不大情愿的，总像是被迫的：做梦使我感到很轻松，很有趣；凝神沉思，使我感到很累，很愁苦。动脑筋思考，对我来说，始终是一件苦事，一点乐趣都没有。有时候我的梦以陷入沉思结束，而更多的时候是，我的沉思以做梦告终。在这神游在沉思和梦境的过程中，我的心灵张开想象的翅膀，在宇宙中四处翱翔，这时，我心旷神怡的感受，比任何其他的享受都美得多。

只要我能领略到这种纯真的乐趣，一切其他的乐事，在我看来都索然无味了。不幸的是，自从我由于一时的冲动走上这条文学道路之后，我便感到脑力劳动的确是一件苦差事，所博得的那一点点名声反倒成了我的一大累赘，同时，我还感到我甜蜜的梦开始淡化，了无生气。不久以后，由于我不得不忙于应付我不幸的处境，结果，在我五十年的人生过程中被我看作财富和光荣的心旷神怡的感受以及除了时间以外，我不花一分钱便能在闲散度日的生活中成为世人中最幸福的人的美妙情怀，便很少出现在我心中了。

我在梦中甚至担心我失控的想象力会由于我的不幸而改变它活动的方向，担心持续不断的痛苦会逐步使我的心愈来愈紧张，使它承受着痛苦的沉重负担。在这种情况下，多亏我有一种逃避那些使人伤感的思想的本能，迫使我的想象力停止活动，并把我的注意力转向我周围的事物，使我第一次详细观赏我以前只走马观花似地看个大概的自然风光。

树木和花草是大地的衣裳和装饰品。再也没有什么比寸草不生的光秃秃的田野更难看的东西了：到处是乱石、烂泥和沙子的土地是十分难看的。但是，只要大自然使它重获生机，在河水的灌溉和鸟儿的歌声中披上新装，它就会向人们展现一幅动物、植物和矿物三界和谐，充满生气和魅力无穷的景象：在这个世界上，只有这种景象才能使人的眼睛百看不厌，萦系于心。

观赏此景的人的心愈敏感，他就愈会被这种和谐陷入沉醉。深深的甜蜜梦境将迷住他的感官，使他如醉如痴地漫游在美丽的大自然的辽阔的原野，使他感到他自身已与这美丽的景色融为一体：他对个别的事物视而不见；他只看到而且只感觉到这一巨大的整体，这时候，就需要有一种特殊的情况来引导他的思想和限制他的想象力，他才能一部分又一部分地观察这个他想包容在心的宇宙。

当我因忧郁而痛苦的心为了保存在我逐步沉沦的景况下即将散失的那一点点余热，而不得不集中思考它周围的事物时，这种情况便自然而然地产生。我没精打采地在林中和山间徘徊，不敢动脑筋去想，怕的是加深我的痛苦。我不去想那些令人伤感的事情；我把全部注意力都集中起来观察我周围令人感到轻松和愉快的事物。我的眼睛看了这个，又看那个：在多种多样的事物中，要它们长时间停留在某些事物上，那是不可能的。

我非常欣赏这种用眼睛观察事物的乐趣，因为，在我百无聊赖闲着没事干的时候，它可以使我感到快乐，分散我的心，清除我的痛苦。事物的自然的美，大有助于这种乐趣，甚至使人着迷：浓郁的芳香，绚丽的颜色和优美的形状，它们似乎在竞相争夺我的注意力。要想尽情享受这种美妙的感觉，只需有一颗喜欢快乐之心就行了。在那些面对此种情景而无动于衷的人中，有的是因为缺乏天然的敏感，而大多数人则是因为心有旁骛，对出现在他们眼前的景物一瞥而过，不加留意的缘故。

另外还有一件事情使有学问的人对植物的研究有偏差：他们完全是从药物学的角度去研究植物。只有提奥夫拉斯特①不是这样；我们可以说这位哲学家是古代唯一的植物学家，然而他几乎不为我们所知；后来，由于一个名叫狄奥科里德②的偏方收集家和他的著作的评注者的提倡，医药学界就如此痴迷地把一切植物都看

① 提奥夫拉斯特（？—公元前 287）：古希腊哲学家，著有《关于植物的研究》。——译者

② 狄奥科里德：公元 1 世纪人，著有《论药物》一书。——译者

作是有医学用途的药草，想从植物中提取他们过去没有见到过的东西，硬说它们有这样或那样的药性。他们没有意识到植物本身的机理才是值得我们研究的。那些把毕生的精力都用来收集贝壳的人嘲笑植物学，说什么如果研究植物而不研究它们的功用，则植物学便没有用处，这就是说，如果不放弃对大自然的观察，不全盘按照权威人士的意见去做，则植物学就会成为一门一无用处的学问，然而就我们所知，大自然从未欺骗过我们，它也没有说那样的话；相反，欺骗我们的是那些权威人士，他们在许多事情上硬要我们相信他们的话，其实，他们的话也往往是照搬另外一个权威人士的话。当你在一个到处鲜花盛开的草地上一个又一个地研究那些花朵时，有些人就会把你当作一个采药人，向你讨要草药去治他们孩子身上的痱子、大人身上的癣疥和骡马的鼻疽。这种有害的偏见，在其他国家，尤其是在英国，由于林内的著作的广泛传播，已大大消除；林内把植物学从各派药物学的狭小的范围中解放出来，使之成了博物学中的一个门类，让人们从经济的角度去研究植物的用途。可是在法国，人们对它们的研究并不深入，还停留在如此之低的水平，以致有一位巴黎上流社会中人在伦敦看见一个专门种植稀有花草和树木的花园，竟大声赞曰："这个药剂师的花园真美呀！"按照他这种说法，第一个药剂师应该是亚当，因为很难想象哪个花园比伊甸园[①]的花草树木搭配得更完美。

从医学的角度来研究植物学，当然会使它淡而无味了：它不会

① 伊甸园，据《圣经》上说："耶和华上帝在东方的伊甸立了一个园子，把他所造的人（指亚当——引者注）安置在那里。耶和华上帝使各样的树从地里长出来，可以悦人的眼目。"（《圣经·旧约全书·创世记》，第2章，第8—9节）——译者

欣赏草儿的鲜嫩、花朵的绚丽、树林的清新、田野的绿茵和浓密的枝叶。那些想把这一切都放进研钵中去研磨的人，对这一切美妙的景物是不感兴趣的；他们是不会到调制灌肠剂的花草中去为牧羊女寻找编织花冠用的花和草的。

尽管有这种专门从医药学的角度去研究植物的情形，但它丝毫不影响田野和山林在我心目中的形象；再也没有什么东西比汤药和膏药更令我讨厌的了。每当我一仔细观察田野、果园和树林以及生活在它们当中的众多生灵时，我便禁不住认为它们的确是大自然赐予人类和动物的粮仓。我脑子里从来没有想过要到它们那里去寻找作药用的植物。在大自然的各种各样产品中，我就没有发现它标明哪种植物有这种用途；如果有这种用途的话，它就会引导我们像挑选可供食用的植物那样去挑选供药用的植物。我甚至感觉到：如果在林中漫游之时，突然一下想起诸如头疼脑热、腹内长结石、关节痛风和发癫痫之类的人间的疾病，我漫游的乐趣就会遭到败坏。我不是否认植物有人们所说的那些奇特的功效，我只是说：只要你一向病人谈起它们的功效，就必然会使病人的病痛的感觉继续延长，因为人的疾病是人自己造成的，在人的诸多疾病中，没有任何一种是这样或那样的草药能彻底治好的。

我从来就没有产生过凡事都要与物质利益联系起来的想法；我也不到处去寻求什么利益或治病的药物，更不会在身体健康之时便对大自然漠不关心。在这方面，我和其他的人完全相反的：一切与我的生活需要有关的事物，都会使我感到烦恼或不快；只有在我眼不见那些刺激我的肉体的东西时，我的心灵才能感受到真正的快乐是其乐无穷。因此，即使我相信医学，即使药物确有好处，但是，如果让我去研究它们的话，我也不会从其中得到我在了无牵挂的静思中所感到的那种欣喜的心境；只要我的心灵还受到肉体的束缚，它就不可能展开翅膀，飞翔在大自然的上空。不过，尽管我不甚相信医学，但是，我对我所敬爱的医生还是曾经非常相信的，并曾把我这把老骨头交给他们全权处理。十五年的经验①使我付出了很大的代价，教育了我；现在，我完全按照自然的法则生活，从而又恢复了我的健康。即使医生们没有在其他事情上使我感到不快，单单凭这一点，谁能怪我对他们一肚子怨气呢？他们的医术之虚妄和他们的医疗之无效，我本人就是活生生的例证。

只有没有任何涉及人际关系的东西，也没有任何与我的身体有利害关系的东西，才能真正占据我的心。只有在我不动脑筋思考的时候，只有在我完全处于忘我状态的时候，我的梦才最甜蜜，我才心醉神迷，有一种难以描述的愉快感觉，可以说，它们简直使我融入了天地万物的统一体系，使我和整个大自然结合成一体了。只要人们以兄弟之情待我，我就会制定一个享受地上的幸福的计划。这个计划始终是把所有的人都包括在内的：只有大家都幸福的时候，我才会感到幸福；只有在看见我的弟兄们一心要在我的痛苦中寻求他们的快乐，对我抱幸灾乐祸的态度的时候，我才会产生寻求个人幸福的念头。因此，为了不去恨他们，最好的办法是躲避

① 指1747年卢梭从威尼斯回巴黎后，到1762年一个名叫科姆的斐扬派修士成功地给他做了导尿手术，并告诉他说："痛苦是有的，但他的寿命将活得很长。"（参见特鲁松：《卢梭传》，李平沤、何三雅译，商务印书馆1998年版，第272页；关于卢梭泌尿系统的病症，请参见本书第245页《日内瓦公民让-雅克·卢梭的遗嘱》）——译者

他们，躲到我们共同的母亲[①]那里：只有在她的怀抱中，我才能免遭她的孩子们的伤害。于是，我变成了一个孤独的人，或者像他们所说的，我变成了一个不与任何人来往的厌世者；的确如此，因为我宁可生活在蛮荒之地，也不愿意生活在坏人的社会里：他们心里想的，全是如何出卖朋友和仇恨他人。

尽管我不得不停止动脑筋思考，怕的是我会不由自主地回想起我的种种不幸；尽管我不得不控制我虽尚活跃但已日渐枯竭的想象力，以免它被许多令人忧伤的事情刺激得陷入胡思乱想的境地；尽管我不得不忘掉那些曾经诋毁和羞辱过我的人，以免愤怒之心使我与他们作对，然而，我不能因此就一心只考虑我自己，因为我感情外露的性格要把它的感情和思想推己及人，不过，我不会像从前那样鲁莽行事，一头就扎进大自然辽阔的海洋，因为我的能力已经衰败，再也找不到我力所能及的相当明确的事物，使我能把我的力量全都用在它身上：我已经没有力量在我从前纷至沓来的美妙幻想中像鱼入大海似地到处漫游了。我已经差不多没有思想而只有感觉了；我的智力活动的范围不超过紧紧围绕在我身边的事物。

我躲避世人，寻求孤独，不再漫无边际地遐思，尤其不再深入考虑什么问题；然而我生性活泼，因此，不会对一切都麻木不仁，抱视而不见和听而不闻的态度。我开始把注意力放在我周围的事物上；而且，由于自然的本能的驱使，我更偏重于观察赏心悦目的东西。矿物本身没有什么好看的和吸引人的特色，而它之所以把丰富的宝藏埋在地下，好像是为了躲避人的贪欲，才远远地离开人们

① 指大自然。——译者

的视线。这埋藏在地下的巨大财富，是准备有朝一日在人心败坏到对他们容易到手的东西失去兴趣时，才让他们去拿取。而要拿到这笔财富，就需要有精巧的技艺和付出艰辛的劳动，吃许多苦头。他们挖掘到大地的深处，冒着丧失生命和健康的危险去寻找他们想象中的宝物，认为它比大地向他们提供的真正财富更值得花力气去寻求。他们躲避阳光和白昼，把自己等于是活生生地埋在地里，而不痛痛快快地生活在灿烂的阳光中。田间耕作的美好图像消失了，取而代之的是矿坑、矿井、熔炉、锻炉、铁砧、铁锤、弥漫的煤烟和熊熊的炉火。可怜矿工们被有毒的气体折磨得面如纸色，而铁匠们则一脸黢黑；如今，再也见不到花草、树木和蓝天，再也见不到谈情说爱的牧羊人和牧羊女，再也见不到身体强壮的农夫。

要装出一副博物学家的样子，那是很容易的：去收集一些沙子和石头，放进布袋，摆在工作室里就行了；热衷于搞这类收藏的人，多半都是无知的富人；他们的目的是，摆出来显示他们自己。若想从矿物学的研究中有所收获，就必须要成为化学家和物理学家；必须进行艰苦的和花费许多精力的实验，要在实验室仔细研究，花许多金钱和时间，成天与煤炭、坩埚、锻炉和蒸馏罐打交道，在令人窒息的煤烟和蒸汽中劳动，而且常常有牺牲生命和损害健康的危险。从这些单调的和艰苦的工作中所获得的真正的知识，往往比乱吹一气的所谓成果少得多；偶然发现某些小小的化合物便自吹识透了大自然活动的奥秘的平庸的化学家，不是到处都有吗？

动物是我们随时随地都可找到的，而且是更值得我们仔细研究的。然而对动物的研究，不是也有许多困难、麻烦而且令人厌烦和十分辛苦吗？对一个离群索居的人来说，更是如此，因为在他的冒险的工作中得不到任何人的帮助。怎样去观察、解剖、研究和识别空中的飞鸟、水中的游鱼和跑起来比风还轻快的走兽？走兽往往比人的力气大，它们既不自己走上门来让我研究，而我也没有力气去追赶它们，让它们配合我的工作。所以，我只求其次，捉一些蜗牛、虫子和苍蝇来研究；我这一生只好气喘吁吁地去追蝴蝶，去捉可怜的小昆虫；捉住老鼠，我就解剖老鼠；或者，碰巧发现一个死去的动物的尸体，我就解剖这个死去的动物的尸体。研究动物，如果不进行解剖，那就什么也研究不出来；只有通过解剖学的研究，才能对它们进行分类，区别它们属于什么纲、什么目；如果从它们的习性和特点去研究它们，就需要设置鸟笼、兽栏和鱼塘，就需要用某种方法强使它们待在我身边，可是我没有任何兴趣也没有任何手段像对待俘虏那样对待它们；如果让它们自由的话，我的身了又没有那么灵活，跟着它们跑来跑去的。因此，只有在它们死了以后，我才能对它们进行研究：把它们分割成几段，剔出它们的骨头，一点一点地掏出它们血淋淋的五脏六腑！解剖室的情景是多么可怕啊！腐烂的尸体、满是血污的肌肉、一团一团的血、肮脏的肠子、肝和肚子、吓人的骨骼架子，再加上恶臭的气味！说句心里话，我让-雅克是不愿到这些东西中去寻找乐趣的。

鲜艳的花，碧绿的草，枝叶繁茂的森林，流水潺潺的小溪，幽静的树丛和牧场，你们快来净化我这被纷纷扰扰的事物搞得麻木不仁、形同死灰的心灵吧；只有欢快的事物才能使它受到打动。如今，我只有感觉了，只有通过感觉才能感知人间的苦与乐。我周围美好的事物吸引我，我就细心观察和研究它们，把它们加以比较，并终于学会了如何对它们进行分类。我就是这样成为植物学家的;我纯粹是一个为了不断寻找热爱大自然的理由而去研究大自然的植物学家。

我并不想积累多少知识;现在谈什么积累知识,已为时太晚,何况我发现,许许多多科学知识并没有给人们的幸福带来多大好处。所以,我只搞一些既有趣而又容易做的研究工作,既不太累,又能分散我心中的苦闷;我既不花钱,又不费力气,观察了这株草又去观察那株草,研究了这种树又去研究另一种树,把它们的特点加以比较,搞清楚它们之间的关系和差异,研究它们的结构,观察这些鲜活的机器的运作。我有时还成功地找出了它们生活的普遍规律和它们之所以有不同结构的原因和目的:这样来研究,我不能不惊诧于天工造物的神奇,并感谢它给予我这么美妙的享受。

同天上的星星一样,植物之所以那样大量地生长在地球上,好像是为了以它们令人愉快的美和奇异吸引人们去研究大自然。星星离我们太远,必须要先有一些基本的知识、仪器、机械和长长的梯子,才能到达它们那里,对它们进行研究。可是植物就生长在地上,生长在我们脚边,可以说一伸手就可以把它们拿在手里。虽说它们的主要部分太小,有时候会被我们的眼睛所忽略,但仪器可以帮助我们去观察它们:观察植物用的仪器操作起来,比观察天象用的仪器容易得多。植物学是一门最适合于疏懒成性的孤独的人研究的学问。他需要的器材,一根针和一个放大镜就够了。他优哉游哉地漫步在田野,看了这种植物又看那种植物;他怀着浓厚的兴趣和好奇心反复观察每一种花。一旦发现了它们机理的规律,他就会获得不用花多少力气就能尝到的乐趣,与花许多力气才能尝到的乐趣是同样的甘美。这种悠闲的研究工作的乐趣，只有在心境平静的情况下，才领略得到；是的，单单有这种乐趣，就足以使人感到生活是多么的幸福和甜蜜了。然而，只要这项研究工作掺杂了功利和虚荣的动机，是为了谋求职位或是著书、教书，采集植物标本的目的是为了当作家或者当教授，这甜美的乐趣就会烟消云散，就会把植物当作满足欲望的工具；在这种情况下，这项研究工作就没有真正的乐趣可言，就不会想到如何增长知识，而只会想到如何炫耀自己；尽管他在树林中转来转去，但其目的，就同登台演戏的目的一样，是为了展示自己，博得他人的赞许。有些人只在实验室里研究植物，或者，顶多也只是到花园中去研究，而不到大自然中去研究；而且总是按照某些学说或方法去研究，结果，争论不休。他们从未发现过任何新的植物，也未对博物学和植物学提出过什么有真正见解的看法；他们互相敌视，彼此嫉妒；植物学著作的著述家之间争名夺利的现象，跟其他科学家完全一样，甚至还有过之。他们改变了这项很有意义的研究工作的性质，把它拿到什么学院或城市里去研究，结果，就像我们的植物园中从外国移来的品种一样，其特性和形状全都改变了。

由于我的情趣与他人大不相同，因此，对我来说，这项研究工作已经成了一种欲罢不能的激情，填补了我心中因其他激情的消失而留下的真空。为了尽可能不与世人接触和不受坏人的伤害，我宁可去爬高山，攀悬崖，深入幽谷和森林。我觉得，我一躲进了林中的树荫之下，别人就见不到我了；这时，我自由自在，心中一片宁静，好像从来就没有过什么敌人，或者说，林中的枝叶可以抵挡他们对我的伤害；好像他们已经从我的记忆中消失，我甚至认为：

既然我不想他们，他们也不会想我。我在这种幻觉中得到了极大的宽慰，以致，只要我的处境、我柔弱的身体和生活条件许可，我就愿意成天沉溺于这种状态。我愈离群索居，便愈感到应当用某种东西来填补这个真空。我不愿意想象或回忆的事物已离我而去，取而代之的是尚未遭人践踏过的土地陈列在我眼前的大自然的产品。到荒无人烟之地去寻找新的植物，其乐趣远远胜过因摆脱了那些迫害我的人而得到的宽慰：到了人迹罕至之地，我就可以自由自在地呼吸，宛如到了一个可以躲开他们的仇恨的避难所。

我一生也不会忘记我有一天到陪审官克列克在罗贝拉山上的林场去采集标本的情形。我是单独一个人去的；我在崎岖不平的山坡上，从这座林子走到那座林子，从这块乱石嶙峋之地走到那块乱石嶙峋之地，最后走到一个那么僻静的去处，见到了我一生中从未见过的壮观景象：在一片黑松林中生长着许多高高的山毛榉，其中有几棵因枯死而倒在地上，横七竖八地堆成一个难以跨越的路障；从这阴森可怕的地方的几个空缺之处望过去，只见到一些凌空壁立的岩石和我只有趴在地上才敢俯览的悬崖。雕鸮、猫头鹰和白尾鹫不时从山中传来它们的叫声，多亏有几只常见的小鸟的鸣啭才缓和了这寂静的恐怖气氛。在这里，我发现七叶石芹、小圆叶花、鸟窠花和几种翅果属植物及其他几种花草：我欣喜若狂了好长一段时间。这些景物给我的印象是如此的强烈，以致我不知不觉中竟忘记了我此行的目的是来采集标本和观察植物的。我坐在石松和苔藓上开始做起梦来，梦见我到了一个不为人知的地方，再也不会遭到任何人的迫害了。我在梦境中忽然产生了一种骄傲心；我把我自己和那些发现一个荒岛的大旅行家作了一番比较，怀着喜悦的心情对自己说:毫无疑问,我是第一个穿过崇山峻岭来到此地的人:我几乎把我自己看作是第二个哥伦布了。正当我沉浸在美妙的幻想时,我听见离我不远处有某种我所熟悉的咔嗒咔嗒声。我仔细一听:咔嗒声反复不停,而且越来越多。由于感到吃惊和好奇,我站起身来,通过一处树丛,往声音传来的方向一看,我发现:在离我刚才还以为是第一个来客的地方仅二三十步之远的峡谷里有一家制袜厂。

我很难描述我当时对这一发现所感到的既感动又矛盾的心情。我开头的第一个感觉是高兴,因为我刚才还以为此地只有我单独一个人,而现在却发现我身边有许多人。然而这一快乐的感觉转瞬之间就像闪电似地从我心中消失了,随之而来的是挥之不去的难过心情,感觉到在这深山老林的山洞中也难以逃脱那些迫害我的人的魔掌。我敢断定:在这家制袜厂里说不定就至少有两三个人参与了蒙莫兰牧师迫害我的阴谋,被这位牧师事先派在这里等我。不过,我很快就打消了这个想法,心中暗自好笑,感觉到我这种想法也未免太幼稚可笑了,何况事实上我过去也的确曾吃过这种想法的苦头。

不过,谁能料到在这山间的峡谷中会有一个制袜厂呢!?在世界上,只有瑞士人能把这蛮荒的大自然和人的工艺结合在一起。整个瑞士可以说是一个大城市;它那比巴黎圣安托万街还宽还长的街往往被几座山分成好几段,街的两旁都种有树木,街上零零星星的房屋之间还夹杂有英国式的花园。谈到这里,我又想起不久前迪佩鲁、德舍尼、庇里上校、克列克陪审官和我一起到沙斯龙山去采集标本的情形。我们站在山顶上可以一眼就看到七个湖;

有人告诉我们说，在这山上只有一户人家；要是那人不说那家人是开书店的，而且在这一带很有名气，生意不错，我们怎么也猜不出来他是干这种职业的。我觉得，在这类事情中，只要举出一件为例，就比旅行家对瑞士的描写更能帮助我们了解这个国家。

另外还有一件类似的事情可以帮助我们了解这个与其他民族大不相同的瑞士人民。我在格勒诺布尔那段期间[①]，常常和圣波维埃律师到城外去采集植物标本；其实，他并不懂得也不怎么喜欢植物学，他之所以跟我一起去，是因为他自告奋勇当我的贴身保镖。有一天，我们沿着伊塞尔河走着走着便到了一块有许多刺柳树的地方；我发现树上的果子有些已经成熟。我出于好奇之心，想尝一尝它们的味道。我发现它们有一点可口的酸甜味，于是就大吃起来，而圣波维埃先生站在我身边，既不像我这样大吃果子，也不说一句话。这时，他的一个朋友突然出现，看见我在吃果子，便问我："喂！先生，你在干什么？你难道不知道这种果子是有毒的吗？"我一听这话便惊叫道："这种果子是有毒的！""是呀！"他继续说道："大家都知道，所以谁也不吃它。"我两只眼睛盯着圣波维埃先生问道："你为什么不告诉我？"他用很恭敬的语气回答道："唉！先生，我可不敢这么冒冒失失扫你的兴。"对于他这种多菲内省人特有的谦逊，我只好付之一笑，不再继续吃刺柳果了。我过去认为，现在依然认为，凡是吃起来可口的大自然的产品，都无害于身体，只要吃得不过多，就没有多大妨碍。不过，我承认，那天我吃了那种果子之后，的确有点儿担心我的健康，好在我没有害怕中毒的

① 1768年7月到8月，卢梭在格勒诺布尔住了几个星期。——译者

心情:我照样吃得很好,睡得很香,尽管头天吃了一二十个那种可怕的果子,第二天我仍然健健康康地按时起床;后来我听格勒诺布尔城里的人说,这种果子只要吃一点点,就会把人毒倒。这件事情,我感到是如此之有趣,以致我后来每一想起,便不禁对圣波维埃律师那种奇怪的谨慎态度感到好笑。

我每次去采集植物标本的经过,所有那些引起我注意的花草所在的地方的不同特点以及它们使我产生的想法和其间穿插的许多趣事:这一切,每当我一看到在那些地方采集的标本时,便油然出现在我心中。所有那些美丽的景色,那些森林和树丛,那些湖泊、悬崖和山峦:所有这些曾经深深打动我的心的东西,我是再也见不到了。不过,我虽然不能够再到那些风光明媚的地方去,但是,只要一打开我的标本册,我便兴高采烈,喜在心头。我所采集的一花一叶都足以使我回想起那些迷人的景致。对我来说,这些标本册就是我采集标本的逐日记录;它以新的魅力使我回味当时采集的情形;像幻灯机一样,以绚丽无比的色彩把它们重新呈现在我眼前。

正是这一切,使我迷恋于植物学。它使我的想象力又重新想起那些使它心驰神往的事物:草原、河川、山林、原野的寂静,尤其是我从这些事物中得到的心境的安宁,又不断重新出现在我的脑际。它使我忘记了人们对我的迫害、仇恨、轻蔑和侮辱;我以真诚的爱对他们,而他们对我却以怨报德,无所不用其极。现在,由于我专心从事植物的研究,我才又平平安安地重新生活在那些朴实和善良的人们中间。对植物进行研究,可以使我回想起我的青年时期,回想起我当年无忧无虑的快乐时光,使我再次享受到它们的乐趣,使我能在他人从未有过的悲惨命运中仍然生活得很幸福。

第八次散步

当我深入思考我的心灵在我一生经历的不同处境中的活动情况时，我极其吃惊地发现：在我的命运的种种变化和我对它使我遭受到的苦与乐的平素的感受之间，存在着极不一致的情形。我那几次名噪一时的短暂的走运时期，几乎没有给我留下什么值得永久铭记的美好回忆；反之，在我背时倒霉的苦难时期，我总感觉到心中充满了温馨和动人的甜蜜感情，给我心中的创伤抹上香膏，把痛苦变成了快乐的享受：只要一想到这一点，我就把我遭受到的种种磨难全都忘记了。我觉得，只要由于命运的捉弄而聚集在我心中的不愉快的感觉不散发到人类珍视的事物上，我在此生所享受到的甜蜜乐趣，便远远超过了我这几十年的希冀；如今的人们，就他们本身来说，他们已不配享受这种乐趣，尽管那些自以为幸福的人在一心追求。

当我周围的一切都处于正常状态时，当我对我周围的事物和我所生活的环境都感到满意时，我就把我深厚的爱心倾注在这环境之中。我外向的性格将把我心中的感情用之于其他的事物；当我不断被千百种我喜爱的事物和萦绕在我心中的依恋之情所吸引时，我可以说是忘记了我自身的存在，全神贯注于身外之物，在继续不断的心灵波动中，深深感到沧海桑田、人事变化的无常。这动荡不安的生活，既不能使我得到内心的宁静，又不能与世人相安无事。尽管外表上看起来很幸福，但我没有任何一种思想活动能经受得起我内心反思的考验，可以使我从中得到快乐。无论是对别人还是对我自己，我都从来没有完全满意过。世事的纷扰使我感到茫然，孤独使我感到忧伤；我需要不断变换环境，然而换来换去，没有任何一个地方能使我心里踏实，感到安然。然而，值得庆幸的是，到处都有人欢迎我、接纳我和安慰我。人们都竞相为我效劳，我也经常找机会为他们效力；我既无恒产，又无地位和后台老板，更没有多大的才能和了不起的名声，但恰恰是因为如此，我反而享受到许多好处，所以我认为，没有哪一个阶层的哪一个人的命运比我的命运更令人羡慕。既然这样，我当初还需补充什么，才能生活得很幸福呢？这，我不知道，而我知道的是，我那时并不是一个幸福的人。

今天，还需要做点什么，才能使我成为世间最不幸的人呢？为了使我成为最不幸的人，有些人花了许多心思和力气，但都没有起到什么作用。啐！不是我自夸，尽管我处于这样可悲的境地，但我也不愿意和他们当中最幸福的人交换我的地位和我的命运；我固然是很穷，但我宁可依然故我，也不愿意为了家财万贯而成为他们那样的人。如今，我已败落到孑然一身，全靠自己的劳动谋生：我的力气是永远也用不完的；尽管我可以说是一贫如洗，尽管我的想象力已经枯竭，我的思想再也不能向我的心提供什么营养，但我完全能自给自足，不依靠任何人。不过，由于我各部分的器官已经衰败，严重影响了我的思维，使它一天比一天更加迟钝，再加上来自各方面的沉重压力，因此它已经没有精力像从前那样冲出束缚它的藩篱了。

厄运迫使我们不能不这样反思我们自己;也许正是要反躬自问,所以大多数人才感到不幸的命运是难以承受的。至于我这个只责怪自己过错的人,我不怨别的,只怨我自己软弱无能,因而得以自己安慰自己,因为,蓄意为恶之心,我是从来没有产生过的。

除非是傻子,否则怎么能面对我的处境而不觉察它已经按照他们[①]的心意变得十分可怕,怎么能不伤心绝望而一蹶不振呢?然而我绝不会这样;尽管我是一个易动感情的人,但我不会因此便如此消沉;我静静地观察它,而丝毫不受它的影响:我既不和他们斗争,也不折磨我自己;对他人无不望而生畏的这种境遇,我漠然视之,毫不理会。

我是怎么做到这一点的呢?当我第一次对他们早就策划而我毫无觉察的阴谋感到怀疑时,我并不是心平气和地对待的。对这一新的发现,我大吃一惊。他们卑鄙的手段和背叛友人的行径,一下子把我弄得手足无措。哪一个心地单纯的人会对这样一种痛苦早有思想准备呢?只有那些罪有应得的人才能预料及此。我掉进他们在我脚下挖掘的一个又一个的陷阱,因此,我对他们愤怒之极,鄙视之极,然而也把我自己搞得心乱如麻。我头脑昏沉,迷失了前进的方向;在他们使我陷入的可怕的黑暗中,我找不到一丝指引我的微光,抓不住任何一种可以支撑我的东西:我愈挣扎,便愈陷入绝境。

---

① 指百科全书派哲学家、教会和巴黎高等法院法官等人。——译者

在这么可怕的处境中,怎么能生活得又快乐又心里很踏实呢?尽管我现在还依然处于这种境地,而且比以往陷得更深,但我还是安然无事,心中十分宁静。我感到好笑的是:那些迫害我的人没完没了地自寻烦恼,自找苦吃,而我却怡然自得,忙于种植花草,忙于精挑细选地整理我的标本和其他一些好玩的事情:我根本就没有时间去想他们。

这一转变是怎样产生的呢?当然是不知不觉地产生的。第一次遭到的打击是很可怕的。我自信我是值得人们敬重和爱戴的人,我得到了我应得的荣誉和赞扬,然而突然在转眼之间就被人们看作是世上从未有过的可怕的魔鬼。我发现整整一代人都迷惑于这种奇怪的论调;他们不向我作任何解释,还恬不知耻地乱说一气。我左思右想,怎么也搞不清楚这一突然的奇怪变化的原因。我拼命辩解,但反而愈辩解就愈使自己陷入难堪的境地。我想用强迫的手段逼那些迫害我的人向我说个明白,但他们三缄其口,置之不理。经过一段毫无成效的努力之后,我不得不停下来歇一口气,进行休整。我一直抱着这样的希望:心想,如此荒唐的偏见,如此愚蠢的胡言乱语,是不会赢得全人类的赞同的。总有一些有头脑的人不会轻信他们的谎言,总有一些公正的人对他们的这种伎俩和背叛行径嗤之以鼻。只要我去寻找,我也许终究能找到这样一个人:如果我终于找到了这样一个人,我就会把他们搞得哑口无言,狼狈不堪。然而,我枉自寻找了一阵,无论怎么找,也找不到这样一个人。所有的人都是他们的同伙,无一例外,而且一旦听信了他们的话,便死不回头,因此,我认为,在未揭穿这个谜以前,我也许早就被他们孤立和排斥我的手段折磨死了。

正是处在这么可怕的境地中，经过很长一段忧伤和苦闷的时期之后，我不仅没有产生似乎是不可避免的绝望情绪，反而重新恢复了我头脑的清醒、心灵的安宁和幸福的感觉，因为我生活中的每一天都使我愉快地回想起头一天的乐趣：我不希望别的，我希望每一个明天都是如此。

这前后判若两人的原因何在？只有一个原因，那就是：我学会了毫无怨言地忍受这必然的枷锁。正是由于我过去力图依靠的千百种事物都相继化为乌有，弄得我孤零零地孑然一身，我才重新恢复了我正常的状态。尽管我受到来自四面八方的压力，但我依然能保持平衡，因为我不依靠任何其他的东西，我只依靠我自己。

当我拍案而起，奋力与人们的种种议论进行抗争时，我依然是戴着他们给我的枷锁而不自知的。一个人总是想赢得他所喜欢的人的敬重的；我一向对人们抱有好感，或者，至少是对他们当中的有些人抱有好感，因此，他们对我的评论不能不引起我的注意。我经常发现，公众的舆论是公正的，不过我没有觉察到这种公正是偶然产生的结果，因为他们的看法是来自他们的激情或偏见，而他们的激情或偏见的本身，又是他们的看法的产物。因此，即使他们的看法是正确的，他们的正确看法也往往是立足于一个错误的原则上的，比如，他们在某件事情上表扬一个人的功绩，但他们的表扬不是出自公正的评价，而是为了装出一副没有片面性的样子，以便在别的事情上大肆攻击这同一个人。

经过长时间的毫无结果的探索之后，我才发现他们无一例外地个个都参与了这个只有地狱的魔鬼才能策划出来的极不公正的恶毒阴谋。自从我发现他们在对我的态度上既毫不讲道理又极不公正之后，再加上我看到疯狂的一代人全都盲目地跟着他们的领导人对一个从来没有对谁做过坏事，而且也不想做坏事的不幸的人狂吠不已，而且经过十年的寻找始终没有找到一个正直的人：经过这一切之后，我认为，现在是到了吹灭我手中的灯笼、大叫一声"世上再也没有公正的人"的时候了。现在，我发现我在这个世界上是孤单的；发现我同时代的人都是机器人，是需要外力的推动才能行动的；对于他们的行动，我只有按照机械运动的法则来计算。我一再推测他们心中的意图和感情，但始终没有找出任何一个我能理解的促使他们如此对我的原因。就这样，我干脆把他们对我的看法束之高阁，不当一回事：因为在他们对我的看法中缺乏道德观念嘛。

在我们遭到的种种伤害中，我们偏重于它们的动机的时候多于它们造成的后果。从房上掉下来的一片瓦固然会使我们受很重的伤，但它不如一个存心使坏的人故意向我们投掷的一块石头更让我们心里难受。打人一拳有时候打不中，但存心使坏，却无有不达到目的的。在命运的打击中，肉体感到的痛苦是很少的；当不幸的人们不知道他们的痛苦是何人造成的时候，他们就抱怨他们的命运，说它是有意折磨他们。一个因输得精光而气恼的赌徒，尽管心里不痛快，却不知道应该对谁发泄，于是便以为是运气在故意跟他捣乱，把一肚子怨气全都发泄在这个他自己想象的敌人身上。而深明事理的人则认为他遭受的痛苦全都是盲目的必然性造成的，因此他不会没头没脑地大发脾气。尽管他痛苦时也叫喊，但他不会火冒三丈，见人就生气。他认为他遭受的痛苦只不过是肉体上的：他受到的打击虽然伤害了他的身体，但伤害不了他的心。

能做到这一步，虽然已经是很不错了，但这还不是问题的全部。如果到此就停了下来，那就是斩草而未除根。这个根，不在我们身外之物上：它在我们自身，因此，必须在我们自身下工夫，才能完全把它拔除。在我的头脑恢复清醒以后，感受最深的，就是这一点。我的理智让我看出了我对我遭遇的一切事情所做的解释，都是荒唐可笑的，因此，尽管他们干这些事情所采用的手段与经过的过程我还没有弄清楚，但对我来说，它们已无关紧要了。我应当把我的命运的坎坷看作是纯属必然的遭遇，因此，我无须去琢磨它们来自何方、抱有什么意图和由于什么心理上的原因。我只能屈服，用不着去推测其中的道理或进行什么抗争。我在这个世界上能做的事情只有一件，那就是，把我看作是一个纯粹被动的人：我切不可把我应当用来承受命运的力量用去与它作徒劳的抗争。我对我自己说的这些话，尽管我的理智和我的心已经赞同，但我仍然感到我心中还有许多牢骚。这牢骚从何而来？我努力寻找，终于发现它来自我孤芳自赏的自负心理：有了这种心理，我对他们固然感到愤慨，就是对我自己的理智也有些愤愤不平。

这一发现的取得，并不像人们想象的那样容易，因为一个无端遭受迫害的人，始终是把他小小的个人自尊自重的心理看作是对正义的爱。这一真正的源泉一旦被我们找到，它就容易枯竭，或者，至少会改变它的流向。自尊自重之心，是有自豪感的人心理活动的最大动机，而富于幻想的自负心经过乔装打扮以后，便往往被人们看作是这种自尊心，但是，当伪装一被揭穿，自负之心无法躲藏的时候，它就没有什么可怕的了：我们虽然难以把它完全消除，但至少容易对它加以控制。

我向来就不自视甚高；然而，这种矫揉造作的表现，在我混迹上流社会的时候，也曾在我身上出现过；尤其在我成为作家以后，这种表现更是严重。我的自负之心也许不如别人强烈，但也是够大的了。好在我受到的惨痛教训很快就把它阻挡在第一道界线以内；它以对不公正之事表示反抗开始，而以对它们表示轻蔑而告终。我反躬自问，并切断了使自负之心愈来愈严重的外界联系，不和他人攀比，而只无愧于我自己就行了：我的自负心又重新变成了自爱心，又回到了自然的秩序，使我摆脱了舆论的枷锁。

从此以后，我又恢复了心灵的平静，甚至感到几乎达到了至福的境界。我们之所以无论处在什么地位都感到不平，正是由于我们的自负心在作怪。只要我们的自负之心一收敛，理性就会开始活动：它将安慰我们，使我们不至于对难以避免的不幸事件老是耿耿于怀。只要我们遇到的不幸事件不当场使我们感到痛苦，我们的理性就会使我们把它们淡忘于无形；因为，只要我们不把它们当一回事，就不会感到它们对我们的伤害有多么了不起：只要我们不去理会它们，它们的作用就等于零。只要我们把遭受的伤害仅仅看作是伤害而不去追问他人的动机，只要我们自尊自重而不去理会他人对自己的毁誉，则他人对我们的冒犯、报复、亏待、侮辱和不公平，就不会对我们产生什么影响了。不论他们怎么看待我，都不会改变我的为人；不论他们的权势有多大，也不论他们的阴谋是多么隐蔽，我都我行我素，不把他们放在心里。是的，他们对我玩弄的阴谋影响了我的处境；他们在他们与我之间设置的障碍，使我在年老体衰之时失去了生活来源和他人的援助。有了这种障碍，即使人们给予我金钱，那也无济于事，因为金钱不能代替我所需要的帮助。他们与我之间已再无往来，更不互相帮助和互相沟通了。我在他们中间是孤立的；我唯一的依靠是我自己，然而，就我的年龄与处境而言，这个依靠也是不大靠得住的。困难是很多的，好在自从我知道如何毫无怨言地忍受以后，它们对我就毫无影响了。真正感到有所需求的时候是不多的。我们的需求之所以繁多，是由于我们过于远虑而胡思乱想造成的。正是由于人们没完没了地想得太多，所以才感到自己不幸。至于我，我从来不为明天如何而着急，只要我今天平平安安不受苦就行了。我从来不为我想象中的苦难而忧虑；只有我当前遭受到的痛苦才能影响我的心情，但是，真正能影响我心情的事情是不多的。现在，我孑然一身，行将死于贫穷和饥寒而无人过问，但是，如果我自己不把这一切当一回事，如果我也像别人那样对我的命运如何毫不在意，这一切，又有什么大了不起呢？尤其是到了我这样早已把生老病死、富贵贫贱和荣辱兴衰完全看透的年纪，这一切，还能对我起什么作用？其他的老年人无不忧心忡忡，愁眉不展，而我却什么也不担心；不管发生了什么事，我都漠然视之。这种漠然视之的态度，不来源于我的聪慧，而是我的敌人造成的。我把这一好处看作是对他们给我造成的伤害的一种补偿：只要我对他们给我造成的厄运等闲视之，毫不在乎，则他们给我带来的好处，便反而多于他们给我造成的伤害。若不是和厄运有过一番较量，我总是怕它，而一旦我降服了它，我就对它不再畏惧了。

这种心态，使我走出了我一生中所遇到的各种逆境，顺着我天生的大大咧咧、一切听其自然的秉性行事，从而使我生活得几乎同我走运之时同样充实。只有在看到曾经使我痛苦的事物时，我才有短暂的不安，除此以外，我的天性要干什么，我就干什么。我的心充满了它生来就适合的感情，我要和我想象中的人一起分享，因为，正是他们使我产生了这种感情，所以他们也将像真实存在的人那样，和我一起共同享受。尽管他们是我想象中的人，但我觉得他们的确是存在的；我既不怕他们背叛我，也不怕他们抛弃我。我的痛苦存在一天，他们也存在一天，只要他们能使我忘记我的痛苦就行了。

这一切，使我又回到了我生来就应当享受的幸福生活之中。在我一生中，有四分之三的时间都是这样度过的：或者，做有教育意义的甚至是我非常喜欢做的有趣的事情；或者和我按照我的心意想象出来的孩子们在一起，分享他们的童趣；或者我单独一个人自得其乐，享受我认为我应当享受的幸福。在这样的生活中，一切都听从自爱心的支配，而不听从自负之心的指挥。这样，我在他们当中就再也不可怜巴巴的受他们虚情假意的愚弄和花言巧语的欺骗，更不会受他们险恶用心的毒害。当然，不论我怎么注意，自负之心还是要产生它的影响的。当我透过他们拙劣的伪装看出了他们的仇恨和敌意而感到心碎时，又加上被当作是这么一个傻子，因而在心碎之外又增加一分幼稚的气恼：这幼稚的气恼便是愚蠢的自负之心的产物；尽管我知道它是愚蠢的，但无法加以克服。为了和人们向我投来的侮辱和嘲笑的目光相抗衡，我所做的努力是巨大的：我曾成百次故意漫步在公共场所和人潮拥挤的街区，唯一的目的就是在锻炼自己要经受得起那些冷嘲热讽的考验。但是，我不仅没有达到目的，没有取得什么效果，反而被我这一番白费劲的努力弄得与从前一样容易激动、伤心和愤怒。

不论做什么事情，我这个人都容易受我的感官的支配，使我难以抵抗它们对我的影响。任何一件事物一旦对我的感官产生了作用，就会不断影响我的心。不过，这种转瞬即逝的短暂感受，是只有在引起这种感受的事物存在的时候才会产生。一个怒气冲冲的人出现在我面前，当然会使我受到强烈的震动；但是，只要他一走开，这种感觉就消失了：我不看见他，我就不再去想他；我既不考虑他将对我怎么样，也不考虑我该怎样对他。凡是我目前没有感觉到的痛苦，都不可能以任何方式影响我；任何一个迫害我的人，只要我没有看见他，他在我心中就等于零。我已觉察到我这种想法会使那些迫害我的人得到许多好处。让他们想怎么支配我的命运，就怎么支配吧。我宁可不加抵抗地让他们折磨我，也不愿意为了不受他们的打击而让他们在我心中占一席之地。

我的感官对我的心所产生的这种作用，是造成我一生苦难的唯一原因。在我不见任何人的日子里，我就不会考虑我的命运的结局，我就不去想它，也不感觉到什么痛苦；我不分心，不遇到什么麻烦，因此我感到非常快乐，十分满意。不过，我还是很难逃脱某些明显的故意刺激：即使我尽量克制，但是，只要看见一道恶毒的目光，听到一句风言风语的话，遇见一个心存恶意的人，还是会使我激动不已的。在这种情况下，我唯一能采取的办法是：赶快把它忘掉，赶快逃走。我心中不快的感觉将随着引起这种感觉的事物的消失而消失。只要是我单独一个人，我便立刻恢复了心灵的宁静。如果说还有什么事情使我不安的话，那就是害怕在我经过的路上又遇见什么令人难过的事情。我感到为难的，就是这一点，然而，恰恰是这一点严重影响了我快乐的心情。我住在巴黎市中心；

我一出家门就巴不得身处乡村和僻静之地，然而我要走那么远的路才能舒舒服服地呼吸新鲜空气，因此，可想而知，我在路上必然会遇见许许多多令人不痛快的事情：在找到我所寻求的掩蔽所之前，有半天时间就是在这种难过的心情中过去了。如果我能平平安安地走完到城外去的这段路，那就是万幸了。在逃脱了那帮坏人的跟踪之后，我心里的感受真是痛快极了：我一到了绿树成荫的地方，就感到仿佛是进入了人间天堂，一下子就觉得我是人类当中最幸福的人。

我记得很清楚，在我短暂的得意时期，今天使我感到如此美妙的孤身一人的散步，在当时却使我觉得索然无味，十分无聊。那时，我住在一位友人的乡村别墅里，在我需要到户外活动和呼吸新鲜空气时，我往往是像小偷似地、一个人悄悄出去，到公园和田间散步，从未领略过今天这样沁人心脾的宁静。我那时候满脑子都是在沙龙里产生的幻想，搅得我心里不得安宁；虚妄的自负之心和上流社会的喧嚣紧紧地跟随着我，使出现在我眼前的小树林的清新变成一片萧索的景象，扰乱了我隐遁生活中的安宁。尽管我逃进了树林深处，也是枉然；到处都有一群不速之客来纠缠我，使我无法接近大自然。只是后来在完全摆脱了试图在上流社会中厮混的欲望和他们令我生厌的频频纠缠之后，我才又享受到大自然的美。

由于我认识到：要想控制这不由自主的天性的冲动是不可能的，我便不再花力气去阻遏它们。每受到一次他们对我的伤害，我便让我的血液沸腾，怒形于色：我听其自然，让这种非我的力量所能阻止和延缓的冲动完全爆发出来；我只是尽可能不让它们继续发展，以免产生什么不良的后果。愤怒的目光、恼恨的脸色、四肢的颤抖和心跳气喘，这一切都只不过是生理冲动的现象，而不是理性推理的结果。听其自然，让天性冲动之后，我们是可以恢复头脑的清醒，自己控制自己的情绪的。我曾经花许多时间，试图朝这个方面努力，但都没有成功，只是到了现在，才稍见成效。我再也不白费力气去抵抗，我等待着克服它们的时机的到来；那时候，让我的理性发挥作用，因为，它是只有在能为人听从的时候才说话的。唉，我怎么能这样说呢!？等我的理性发话？如果我把这一胜利算作是它的功劳，那就大错特错了，因为它不曾发挥过什么作用嘛。实际上，这一切都来自于我变化不定的性情：稍有什么风吹草动，它就心绪不宁，激动不已；等风一吹过，它又恢复了平静。使我火冒三丈，心乱如麻的，是我易冲动的性情；而使我不闻不问，心静如水的，是我一贯疏懒的性情。我行事完全听从一时的冲动的驱使；任何一种冲动都会引起我强烈而短暂的反应：冲动一停止，我的反应也随之停止；无论何种感受，都不会在我心中永久停留。无论命运怎么变化，也不论人们玩弄什么阴谋，对于这样一种性情的人都是起不到多大作用的。如果想使我痛苦的心情持续长久，就必须时时改变它使我产生的感受：只要这当中一有间断，无论间断的时间是多么短暂，它都足以使我恢复头脑的清醒。只要他们能影响我的感官，我就会成为他们所希望的那种人；反之，只要他们对我的感官稍有瞬间的松弛，我就又重新恢复大自然所希望的那个样子：这才是我永恒不变的常态；无论人们对我做些什么，也不论命运如何变化，我都能享受到我生来就应当享受的幸福。这种状态，我已经在另一篇记述我散步的情形的文字[①]中描写过了;对我来说,这种状态是如此之适合我的心意,以致使我别无所求,只希望它能永久持续,不要受任何事物的干扰。人们过去对我造成的伤害,对我是不会产生什么重大的影响的,然而,对于他们今后可能对我造成的伤害,我还是很担忧的。不过,可以肯定的是,他们今后再也没有什么新的手段可以长期影响我的心情了。对于他们布置的圈套,我心中暗自好笑;我自得其乐,根本就不理睬他们。[②]

① 指《第五次散步》。——译者
② 这段结束语,和《第一次散步》的结束语是遥相呼应、互相阐发的。——译者

第九次散步

幸福是一种永恒的状态;世上之呈现这种状态,看来,似乎不是为人类而安排的。在这个世界上,一切都在持续不断地运动,是不允许任何事物保持一个固定的形态的。我们周围的一切都在变化。我们自己也在变化。谁也不敢保证他明天还依然喜欢他今天喜欢的东西。所以,我们为今生制定幸福计划,那是白制定的。我们要尽情享受心灵的满足;我们要当心,切莫由于我们的过错,放走了这种满足而不享受。我们不可做什么计划想把它拴住,因为这种计划纯粹是一厢情愿的。幸福的人,我见得不多,也可能一个也没有见到过。不过,我倒是常常见到一些心满意足的人。在所有一切打动我心的事情中,这是最使我满意的事情。

我认为,这是感知力对我内心的情感自然产生的结果。幸福没有挂在外部的标志,要认识它,就需要仔细观察幸福的人的心。一个人的心满意足的心情,是可以从他的眼神、举止、声调和步态上看出来的,似乎是能够传递给看到这些表情的人的。还有什么享受比观看一个国家的人民欢度节日的情景更令人陶醉的呢?人们喜气洋洋地沉浸在快乐的气氛里,尽管这快乐的心情转瞬就消逝在生活的迷雾中。

三天前,P 先生[①]来看我。他特别热心,硬要把达朗贝尔先生为热奥芙兰夫人写的悼词念给我听。还未开念,P 先生就放声大笑,对悼词中的可笑的新词儿和风趣的句子笑了好长一阵时间。接着,他开始朗读,边读边笑。我一本正经地听,想用这种表情使他恢复镇静。他见我始终不跟他一起笑,只好收住了笑声。悼词中文字最长和用词最雕琢的段落,是讲热奥芙兰夫人如何喜欢看孩子们玩和如何与孩子们谈话。悼词的作者说得不错,他说这种心情是天性善良的明证。但他并没有到此为止。他硬说所有一切不这样喜欢孩子的人的天性都是坏的,说这种人的心眼儿是坏的,甚至公然说:如果人们去问那些被处以绞刑或车裂刑的人,问他们爱不爱孩子,他们个个都将回答说他们从来没有爱过孩子。这么武断的说法出现在悼词里,其用意就很奇怪了。就假定他的话全对,那也不应当在这种场合说,这岂不是在用犯人和坏人的形象来糟践他们对一个可敬的妇女的悼词吗?我当然一听就明白作者采用这种卑鄙的指桑骂槐的手法的动机的。因此,等 P 先生一念完,把悼词中我觉得写得好的地方打上记号以后,我说:作者在写这篇东西的时候,他心中的友谊是不如仇恨多的。

第二天,尽管天气冷,但相当晴朗。我出门去散步,一直走到军官学校,打算在那里采集长得正茂盛的苔藓。我一边走一边回忆 P 先生昨天的来访和达朗贝尔写的悼词。我认为,文中东拉西扯地硬插进这么一段文字,不是没有目的的。过去,他们是什么都

① P 先生,据信是指日内瓦人皮埃尔·普雷福。他在卢梭在世的最后一年多时间里,常去看望卢梭。——译者

不告诉我的，而现在假惺惺地特意把那篇东西送给我，单单从这一点就可看出他们是什么目的了。我把我的孩子都送进了育婴堂，这就足以让他们把我看作是一个天性败坏的父亲。他们抓住此事大做文章，一步一步地引申，最后的结论显而易见是说我憎恨孩子。按照这个线索去分析，我总算逐渐明白了他们的目的。我真佩服人类竟有这么大的颠倒黑白的本领。我从不相信有任何人比我更爱看孩子们在一起嬉戏玩耍了，我常常在街上或散步途中停下来看他们淘气和做小游戏，我的兴趣之浓，是无人可及的。就在P先生来访那一天，在他到我家之前一小时，就有两个小男孩来看我。他们是我的房东苏士瓦的孩子，大的大约有七岁。他们非常亲热地拥抱我，我也很高兴地亲他们。尽管我们之间的年龄相差很多，但从他们的表情就可看出，他们是真的喜欢和我一起玩的；我看到他们不讨厌我这张老脸，我心里也是乐开了花的。小的那个似乎还想到我这里来玩，这一下，简直把我乐得比他们更像小孩子了。我特别喜欢这个孩子，我看见他们离去，心中是那么地舍不得，就好像他们是我的亲儿子似的。

我非常清楚，对我把我的孩子送进育婴堂一事的谴责：只要稍微笔锋一转，就能轻而易举地把我斥责为一个没有亲情的父亲，说我是一个恨孩子的人。然而，事实是，我之所以决定把他们送进育婴堂，完全是由于我担心比育婴堂还糟糕一千倍，而且用任何其他办法都不能阻止的不可避免的命运会降临到他们头上。对于他们将来会变成什么样的人，如果我采取漠不关心的态度和不亲自抚养的话，那么，从我当时的处境来看，我就得把他们交给他们的母亲去抚养，她就会把他们宠坏的，由她娘家的人带，会把他们变成大坏蛋的。一想到这里，我现在还不寒而栗。如果把穆罕默德让赛义德[①]去干的事和人们可能让我的孩子们去干的事相比，那真算不得什么，对我就更不该那么苛求了。从人们后来在这件事情上为我设下的陷阱就可看出，他们的计划是早就想好了的。老实说，我当时一点也没有料到他们会对我搞那么恶毒的阴谋。当时我只知道，对我的孩子们来说，育婴堂的教育反倒是害处最少的，所以我就把他们送到育婴堂去了。如果再出现这种事情的话，我也会毫不犹豫，照样这样办的。没有任何一个当父亲的人是比我更心疼孩子的，这一点，我自己心里有数，因此，只要这样处置能稍补我未尽天职之咎，我就一定这样做的。

如果说我对人的心灵的了解有某种程度的进步的话，这进一步的了解，应当归功于我在观看和研究孩子们玩耍时的快乐心情。然而，同是这种心情，在我的青年时期却有碍于我的研究，因为我和孩子们玩得那么痛快，那么开心，以致使我忘记去研究他们了。到我年老的时候，我发现，我满是皱纹的脸让他们看见会感到不愉快，所以我就不再去非要他们和我一起玩不可了。我宁可不享受此种乐趣，也不去打扰他们的欢乐，我只在一旁观看他们玩游戏和做点儿淘气的事情就满足了。我发现，我在观察他们玩耍时，我的心灵在研究天性的原始的和真正的运动方面所取得的知识，就足以弥补我的损失。恰恰是对于人的天性，我们所有的学者都是一无所知的。我在我的几部著作中对我在这方面的研究是讲得那么

① 赛义德是伏尔泰的戏剧《穆罕默德》中的人物，是穆罕默德的忠实奴仆，一个宗教狂热者。——译者

详细，哪能说我在观察孩子时我的心情不快乐呢？如果有人说《爱洛伊丝》[①]和《爱弥儿》是一个不喜欢孩子的人写的，那肯定是无人相信的。

我既缺乏机智，也缺乏口才。自从我倒霉以后，我的舌头就更是愈来愈笨了，头脑也愈来愈迟钝了。在情况需要的时候，我总想不起什么好招，说不出什么恰当的话。然而，再也没有什么事情比对孩子们说话更需要斟酌词句和挑选说法的了。更使我诚惶诚恐的是，听我讲话的人是那么的专心；他们对出自一个专门为儿童写过书的人之口的话，是那么的相信和那么的重视，以致在他们心目中把这个人对他们讲的话全都看作是上帝的神谕。我这种极其尴尬和无能的心情，真使我伤透了脑筋。我觉得，说不定面对亚洲的一位国君，也比面对一个非要我与之唧唧喳喳闲聊不可的娃娃还自在得多。

我还有另外一个难处，使我目前更需要远离孩子们。自从我遭遇不幸以后，尽管我看见他们时我心中还依然是那么高兴，但我和他们再也不那么亲昵了。孩子们是不喜欢老年人的，他们认为身体衰败的样子是很难看的。我看见他们讨厌我的样子，我心里就难过；我宁可不去爱抚他们，也不愿意让他们感到为难或厌烦。这种想法，只有真正有爱心的人才有，而我们的那些男博士和女博士是一个也没有的。热奥芙兰夫人就不在乎孩子们是否愿意和她在一起，只要她愿意和他们在一起就行了。对我来说，这种乐趣比没有还糟糕，因为，只要孩子们不和我一起分享，这种乐趣就会产

---

① 《爱洛伊丝》，即卢梭的《新爱洛伊丝》。——译者

生相反的作用。就我的境况和年龄来说，我再也没有机会看到一个儿童小小的心和我的心一起欢乐了。如果这种机会还有的话，这愈来愈少有的乐趣，将使我感到比以往更加欢乐。那天上午，我高高兴兴地抚摸苏士瓦的两个小男孩时，就有这种感受，推究其原因，不是由于那个领他们来的保姆没有让我十分为难，也不是由于我没有感到必须当着她的面和孩子们聊天，而是由于那两个孩子在我这里一直是那么的欢欢喜喜，对我没有露出半点不高兴和讨厌我的样子。

唉！如果我还有机会享受来自一颗心的爱，哪怕是一个穿开裆裤的儿童的心的爱；如果我还能像以前那样常常看到一个人的眼睛流露出与我同在一起的（或至少是由我引起的）快乐与满意，那么，这短暂而甜蜜的快乐和满意将减轻我心中多少忧伤和痛苦？唉！我也就用不着到动物中间去寻找我今后在人类当中再也见不到的亲善的目光了。这一点，我根据为数虽少但在我记忆中很珍贵的事例就可看出来。我现在就举一个例子；这个例子，要是谈别的事情，我也许会想不起来的。它在我心中留下的印象，正好可用来衬托我的苦难。两年前，我有一次到“新法西咖啡馆”附近去散步。我走了很远很远，然后往左拐，想绕着蒙马特山转一圈。于是我穿过克里尼扬古村。我心不在焉地一边走一边沉思，没有注意我周围的情形。突然，我觉得有人抱着我的两个膝盖。我定睛一看，原来是一个年仅五六岁的小孩。他使劲抱住我的膝盖，两只眼睛望着我；他的目光之亲切，简直是深深打动了我的心，我不禁自言自语地说：要是我亲生的孩子这样看我就好了。我把那个孩子抱在怀里，我心里快活极了，接连把他亲吻了好几下，然后，我把他放下，继续往前走。我一边走一边觉得我似乎有什么事情还没有做。一想到这一点，我便往回走。我后悔不该那么匆匆忙忙就离开了那个孩子，我觉得在他那原因不明的动作中似乎有一种不可忽视的愿望。于是，我按原路往回跑，跑到那个孩子跟前，再次抱起他。此时，正好有一个小贩从那里经过，我便给小孩几个铜子，让他去买几块夹肉面包，接着，我想方设法逗他说话。我问他的父亲在哪里，他用手指着一个正在箍桶的人。当我正要放下孩子，去和那个桶匠谈话时，我发现一个面貌难看的人抢步走到我的前面，看来他是人们派来跟踪我的密探之一。当那个人对着孩子的耳朵说话时，我发现那个桶匠的目光死死地盯着我，眼睛里没有一点儿友好的表示。这一下，我的心立刻紧张起来，赶快离开那个桶匠和他的儿子。我走得比我回来时的速度快得多。我的心情全变了，慌慌张张，心里很不好受。

此后，这种感觉又常常在我心中重复出现。我又到克里尼扬古去过几次，想再见到那个小孩，但始终没有见到，没有见到他，也没有见到他的父亲，因此，那次见面和其他偶尔打动我心的事情一样，只给我留下一个既高兴又难过的回忆。

凡事皆有所失必有所得。虽说我的欢乐是很少的和短暂的，但只要欢乐到来了，我就尽情享受，而且享受得非常亲切和非常甜蜜。我经常把它们加以回味，也就是说，把我心中的记忆加以反刍，细细咀嚼。不论它们是多么稀少，只要它们是纯洁的，没有掺杂其他的东西，我就觉得比我在诸事顺遂命运亨通时候享受的欢乐更甘美。一个人在极度穷困时，只要稍为有一点儿钱就满足了：一个叫花子只要得到一个大铜子儿，他高兴的劲儿远远胜过一个富翁得到一袋子黄金。人们也许认为，我把那次在慌慌张张生怕人家跟踪的情况下得到的一点点儿欢乐还记在心里，是很可笑的。类似的事情在四五年前又遇到过一次，每一回忆，无不十分高兴，感到自己从中得到了极大的裨益。

有一个星期天，我和我的妻子到马约门去吃饭，吃完饭后，我们穿过布洛涅森林，一直走到穆耶特，我们坐在一块有树荫的草地上，打算等太阳下去后，从帕西街慢慢走回家。这时，有二十多个小女孩子，由一个修女模样的人领着走过来，有的坐下，有的就在离我们相当近的地方玩耍。正在她们玩的时候，一个沿街叫卖蛋糕的人手里拿着小鼓和一个转盘[①]经过这里。我看见女孩子们眼睛都直盯盯地瞧着蛋糕；其中两三个女孩子好像身上带有几文钱，她们要求领队的人允许她们去玩转盘。在那个领队的人犹豫不决并和女孩子们嚷嚷的时候，我把卖蛋糕的人叫过来，我对他说："你让这些女孩子每人玩一次，钱由我付"。我这句话马上在女孩子中传开了。单单看她们的高兴的样子，就是把我钱包里的钱都花光了也值得。

我看见她们争先恐后，秩序有点乱，便征得带队人的同意，让女孩子们排好队站在一边，然后从另一边一个接一个地去玩，一直玩到最后一个人。我不想让谁转到最大的数字，但要保证每个人至少要得一个蛋糕，不让任何一个女孩子空着手回来，不让任何一个人不高兴。为了使大家都玩得很高兴，我悄悄让那个卖蛋糕的

① 转盘，一种游戏用的转盘，盘上刻有数字，有一根指针，花一个铜子儿玩一次。转动转盘，指针指着什么数字，就得几个蛋糕。——译者

人改变平常的做法，把转盘上的机关的窍门往相反的方向挪一下，尽量让女孩子们转到大数字，多得蛋糕，全部由我付钱。用这个办法，尽管每个女孩子都只玩一次，但总共得了一百来个蛋糕，分给大家。这条规则，我执行得很严格，一点也不通融，既不多让谁玩，也不偏袒任何人，以免引起大家的不满。我的妻子还暗示那些手气好的女孩子告诉她们的伙伴如何转动转盘，用这个办法使大家得的蛋糕都差不多，最后是大家都皆大欢喜。

我也请那位修女玩。我担心她不愿意接受，但她高高兴兴地接受了，并毫不客气地把她得到的蛋糕拿走了。我对她说了许多感谢的话，我认为用这种办法表示礼貌是很好的，比装腔作势的虚假的礼貌好得多。在玩的过程中，也发生了一些争执，要我来做裁判。女孩子们一个接一个地来诉说她们的委屈，这就使我有机会仔细端详她们：尽管她们没有一个说得上美，但有几个女孩子的举止之文雅，倒真使人忘记了她们的丑。

我们最后分手的时候，大家都很高兴。那天下午的事，是我一生中回忆起来最为满意的事情之一。大家兴高采烈地玩了一下午，所花的钱不多，不会把我搞穷，顶多只花了三十个苏。像这样令人高兴的事，你就是花一百个埃居也是买不到的。真正的快乐，是不能以花钱的多少来衡量的。这话真是说得一点也不错。用小铜币换来的欢乐，的确是比用金路易买来的欢乐够味得多。后来，我又按照那天下午的钟点到那个地方去了好几次，希望能再次见到那一群小女孩，可是我没有见到。

此事使我想起另外一件性质相同的有趣的事。不过，这件事情使我感到的快乐不如前几件事情多。在我和富人与文人厮混的倒霉的日子里，我有时候也不得不和他们玩一些毫无意义的消遣事儿。在舍弗雷特，我在城堡主人家里过节①，许多人欢聚，共庆节日。有各种各样好玩的东西和好玩的事情：游戏、演节目、放烟火，吃的喝的应有尽有，玩得大家连歇口气的工夫都没有；其实大家晕头转向，是在瞎闹一气，而不是在娱乐。宴会结束后，大家都到大道上去呼吸新鲜空气。路边上有一个集市，人们在跳舞，先生们放下架子，和女农民跳，可是夫人小姐们却硬要保持她们的身份，不和男农民跳。集市边上有一个卖香草面包的小贩；我们的同伴中，有一个年轻人想出了一个馊主意，他买了好些面包，一个接一个地向人群中间抛去，看见那些乡下人争先恐后去抢面包，你争我夺，闹得人仰马翻，真是好玩极了。于是，大家都学那个年轻人的样子，买面包来向人群中乱抛乱扔。面包扔到东，男孩子和女孩子就一窝蜂地跑到东；面包扔到西，他们就跑到西，吵吵闹闹，乱成一锅粥。这样玩法，好像使大家都挺开心。尽管我心里没有别人那样开心，但我爱面子，怕人家说我不会玩，因此，也跟大家一样，买面包来乱扔一气。但转眼之间我就觉得不应当这样花钱去买乐，把人家搞得精疲力尽。于是，我离开同伴，独自一人到集市上去转悠。集市上的东西，种类繁多，我看了好久也没有看完，我看得很高兴。我看见有五六个萨瓦人围着一个小姑娘；小姑娘的货摊上还剩下十几个干瘪瘪的苹果，想赶快卖完就算了。那几个萨瓦人也想一起都买

① 这里的“城堡主人”，指丹尼·约瑟夫·拉里弗；“过节”指1757年10月9日圣丹尼节。——译者

下，可是他们几个人身上一共只有两三个里亚尔，不够买苹果用。此时此刻，这个货摊，对他们来说，就是赫斯珀里得斯的果园[①]，那个小姑娘就是看守果园的龙。这个像喜剧似的场面，我看了很久，最后，我决定由我来收场：我把钱付给小姑娘，并让她把苹果分给那几个年轻人。这时，我真正看到了一幕能打动人心的最好看的戏，它把快乐和青年人的天真结合在一起了。集市上的人看了也很高兴；而我，只花了那么一点儿钱就买到了这份快乐的我，比他们更高兴，因为这幕戏是由我导演的。

把这次玩的情况和我前面讲的几次情况一加比较，我很满意地感觉到：健康的娱乐和天然的乐趣，与用大把大把金钱换来的乐趣，大有差别。后者是在拿别人开心，看不起别人，是排斥他人而自己独自享受的快乐。因为，看到一群生活穷困的人为了争夺几块已经被人踩碎、沾满了尘土的香草面包，竟你推我搡，乱成一团，这算哪一门乐趣呢？

当我对我在各种情况下领略到的快乐进行思考时，我发现，这种快乐的产生，来源于自己所做的善行少，而更多的是因为我看到了许多高高兴兴的面孔。对我来说，这种状态有一股魅力。不过，尽管这种魅力深入了我的心，但在我看来，它似乎唯一无二地是来自于感官的感受；如果我感觉不到令人满足的欢乐感，我认为，我对欢乐的享受就不完全。在我看来，娱乐之事是无私的，我本人是否参与其事，没多大关系。在人民大众过节时，哪里有欢乐的面孔

① 据希腊神话故事说，赫斯珀里得斯的果园由夜神的三个女儿看守，园中产金苹果，吃了可以长生。——译者

可看，我就到哪里去。然而，这种情况在法国往往看不到。自以为很快乐的法国人，在玩的时候很少有这种快乐的表情。从前，我常到城郊的小酒馆去看那些普通老百姓跳舞。他们的舞跳得死气沉沉，十分单调；姿势也很呆板，显得很笨。我走出酒馆的时候，不但不快乐，反而感到很不舒服。然而在日内瓦，在瑞士，跳舞的人笑声始终不断，甚至笑得前俯后仰，好像发了疯，一切都像过节那样满意，那样快乐，既看不到忧郁的面孔，也看不到奢侈豪华的排场，大家的心里都充满了幸福、团结与祥和的感情。在天真无邪的欢乐中，素不相识的人也互相攀谈、互相拥抱、互相邀请一起去参加节日音乐会。至于我本人，为了领略节日的快乐，我倒不必去和他们一起跳舞或听音乐，我只需看他们玩就行了；我在旁边看，也分享到了他们的快乐。在那么多笑容满面的人中，我敢肯定：没有一个人的心比我的心更高兴。

上面讲的，尽管只是感官感觉的快乐，但它当然也包含有道德的因素在内。以我为例，就可以说明这一点：如果我发现满脸笑容的人是坏人时，我就明白，他们的笑容是表明他们的坏心得到了满足，因此，我看了非但不快乐，反而不高兴，感到难过和厌恶。只有天真无邪的快乐，才是唯一能打动我心的快乐，而折磨他人或拿他人开心的快乐，我对之是十分厌恶和痛心的，即使事情与我毫无关系，我也恨之入骨，因为这种快乐的出发点，与前一种快乐的出发点截然不同；尽管两者同样是快乐，但它们对别人和对我的内心产生的影响是完全两样的。

我对他人的痛苦和忧愁的感受是如此之敏锐，以至一见到这种情形，就不能不感同身受，心情之激动，非言语所能形容。我的想象力使我把自己想象成为那个受痛苦的人，而且，我难过的程度往往还超过他本人。一看到他人不满意的表情，我就受不了，尤其是当我感觉到他人不满之事与我有关时，我就更难受了。从前，我曾糊里糊涂地到有钱人家去串门。这些富人家中的仆人总要让我为他们主人对我的款待付出高昂的代价，因为，他们虽在侍候我，但又做出不愿意的样子。看见他们满腹牢骚愁眉苦脸的样子，我只好赏他们几个埃居；前前后后我一共赏了他们多少钱，连我自己也说不清。对于敏感的事情，我极易冲动；尤其是对于欢乐或痛苦，对于善意或恶意，更易冲动。我被这些形之于外的现象左右得无法可施的时候，就只好逃之夭夭。一个陌生人只要做一个表情、一个姿势或使一个眼色，就足以扰乱我快乐的情绪或安慰我的痛苦。只有在我单独一人的时候，我才属于我。除此以外，我就会被我周围的人随便愚弄，被他们玩弄于股掌之中。

从前，我在这个世界上活得很快活，我在人们的眼睛中看到的全是善意，最坏也只不过是不认识我的人不理睬我而已。可是如今，人们既不惜力气硬要把我的脸指给大家看，又不怕花工夫硬要给我的天性披上伪装。我一走到街上，看到的尽是些令人心酸的事情，因此，我只好赶快跑到乡下。我一看到碧绿的田野，我就大口大口地呼吸新鲜空气。所以，如果说我爱孤独的话，这有什么奇怪的呢？我在人们的面孔上看到的全是敌意，而大自然对我却始终是笑脸相迎。

不过，我还是得承认，和人们一起生活是有乐趣的，只要我的脸不被他们认出来。然而，这一点点乐趣，人们也是很少让我享受的。几年以前，我喜欢到乡村去，看农夫们一早起来修理农具，看农妇们和她们的孩子一起在家门口玩。这种情景，有一种我难以描述的打动我的心的力量。我有时候伫立观看那些忠厚的人们做这种活儿，不由得感动得叹息，但我自己也不知道为什么要叹息。我不知道他们是不是看出我对这种事情感兴趣，也不知道他们是不是愿意让我看。不过，在我经过他们面前时，我一看到他们的脸色有变，看到他们注视我的神情，我就明白他们是在想办法要把我这个来意不明的人赶走。这种事情，我在巴黎残废军人院还遇见过一次，而且对方表现的不悦之色更为明显。这座宏伟的建筑物，我一直非常喜欢；我每次看见那些善良的老军人，心情都非常激动，对他们表示敬意，认为他们个个都可以像斯巴达的老军人那样说：

> 想当年我们是何等的
>
> 　　年轻、英勇和无所畏惧[①]。

我喜欢在陆军士官学校[②]周围散步；当我在那里碰到那些还依然遵守军人礼节的老军人时，心里非常高兴。他们路过我身旁时，都向我行礼。他们对我行一次礼，我心里就向他们回一百次礼。我心里非常希望能常常见到他们。由于我从不隐瞒我心中的感受，所以我经常和人家谈到这些年老的军人，谈到他们使我深受

---

① 引自普鲁塔克：《里居尔格传》，据说，斯巴达人有一种节日表演，先是老年人唱这两句歌词，接着是中年人唱："现今我们同样豪迈有胆量。"最后是少年人唱："将来我们也一样，而且一代要比一代强。"——译者

② 陆军士官学校是法王路易十五时代建立的一所培养陆军下级军官的学校。该校有一个由一百二十名年老退休军人组成的连队担任警卫。文中所说的"老军人"，指的就是这个连队的年老退休军人。——译者

感动的行礼的样子。可是，好景不长；不久以后，我发现他们不再把我当生人看待了，或者说得更确切一点，我成了他们不认识的人了，因为他们看到我的时候，他们的眼神和其他人的眼神完全一样，再也不行礼，再也不打招呼了，完全是一副拒人于千里之外的样子，目露凶光，再也不像原先那样彬彬有礼了。军人的坦率不允许他们像别人那样表面上笑骨子里却恨，表面上尊敬暗中却整你，因此，他们就公开对我表示粗暴的憎恨。我感到最难办的是：我要如何才能判断出哪些人对我的成见最少，对我不那么掩饰他们的愤怒。

自此以后，我在残废军人院附近散步的兴趣就不如从前浓了。不过，由于我的感情不取决于他们对我的感情，因此，我见到那些曾经为保卫祖国立过战功的老军人，仍依然对他们表示敬意，心中照样很快乐。当然，看见他们竟那么恶劣地回报我对他们的尊敬，心里还是十分难过的。我有一次偶然碰见一个老军人，他也许还未受过他人的教唆，或者是不认识我是谁，因此，不但对我没有厌恶的表情，并且还诚诚恳恳地对我打招呼。单单这一个人的这一点表示，就足以抵消别人对我的可憎的态度了。当时，我把别的人都忘记了，一心专注于这个老军人，我觉得，他的心灵和我的心灵一样，是不让仇恨的种子进入其中的。去年，我有一次乘渡船到天鹅岛去散步，又碰上过这类令人兴奋的事。有一个可怜的老军人在船上等人一起乘船过渡。我上船后就让船夫开船。那时正是涨水季节，过河的时间要长一些，可我不敢找那个老军人谈话，怕像以往那样遭到粗暴的对待和拒绝。不过，他诚恳的态度使我放下了心，开始和他攀谈。我觉得他是一个有感情和道德的人。他谈话的声调之和蔼和直率使我吃惊，感到很好听。我很少见到过有人这样喜欢我。当我得知他是刚从外省来到这里的时候，才恍然明白他为什么对我那么好。我知道人们尚未告诉他我是谁，还没有教唆他。我便利用他还不知道我姓什么名叫什么的机会和他谈了一会儿话。我们谈得很好。这原本是极其普通的快乐事儿，但在我是因为难得一遇，所以觉得很有价值。下船的时候，我见他手里只拿着两个可怜巴巴的小铜钱，我便替他付了船钱，并请他把那两个小铜钱放回他的衣兜里。不过，我还是怕他生气。幸好，他没有生气，并对我给他的照顾很感激。我见他年纪比我大，便搀扶他下船，这一举动尤其使他感谢不已；而我，谁相信我当时是那么的孩子气，竟激动得流下了眼泪呢？我真想把一枚二十四个苏的小银币塞进他的手里，送他去买烟抽，但是我不敢。这害羞的心理使我连一些可让我得到极大快乐的好事也不敢做；而在做笨事的时候，我这害羞的心理却全没有了。这一次，在我和那个老军人分手以后，尽管我感到宽慰，但我还是意识到，我这样做，可以说是违背了我自己的原则，因为我在好事当中掺杂了金钱的作用，损害了好事的高尚意义，玷污了它的无私的精神。我们固然应当积极帮助那些需要金钱的人，但在日常的生活交往中，必须让自然的善意和礼貌各自发挥它们的作用，切莫让贪财好利之徒接近这如此纯洁的泉源，以免使它受到腐蚀和败坏。据说，在荷兰，你要给人家的钱，人家才会告诉你现在是几点钟，才会给你指路。一个拿人类最简便易行的义务做交易的人，必定是一个被人看不起的人。

我发现，只有在欧洲，留宿客人是要收钱的，而在亚洲各国，留客人住是分文不取的。在亚洲当然是找不到那么多舒适的设备的，但是，只要一想到：我是一个人，我受到人家的接待，人家留我住，是出于纯洁的感情，这不就心情舒畅，无话可说了吗？只要心灵受到的对待比身体受到的对待好，小小的不舒适的感觉是可以毫无困难地忍受的。

第十次散步

今天是圣枝主日[①];正好是五十年前的今天,我第一次见到华伦夫人[②]。她和本世纪[③]同龄,那年正好是二十八岁,而我还不到十七岁[④]。哪知我正在成长而尚未定型的性格竟在此刻给我天生就充满活力的心增添了一种新的热情。如果说她对一个举止温文尔雅、态度谦逊、面貌又长得不错的生气勃勃的年轻人抱有好感并不奇怪的话,那么,一个头脑聪明、一举一动很有风度的漂亮女人使我因感激而产生连我自己也无法说清的温情,就更不奇怪了。然而,大不寻常的是,这第一次相见的刹那之间,竟决定了我的一生,使我在今后的一生中要遭遇一系列不可避免的事情。那时,我的各部分器官尚未使我的心灵中的最宝贵的才能得到充实,我的心灵尚未定型,它焦急地等待着使它定型的时刻早日到来。这一时刻尽管因和华伦夫人的邂逅而加速

---

① 圣枝主日,宗教节日,在每年复活节前的一个礼拜天。文中的"今天",指1778年4月12日,是日为1778年的圣枝主日。——译者

② 卢梭第一次见到华伦夫人,是1728年的圣枝主日。关于卢梭第一次在安纳西见到华伦夫人的记述,参见他的《忏悔录》卷2。——译者

③ 此处的"本世纪",指18世纪。——译者

④ 这里,卢梭把自己的年龄搞错了。1728年3月卢梭第一次见到华伦夫人时,还差三个月才满 十六岁。——译者

了,但也并非说到就到的。我受的教育使我在很长一个时期都心地十分单纯,因此迟迟不能进入那爱情和天真同在一个心中的甜蜜而又转瞬即逝的状态。我们见面不久,她就把我打发到别的地方去了[①],然而我时时都在想念她,我又回到了她的身边[②]。这次回来,我的命运就决定了。在我占有她以前的一个很长的时期,我都把我的生活看作是她的生活,我就是为她而生的。我有了她便感到心满意足,唉!要是我能使她有了我也感到心满意足就好了!我们在一起生活的时光将多么宁静和甜蜜啊!这样的时光,我们曾经有过,但是很短暂,很快就过去了,接踵而来的命运是多么辛酸啊!我无时无刻不怀着快乐和温暖的心情回忆我这一生中只有在这短短的日子里,才不仅活得充实而无杂念,无牵无挂,能够真正说得上是在享受人生。我的情况,有点儿像那位失宠于韦斯帕西安[③]的大法官到乡下宁宁静静地安度晚年时说的:“我在世上活了七十年,但真正说得上生活的,只有七年。”[④]如果没有这短短的一段珍贵的时间,我也许连我自己也不知道我将伊于胡底,因为在我以后的岁月里,我一直

① 卢梭和华伦夫人 1728 年 3 月见面后不久,华伦夫人就把他送到都灵的一个天主教办的教养院。——译者

② 卢梭在都灵只住了一年多,于 1729 年 6 月又回到华伦夫人的身边。——译者

③ 韦斯帕西安(9—79):古罗马国王(69—79)。——译者

④ 这句话,卢梭在 1726 年 1 月 26 日致马尔泽尔布的信中引用过,但在那封信中的引文是:“我在世上活了七十六年,但真正说得上生活的,只有七年。”(参见本书第 179 页)另外,在那封信中说是“特纳让的宠臣”,而此处说是“失宠于韦斯帕西安”,实则两处都有误,说这句话的西米里斯是亚德里安治下的一位行政长官。——译者

是那样懦弱，对一切都逆来顺受，被别人的欲望搅得如此之心绪不宁，左右为难，进退维谷，以致在我这么坎坷的一生中完全处于被动状态。在严酷的生活需要不断落在我肩上时，竟使我无法分清在我的行为中哪些是我心甘情愿做的。在这短短的几年里，我得到了一个温柔多情的女人的眷顾，我愿意做什么就做什么，想怎样就怎样。我充分利用我的余暇，在她的教诲和榜样指引下，我知道如何使我单纯幼稚的心灵处于一个最适合于它的状态；这个状态，我的心灵一直保持到如今。我心中产生了爱孤独和沉思的习性。我的心需要奔放的和温柔的情感的滋养，而喧嚣和纷争之声将压抑和消灭这种情感，只有安宁和平静能使它们复苏和活跃起来。我要集中心思一心一意地爱。我让妈妈[①]到乡下去住；山坡上有一座孤独的房子，那就是我们躲避喧嚣和纷争的地方。在那里，我在五六年的时间中享受到了一个世纪的生活和纯洁美满的幸福。这种幸福的美，可掩盖我现今生活中的一切丑恶。我的心需要一个女友，我占有了这个女友；我向往乡村，我到了乡村；我不能忍受奴役，我享受到了完全的自由，甚至比自由还自由，因为我只受制于我自己的爱心；我心中想做什么，我才做什么。我的生活成天都充满了爱的眷顾，成天都有做不完的乡间的农活。我希望这么美好的状况永远继续下去，除此以外，我便别无他求。我唯一的担心，是怕这种状况不能长久。从我们当时的景况看，我的担心不是没有根据的。后来，我尽量以娱乐之事来分散我的不安之心，想方设法防止它

① 妈妈，卢梭对华伦夫人的昵称。——译者

产生不良的后果。我认为,掌握一门技艺,是防止穷困的最可靠的办法。我决心用我的余暇学一门手艺,以便,如果可能的话,有朝一日能报答这位最好的女人对我的帮助。[①]

① 这个心愿,卢梭早就有了。他在1735年底写给他父亲的一封信中说:“我打算求华伦夫人允许我伴她一生,让我尽我的全部力量为她效劳,直到我的生命结束。”参见《卢梭通信全集》,第1卷,第33页。——译者

附　　录

《梦》的草稿[①]

一

要真正按照这个集子的标题写，我应当在六十多年前就开始写了，因为我整个一生只不过是一个长长的梦[②]；这个梦，由我每天散步时分章分段地做。

尽管为时已晚，但我依然决定从今天就开始撰写，因为我在这个世界上已经没有其他更好的事情可做了。

我感觉到我的想象力已经僵化，我各部分器官的官能已经衰

① 这份草稿，原来是零零星星写在27张扑克牌上的提纲式的片断；是卢梭逝世后，由他的居停主人吉拉尔丹侯爵在他的一大堆稿纸中发现的，原件现藏纳沙泰尔图书馆。这27个片断，在19世纪曾由几家出版社出版，但手民误植和脱漏之处甚多，直到1948年始由J.-S.斯平克和马·雷蒙二人详细校勘，整理出一个完善的稿样，并冠以《一个孤独的散步者的梦》这个标题，先后在巴黎和日内瓦出版。最后3个片断，就内容看，与《忏悔录》有关，由贝尔纳·加涅班和马塞尔·雷蒙校勘后，与前27段合在一起出版。——译者

② 参见《第七次散步》的第一句话："我刚刚才开始描写我在这个集子中所做的长长的梦，我就觉得好像是快要写完了似的。"——译者

退；我担心我的梦将一天天变得枯燥无味，以致最后感到厌倦，使我失去继续写下去的勇气，所以，即使我继续写，我这个集子也将因我临近生命的终点而自然而然地结束。

二

的确，最沉着镇定的人也会通过他们的身体和感官对苦与乐有所感受，受到它们的影响；不过，这种纯粹是身体上的影响，其本身只不过是一种感觉，它只能使人产生某些心情；虽说它有时候也会使人产生道德行为，但推究它使人产生道德行为的原因，有的是由于影响太深和持续的时间太长，以致深入心灵，在感觉消失以后，影响还依然存在；有的是由于人的意志在其他动机的推动下，能抵制欢乐的引诱或对他人的痛苦怀抱同情，而且这种意志在人的行为中始终处于主导地位，因为，如果感觉变得更强烈，最终使人愿意享受安乐，则抵抗的勇气便会完全消失，人的行为的本身和它产生的后果，就会变得与完全耽于安乐的人的行为一个样子。这一法则是十分严酷的，然而，正是由于它的严酷性，道德才获得如此崇高的美名。如果胜利的得来不花费任何代价，它值得人们歌颂吗？

三

幸福是一种极其稳定的状态；而人则是一种极易变化的生物，因此，两者都难以互相适合。

梭伦认为克里苏斯[1]是少数几个幸福的人当中的典范；他这样看法的理由，不是根据他们生活的幸福程度；而是根据他们死亡的时候谁的脸色最为安然，不过，在克里苏斯还活着的时候，梭伦从来没有说过他是幸福的人。事实证明梭伦的看法是正确的。对这件事情，我再补充一点：如果在地球上真有什么人是真正幸福的话，人们是绝对不会以他做例子的，因为谁也不比他更清楚他到底是不是幸福。

我所看到的那种持续不断的运动，使我感到了我的存在，因为，千真万确的是，我此刻仅有的一种快乐，是对一阵阵单调而均匀的轻轻的声音的微弱的感觉。我现在享受什么呢？我现在只能自我陶醉，享受我自己[2]。

四

是的，我在这个世界上一事无成，而且，即使我今后不受我这个躯壳之累，我也不会有什么建树的；然而，我能成为一个很优秀的人，我内心的感情和生活情趣，比那些成天东奔西走、忙个不停

① 克里苏斯(约公元前561—前546在位)：古小亚细亚吕底亚国最后一位国王，因国中的帕克多尔河盛产金沙，所以克里苏斯富甲天下。——译者

② 这段话所描述的内心感受，在《一个孤独的散步者的梦·第五次散步》中又加以发挥："在那里(在碧茵纳湖边——引者注)，波涛声和汹涌的水声集中了我的思想……波涛起伏，水声不停，不时还夹杂着一声轰鸣；这一切，不断传到我的耳里，吸引着我的眼睛，时时唤醒我在沉思中停息了的内心的激动，使我无需思考，就能充分感到我的存在。"——译者

的人充实得多。

五

有一个现代的学者以自己的区区成就而藐视古人；而我，我则要因自己的学识之不足而向古人学习。

六

举例来说，还有什么事情比不掌握识别假朋友这门艺术更糟糕的？尽管这门艺术要经过一番努力才能掌握，那也要学，因为，只有这样，才能让我们看出我们本以为是真朋友的人，原来是假朋友。

七

这几位先生像一群小偷似地紧紧缠住一个可怜的西班牙人，装出一副善意的样子，用斯多葛派哲学家的言论向他证明：遭受痛苦，并不是一件坏事。

八

不过，我既不把我的地址告诉她，也不向她要她的地址，因为我深信：只要我一转身走开，那几位先生马上就会去盘问她，并采用他们熟练的手法,从人人皆知的我的想法中挑毛病,把它夸大到掩盖我想做的好事。

九

即使我的清白最终被人们承认,并使那些迫害我的人都心悦诚服;即使事实的真相在大家看来已昭然若揭,比太阳的光还明显,公众也不会因此就平息他们的愤怒;不仅不平息,反而恨我恨得更厉害。他们之所以恨我,大部分原因是由于他们自己做了不公正的事,只有一小部分原因是他们今天硬说我做了恶事,因而对我怀恨在心。他们绝对不会原谅他们强加在我头上的那些不光彩的事。他们将把那些不光彩的事说成是我不可饶恕的大罪过。

十

应该我做的事,我一定要做,因为这是我应尽的本分,不过,我并不抱任何成功的希望,因为我知道今后已不可能取得成功了。

十一

我在我心中想象:这一代如此高傲、如此之自以为有了不起的大学问、并公然认为对我的看法是有充分道理的人,在事实真相大白的时候,将多么吃惊。

十　二

在他们和我之间，既不再有亲情，也不再有友情了。他们否认我是他们的兄弟，而我，我则要以他们做我的兄弟为荣。如果今后我还能为他们做点合乎情谊之事的话，我是一定会做的；不过，在做的时候，不是把他们当作我的同类，而是把他们当作需要我帮助的受苦受难的人和懂得感情的人。我甚至对一条遭受苦难的狗也是会倾情帮助的，因为一条狗也比这一代人当中的任何一个人对我都更亲近：它既不背叛我，也不欺骗我，更不会虚情假意地安慰我。

十　三

即使是国君本人，他也只是在罪犯经过各种程序的审判和定罪之后，才有权赦免罪犯。否则的话，就等于是在尚未使罪犯服罪以前，就先给他打上有罪的烙印；在一切不公正的事情当中，要数这种做法最令人害怕。[①]

他们之所以给我面包吃，是为了让我蒙羞。他们对我的施舍，不是嘉惠于我，而是在侮辱我，糟践我；这纯粹是他们试图降低我的人格的一种手段。毫无疑问，他们都希望我死，不过，他们认为最好还是让我丢尽脸面，活受罪。

① 卢梭这段话的意思是：他要求于人的，不是饶恕，而是公平对待。——译者

十　四

在接受他们的施舍后，我也对他们表示感谢，不过，我表示感谢时的心情，与一个被强盗抢了钱包的旅客，在强盗从钱包中拿出一小部分钱还给他，让他能继续旅行，他对强盗此举表示感谢时的心情是一样的。不过，这当中有这样一点区别：强盗把一小部分钱还给旅客，其目的，不是侮辱旅客，而纯粹是为了宽慰旅客。

在这个世界上，只有我一个人在每天起床时敢百分之百地肯定：在这一天的白天不会遭遇什么新的痛苦，晚上睡觉时也不会感到心情忧郁。

十　五

对来生的期待，可缓解今生的一切烦恼，而且，几乎可以使人人都不害怕死亡；不过，在这个世界上，希望总是与忧虑相伴，因此，只有顺其自然，听天由命，才是寻求心情真正平静的上策。

十　六

正如枢机主教马扎兰所说的，人们很可能遇到这样一种事物：它既没有少增加，也没有变得更需要；没有它，固然可笑，而有了它反而更加可笑。

谁行事把利益看得比正义更重要，谁就会亲近替他的利益说话的人，而不亲近替正义讲话的人。

十　七

梦

我由此得出结论：这种状态是生活中的痛苦暂时停止，而不是真正的快乐，因此，对我来说，是很惬意的。

由于我不能通过我的身体和我的感官去领会纯精神的事物，因此我没有办法去判断它们真正的存在方式。

我要如何才能尽可能残酷地对他们进行报复呢？要达到这个目的，我必须成天生活得快快乐乐，十分满意：这是一个使他们陷于尴尬境地的可靠办法。

由于他们想使我陷于可怜的境地，因此，他们的命运如何，要以我为转移。

十　八

我反复思考之后发现：有智慧的和自由的生物的存在，是上帝的存在的必然延续，因此我认为，上帝的快乐，除了他的全能以外，或者说得更确切一点，能使他的快乐更完美的，是他能引导心地正直的人。

十　九

他们在他们与我之间挖了一条谁也无法填平或逾越的大鸿沟；今后，我将像死人和活人阴阳两界那样，永远与他们分离。

因此我认为，在那些大谈良心的安宁的人当中，凭自己的真知和自己的感受谈论这个问题的人不多。

今后，如果有某种机会能改变事物的现状的话（我不相信有这种机会），可以肯定的是，这种机会必有利于我，因为，比现今更糟糕的状况已经不可能出现了嘛[①]。

二　十

有些人巴不得见到我，一见到我就高兴得流出了眼泪，使劲亲我，使劲拥抱我，甚至热泪盈眶，哭了起来；而另一些人却一见到我就怒目圆睁，愤懑之情溢于言表；还有一些人不是往我身上就是往我身边直吐唾沫，那副装模作样的表情，我一瞧就知道他们想干什么。他们对我的表现尽管是如此之不同，但都是出自同一种看法，这一点，我是不会看不出来的。他们迥然不同的表现是出自什么

① 这段话的意思，卢梭在《第一次散步》中是这样表述的："事已至此，我还有什么可怕他们的？他们既然没有什么办法使我的处境更加恶化，他们也就没有办法使我感到更加恐慌。"——译者

看法呢？我认为是出自我的同时代人对我的看法，然而，究竟是什么看法，我也不清楚。

二 十 一

知道羞耻，就知道如何保持自己的纯真，而存心作恶，那是早就抛弃了害羞之心的。

我非常天真地表现我的感情，并说出自己对事物的看法，不论它们是多么的奇怪和荒诞，我都要说；我不和人争论，也不想证明什么原理，因为我不想说服什么人，我的文章是写给我自己看的。

二 十 二

所有一切人的力量今后都无法伤害我。如果我心中产生了什么强烈的欲望，我也能轻而易举地加以满足，既不怕众人知道，也不怕受人的批评。因为，事情很明显：他们害怕说明事情的真相，比害怕死亡还怕得厉害，所以他们要不惜一切代价避而不作任何说明。他们能把我怎么样呢？把我抓起来？这我还求之不得呢。他们很可能另想办法折磨我，变换方式让我受其他类型的痛苦。不过，他们的花招已经用尽，再也没有什么招数可使了；难道他们想把我整死？啊，但愿他们当心：他们这样做，反倒让我把我的一切痛苦都结束了。现在，包括地上的君王在内，我周围的人都要听从我的摆布，我想怎样对待他们就怎样对待他们，而他们却拿我一点办法也没有。

二十三

不过，当这些先生们使我落到这种境地的时候，他们是知道我不会对他们怀恨在心的，也不会对他们进行报复的；如果不知道这一点，他们就不会冒此风险整我了。

二十四

我无求于人，所以我精神抖擞，强而有力。我对那些坏人疯狂的愚蠢行为感到好笑，因为他们花了三十年时间挖空心思整我，结果却反而使我完全超过了他们。

二十五

只要他们说出他们是怎样知道这些事情的，说出他们为了知道这些事情，他们干了些什么，如果他们忠实地执行这一条，我就答应不再对他们提出的指摘进行反驳。

二十六

我从种种迹象看出，而且深深相信，上帝是不会以任何方式介入人们说长道短的谈论和涉及个人名声的事情的；他把一个人死后留在世上的一切都交给命运去安排，交给世人去评说。

二十七

1. 你对你自己要有所认识。

2. 枯燥无味和令人忧伤的梦。

3. 有感情的人的道德。

我应如何与我同时代的人交往。

论谎言。

健康状况不佳。

痛苦的记忆永难忘怀

有感情的人的道德。①

二十八

千万不要有那么一个有学问的人到这里来恶言恶语地乱说一

① 这一段所列的题目，在《一个孤独的散步者的梦》中都有所阐述。例如"1. 你对你自己要有所认识"见《第四次散步》；又如"2. 枯燥无味和令人忧伤的梦"在《第二次散步》中是这样说的："……梦境中的狂热，已不再令我感到陶醉。今后，在梦境中产生的，属于回忆的东西多，属于创造性的东西少。淡泊一切的倦意使我所有的官能几乎陷于麻痹，我的生命的火花已逐渐在我的身上熄灭，我的心灵已很难冲出它的旧窠臼。"最后一行"有感情的人的道德"是"3. 有感情的人的道德"的重复；其所以再次重提，意在表明这是作者时时刻刻追求的精神目标。这个目标，从他与狄德罗和孔迪亚克筹办《嘲笑者》这个刊物之时起就已经确定了，是和他的人生经历与寻求心灵平衡的愿望密切联系在一起的。——译者

气，以致引起人们谈论我，直接或直接在现今的各种书中，用尖酸刻薄的话，或指桑骂槐，或生拉硬扯地把我和他人加以比较，或胡乱引用他人的话，含含糊糊、模棱两可地说三道四而不直接把话说明：所有这一切，其目的都是心怀叵测地有意误导读者。

二十九

他们为了让我写作而给予了我这一点儿安宁；他们不可能赶走我而又不失去他们搞阴谋所取得的果实。他们想方设法毒化这一点儿安宁的气氛，使它变得让一个爱荣誉的人难以忍受。由于他们找不到什么光明正大的办法，便事先猜测我的办法，以便想好对策，掩盖他们因见到我的状况良好而感受到的羞涩。

三十

当死神慢慢走来，并告诉我岁月在一天天流逝的时候，我看到，并隐隐感到他的阴影已经降临……

嘲　笑　者[①]

有人告诉我，有很多负责审查新作品的作家，都由于种种意想不到的原因而先后辞去了这个工作。自从听了这话以后，我的脑子里便产生了这样的念头：我很可以接替他们担任这项工作；由于我没有在公众面前故作谦虚的糟糕的虚荣心，所以我的确认为我非常胜任；我真地认为，一个人只要确信自己没有上人家的当，就不应该对自己有另外的说法。如果我是个著名作家，我可能会装模作样地说一番听起来好像是于我不利的坏话，以便很巧妙地把

① 这是卢梭为他与狄德罗和孔迪亚克拟创办的刊物《嘲笑者》写的发刊词；原件现存纳沙泰尔图书馆，写作时间大约是在1749年。关于这篇文章的由来，卢梭在《忏悔录》里是这样说的："由于我们三个人（狄德罗、孔迪亚克和卢梭——译者）住的地方彼此都相距甚远，所以我们约定每星期在王宫花园聚会一次，并一起到'花篮餐馆'去吃午饭。狄德罗挺喜欢这种每周一次的便餐会：他这个每约必爽的人，对这种约会却从来没有一次不到的。经过几次磋商之后，我拟定了一个创办一份期刊的计划；期刊取名为《嘲笑者》，由狄德罗和我轮流主编；创刊号的发刊词由我执笔。……然而，由于种种事先没有料到的原因，这份刊物最后胎死腹中，没有出版。"（卢梭：《忏悔录》，第7卷，巴黎"袖珍丛书"1972年版，下册，第40—41页）——译者

我非承认不可的缺点也塞进这一类假话里。不过，这套做法如今太危险，因为早有准备的读者会一字一句地按我所说的话的表面意思来理解。所以，我要请教我亲爱的同行：这种做法，对一个说自己坏话的作家有何好处？

我很清楚，只要我本人认为自己拥有巨大能力，这是完全不够的，另外还需要公众也确信我有这份能力：对我来说，不难指出，我采取这种看法，可以说是完全对我有利的。因为，我请您注意，即使公众没有任何证据说明我具备写作的必要才能，但也不能说出与此相反的话。这一点，对我而言，与大部分竞争者相比，已经是很大的优势了；对他们来说，我确实比他们在后面所走的路，领先了一段距离。

现在我将从一个有利的角度出发，陈述下列理由来永远打消人们对我不利的各种疑虑。

(1) 这些年来，人们已经在世界各国用各种文字出版了无数的报章杂志和各种期刊，但我极其谨慎，一份也不看。我由此得出的结论是，头脑里没有那些报章杂志上的胡言乱语，我反而可以写出许多更好的文章，虽然数量也许不多。这个理由对公众来说是好的，但是我不得不为我的书商作一番解释，告诉他：只要头脑里少装点那些东西，凭我的思考是可以写出更多的作品来的，是不怕找不到题材的。

(2) 几乎是出于相同的原因，我也没有理由浪费很多时间去研究科学和古代作者。系统物理学早就被抛弃到罗曼人那里了；而实验物理学在我看来只不过是摆弄漂亮小玩艺儿*的艺术，数学不过是……

*请去参观罗勒神父的工作室

我请你[①]填上这里的空白，而且要认真地填，不许推三推四。

至于如何看待古人，我似乎觉得在我的评论里，立论要公正，不能欺骗我的读者，不能像往昔我们的学者们那样偷偷用亚里士多德或者西塞罗的话来代替他们以为我要发表的看法，多亏我们现代人很聪明，早就不干这种丑事了，而我，我也要小心谨慎不干这种费力不讨好的事情。我把

① 这里的“你”，很可能是指狄德罗。——译者

功夫都花在查辞书上，收获非常大，在不到三个月内我就像学习了两年似的，就可以满有把握和准确地解决一切问题。我还有个收获，在一本拉丁诗集里，我找到许多可以用来修饰我的文章的词儿；我要合理使用这些词儿，使它们发挥的作用能保持长久。我已经在本文的开头使用了其中的一个词儿；我当然知道拉丁文诗句只要用得恰当，必然会使哲学家的文章显得很生动；出于同样的原因，在我撰写有关诗歌的论文时，我也要用哲学术语和哲学词句来修饰我的诗学论文。我很清楚，谁想得到一个名作家的美誉，谁就必须对任何学科的事情都能滔滔不绝地谈论一番，只有他自己从事的那门科学除外。

我丝毫不认为一定要很博学才能评判现在交给我们的书。切不可说什么非要读过佩托神甫、蒙福孔等人的书，而且要在数学等方面有很高的造诣，才能阅读《坦扎伊》、《格里格里》、《安哥巴》、《米萨普夫》和本世纪的其他深奥的著作。

(3) 我的最后一个理由，而且是我内心深处唯一需要担任这个工作的理由，是从我的目的中归纳出来的。我给自己确定的工作目标，是对即将出版的所有新作品进行分析，并在分析中融入我的看法，将我的分析和我的看法都告诉读者；然而，做这些工作，我没有发现任何必须成为学者的必要；公正无私地正确判断，善于写作，掌握自己的语言；在我看来，这三样才是必要的知识：就这些知识来说，谁敢自夸比我更高明、比我更精通？实际上，尽管我无法证明事实与我说的完全一致，但正因为如此，我反而更加确信：我对于我想说服别人的事情是太了解了，因此，我要成为第一个由于自己认为自己是很能干的人，所以也要使公众认为他们是很能干的人。如果我终于做到能使公众在与我有关的事情上都相信这样的说法，不论这种说法是不是有充分的根据，只要与这里所说的情况差不多，他们都会相信我的。

因此人们不能否认我有充分理由充当新作品的严厉的批评家和威严的法官，我想夸赞就夸赞，想批评就批评，没有任何人有权指责我鲁莽行事，不过，所有的人个个都有权对我进行报复，这个权利是我真心诚意给他们的，只是希望他们在说我坏话的时候，也采取我说他们好话的那种方式。

我宣布：我要秉公办事，我根本不认识

任何一个可能成为对手的人，本刊将永不刊登一切人身攻击和发泄私愤的文章：我要评论的是书，在我看来，作者的文字就是书籍本身的精髓，它绝不会超出这个界限，我严正声明，我永远不会把它用于其他地方；即使哪天我情绪欠佳，有时候说：这是个傻瓜，一个语言荒诞的作家，我的意思也只是说作品本身荒诞和愚蠢，而不是说作者就不是一个一流的天才，就不是一个称职的法兰西学院院士。如果人们领略不到我刚才所说的文章里的文字的乐趣，我有什么办法！但是人们将首先看到我不会因此就不是一个颇有才能的人。

即使直至目前为止我所说的话显得有些模糊，再加上我又没有进行一些补充，以便更清晰地陈述我的计划以及我想采取的做法，我也会预先告知读者我性格中的某些特点，使他们大致了解他们将在我的文章中读到些什么内容。

布瓦洛[①]曾经说过：人往往是一时一个样子。他这短短一句话便把我这个人勾

① 布瓦洛(1636—1711)：法国诗人，其主要作品有《讽刺诗集》和《诗艺》等。——译者

画得惟妙惟肖；如果他给它再加点其他颜色，衬托其间的细微差别，那就描绘得更为准确了。再没有谁比我自己更不像我的了，这就是为什么除了用“奇异多变”这四个字来形容我以外，用其他的词儿来形容我都不行的原因。这四个字在我的精神世界里，时常会影响我的情感。有时候我是一个性情孤僻的厌世者；有时候，我又对社会的魅力和爱情的甜蜜喜欢得入了迷。我时而严肃而虔诚，而且为了增益我的灵魂，我曾尽最大努力使这种高尚的心情保持稳定；但为时不久我又变成了一个十足不信教的人。由于我运用感官的时候多于运用我的理智，所以我总是避免在这种时候写作：这一点，最好是让我的读者预先充分地了解，以免他们指望着在我的文章里寻找他们永远也读不到的东西。一句话，任何一个反复无常的人、一个随风转舵的人、一个女人，都没有我这么变化无常。应该一开始就让好奇者丢掉在某一天识破我的性格的想法：他们认为我老是某个特殊的样子，其实那个样子只不过是在那个特殊时候的样子罢了；他们是看不出我身上的这些变化的，因为我身上的变化没有固定的时间，有时候说变就变，顷刻之间就会发生；有时候我又接连几个月不变，一直是那个样子。正是这种不规则变化的本身，构成了我的性格的主要特征。还有，同样的事物再出现，往往会重新唤起我当初第一次看见它们时的那种心情。这就是为什么我总是以同样的心境对待同样的人的原因。因此，如果让那些认识我的人各人发表各人的看法的话，他们都会说再没有谁的性格是比我的性格更少变化的了；但是，如果进一步要求他们把话说具体一点，这时候，有人会说我爱开玩笑，另一个人又会说我很严肃；这个人把我看得无知，那个人又认为我非常博学。一句话，有多少人就有多少种看法。在这件事情上我的心情也很奇怪：我设想，如果某天同时遇见两个人，与其中一人经常是一见面就高兴到发疯的程度，而对另一人又往往是一脸愁容，比赫拉克里特[①]的样子还忧愁；同时面对这两个人，我的心情必将如此地波动，以致不得不马上离开他们，以免我这两种迥然不同的心情的反差会使我晕倒在地。

① 赫拉克里特(公元前540—前480)：古希腊哲学家。——译者

所有这一切，经过自我反省，我总算看出了我自己身上某些占主导地位的情绪和一些几乎是周期性的心情的变化的再次出现；这种状况只有极为细心的观察者才能注意到。实话实说吧，这个观察者不是别人，他就是我自己：正如天空的风云多么变化无常，也难不倒海上的水手和乡下的农夫预测某些常年的天气状况和现象，并总结出规律，大致预报某个季节的天气。可以说我是具有两种性情的人，这两种性情每星期轮换一次，我称它们为“我这个星期的性情”和“我那个星期的性情”；当我是“这个星期的性情”时，我表现得疯狂中带理智；而在我是“那个星期的性情”时，我又表现得理智中带疯狂。不过，不论是在这种或那种情况下，只要疯狂占了理智的上风，它就会在我自称为“智者”的那个星期中占明显的优势，因为在这时候，所有我评论的文章的内容不论它们本身是多么有道理，它们都会被我用毫无疑义的和极其荒诞的词句巧妙地加以掩饰，从而把它们一笔抹杀。至于我的疯狂的性情，它比这明智得多，因为，尽管它总是从它自身寻找论述的题材，但它在理论的陈述和论据的罗列方面是花了那么多心思、那么多工夫和那么多力气的，以致经过如此这般伪装之后的疯狂几乎和理智没有什么差别。关于这些我保证无误或大致无误的想法，我有一个小问题要问我的读者，请他们判断：在这两种性情中，我是按照哪种性情写这篇文章的。

人们不要以为在这里刊登的全是正经八百的论说文；这种文章当然有，但本刊也将登载一些杂七杂八的小品文。不过，在对深奥的玄学谈得正起劲的时候，我绝对不敢保证我不忽发奇想，开个玩笑，把我的读者装进一个飞行器，一下子把他送上月球去。我要向他推荐柏拉图[②]、洛克[③]和马勒布朗什[④]的著作，让他像读阿里奥斯特[⑤]的诗歌和飞行怪兽[⑥]的故事那样读这三个人的书。

贝尔热拉的著作中描写的[①]

① 指贝尔热拉的《太阳系诸王国趣史》中描写的一种形如箱子的飞行器。——译者

② 柏拉图（约公元前 428—前 327）：古希腊哲学家。——译者

③ 洛克（1632—1704）：英国哲学家。——译者

④ 马勒布朗什（1638—1715）：法国哲学家和神学家。——译者

⑤ 阿里奥斯特（1474—1533）：意大利诗人。——译者

⑥ 飞行怪兽，阿里奥斯特的《疯狂的罗兰》第四章中描写的一种长有翅膀的怪兽，头和两只前脚似其父，其他肢体似其母。——译者

尽管读者对我在这里对他们讲述的有关我和我的性格的详细情况不甚重视，但我还是决定对他们一句话也不少说。我这样做，既是为他们好，也是为了我要说就说个痛快。我以自我嘲笑开始之后，接着就要一个劲儿地嘲笑别人：我要睁开眼睛，看见什么就写什么；人们将发现我对我的任务是完成得很好的。

所有的书刊都归我审查，我要把我的审查权延伸到一切从印刷厂印出的东西；如果必要的话，我甚至对我的同事们写的评论也有权加以修改，我不仅要把法国所有的印刷厂都置于我的管辖范围之内，我还打算时不时地走出这个王国，到国外畅游一番，让意大利、荷兰甚至英国一个一个地都依靠我旅游归来所写的报道向他们提供最真实的情况。

最后，我要向我可能错误地严厉批评过的作者表示歉意，并请公众因为我可能不正确地赞扬过别人给公众看的作品而原谅我。如果我犯了这样的错误，那绝对不是故意的；我知道一个办刊物的人持论公正是只会为他招来敌人的：每一个作者都觉得你说他的好话不够多，说他的同行的坏话不够多。因此我愿意始终默默无闻，我最大的犟脾气是只听从理智的声音、只说真话：因此，人们根据我发表的言论和精神倾向，有时候说我是一个爱开玩笑和戏谑的批评家，有时候又说我是一个严肃和粗暴的审查官，不过，既不是一个出语尖酸刻薄爱冷嘲热讽的人，也不是一个说话傻头傻脑的马屁精。评判可能有错，但评判者永远不会不公正。

我请求您，我亲爱的，仔细看一下这篇文章，而且在给那几位先生看之前修改一下。

张文英　译

随　感[1]

在我所写的令人赞赏的文章中，我发现我的偏见、谬误与缺点何其多啊！这个发现既让我痛苦也让我鼓起了勇气，我觉得此事使我受到的激励，比自尊心给我的激励大得多，因此，我现在拿起笔，决心忘记自己，我要把我笔下的作品都用来宣扬真理和美德。

这个决心似乎启迪了我的才能并给予了我一个崭新的灵魂。这种让我提笔写作的强烈信念赋予我的才能和灵魂的热情有时足以弥补我的推理能力之不足；由于我论述的事情是很高雅的，因而使我的心灵可以说是提升到了超越我本人的修养，使我宛如那些其名声比口才还好的辩护士，人们把这样的辩护士称为演说家，因为他们所辩护的是崇高的事业；或者说得更确切一点，我就像那些宣讲福音书的布道士：他们的宣讲虽缺乏技巧，但却能打动人心，因为他们自己就被福音书中的真理所打动了。当代大部分书籍之所以虽然花了那么多心思写，但读起来都淡而无味，其原因就是由

① 这篇文章原来是几个尚未铺叙成文的片断，由斯特林森-穆尔杜整理编次于1861年首次发表。原件现存纳沙泰尔图书馆；从内容上看，大约写作于1755—1756年春，是对他的《论科学与艺术》(1750年)和《论法国音乐的信》(1753年)引起的论战以及拉摩的小册子《〈百科全书〉中对音乐的错误叙述》(1755年8月)对他的攻击的一些感想。——译者

于连作者自己都不相信自己所说的话，更不在乎别人相信或不相信。他们追求的是大出风头，而不是说服别人；他们只有一个目标，就是出名，如果他们发现有一种与他们的看法相反的论点更能保证他们出名，他们便各个都会毫不犹豫地改变自己的看法。然而，在说话方面，心中是怎么想的就怎么说，这乃是一大优点。只要语言真诚，就用不着怎么修饰词句；只要为人诚实，那就可以弥补个人才能之不足，再也没有什么比一个怀有坚定信念的人的话更雄辩的了。

我受到来自各方面的攻击，我怎么可能不受到攻击呢？因为我在社会上取得了些许成功，并严厉批评过一些学者嘛。另外，人们总习惯于把智慧和知识混为一谈，看见他们欣赏已久的事物受到谴责便大吃一惊。出于对美德的热爱，人们让可怕的执掌裁判权的人之一撰文攻击我，而我也同样是出于对美德的热爱撰文回应。有一位伟大的国王[①]公然以哲学家的口吻批评我，而我则斗胆地以自由人士的口气对他进行反批评；这样做，风险不大，何乐而不为？虽说国王们不花多大代价就能听到真话，但对国王们说真话，那就要付出代价了。

现在，在公众中的争论愈来愈激烈；而我的对手也越来越多。我虽遭到许多人的驳斥，却没有一个人把我驳倒过。因为真理是驳不倒的。人们没有想到的是，有那么一帮作者竟轻率到拿两三句学院式的陈词滥调反复炒作，然而，在他们的文章里既看不到什

① 指波兰国王斯坦尼斯拉斯-奥古斯特。斯坦尼斯拉斯-奥古斯特曾撰文对卢梭的《论科学与艺术》提出批评。——译者

么理论，也看不到什么新的观点，他们自以为是团结起来反对我，实际上是在彼此拆台，我可以用其中一个人的论点来反驳另一个人，我只需要把他们的论点加以对比就足以打倒他们。只有一个人[①]值得另眼看待。他懂得如何思考和写作，他加入了论战。他发表的文章，不像别人那样攻击我这个人，而是反驳我的观点，他那两篇文章充满智慧和见地，读起来很愉快，但有一点是肯定的，他写这些文章只不过是为了炫耀自己建立在偏见上的学识，为一般人的谬见涂脂抹粉而已。

面对心存恶意的人，我要怀着对真理的热爱和对我们自己的言论的负责精神，向他们指出：是他们的私利促使他们说了一些违心的话。我真佩服：他们怎么能如此不掌握分寸和不动脑筋思考，就发表文章谈论我几乎研究了一生也未十分清楚地阐明的问题；令我吃惊的是，在我的论敌的文章中，我就没有发现任何一个反对的意见是我以前没有见过的，没有一个是我不曾把它当作不值一驳的论点批评过的。我在我的答辩中有意让人们看出我对他们的轻蔑；我在捍卫真理时有意表现了一种与如此崇高的事业不相配称的愤慨心情；不过，我绝不像他们那样为人，绝不会他们怎样破口骂我，我就怎样破口骂他们；我只限于指出他们的理论是错误的。然而，我枉自使我的论点紧扣主题，我始终

① 指夏尔·波尔德。此人是卢梭在里昂结识的朋友。关于这个人，卢梭在《忏悔录》中说："在我的《论科学与艺术》发表后，波尔德曾攻击我，不过，攻击的方式还是就事论事的，而我也就事论事地回答他，……但他后来成了我的一个死敌，往往趁我倒霉的时候便写文章诽谤我，而且为了找到伤害我的材料，还特意去了一趟伦敦。"（卢梭：《忏悔录》，卷8，巴黎"袖珍丛书"1972年版，下册，第68页）——译者

没有把他们引导到我的主题上来。他们总以为攻击我的人身或者说一通与主题无关的空话比批驳我的理论更容易，因此，争论了半天我还是没有使他们当中的任何一个人明白问题的关键在哪里。

那帮才子和艺术家毫无根据地对这场争论的结果感到不安，以为有钱的人和懒闲的人今后就不再雇用他们了，似乎在一个如此世风日下的时代只需整饬风俗就行了；而那些从来不认为真正的天才会停止发光的哲学家们却在悄悄琢磨这些新问题；当这两种人各怀心事的时候，我却加紧努力，深入研究这些问题，并追溯到那个可以用来解决这些问题的唯一的基本原理。我从人的本身来研究人，我在他身上发现了，或者说我认为发现了真正的自然体系；人们难免不认为这是我设想的体系，其实，为了说明这个体系，我只不过是从人的身上消除了我认为是人自己造成的东西。[①] 不过我并不急于发表这些新的看法；我要以我的论敌的事例为戒，那就是：必须首先对问题进行深思熟虑的思考，然后才发表自己的见解；我始终认为：一个作家必须对自己要向公众讲述的话进行一番思考之后才说，是作者对公众应有的一种尊重。正是由于这个原因，在过去的两三年里[②]，看见他们给我早已悄悄砍断其树根的那

① 指人自己造成的痛苦。卢梭认为，人的痛苦是人自己造成的，不能责怪大自然。这一点，他后来在《忏悔录》里又大声疾呼地提醒人们："你们这些冥顽不灵的糊涂人啊，你们一再抱怨大自然，其实，你们要知道：你们的种种痛苦都是你们自己造成的。"（卢梭：《忏悔录》，第8卷，巴黎"袖珍丛书"1972年版，下册，第99页）——译者

② 指他的《论人与人之间不平等的起因和基础》1755年发表之前的两三年。在这两三年里，许多人发表文章夸赞人类社会，而卢梭却在深深思索，准备撰文揭露当今社会是建立在违反自然的原则之上的。——译者

棵树的叶子不停地浇水,我在一旁觉得真是好笑。

……再有,能与这位高尚的哲学家[①]对话,是我一生的荣耀和幸福,在这位哲学家的著作中,他将友谊列为永恒不朽的美德[②]。对于这位令人惊羡的、渊博的也可能是唯一的天才,他的时代还未认识到他的价值,但是后世的人们却很难将他只视为一个普通人……

[我们应该忘记这个谬误层出不穷的时代,切不可把某几个疯子的胡言乱语看作是一个对人殷勤和正直的民族的意见。至于我本人,我怎么能懊悔没有怀着比谈论科学、哲学、伟人甚至君主更深的敬意来谈论法国音乐呢?怎么能懊悔没有抛弃大自然赋予我的坦诚和真实的声调,改而采用巴黎歌剧院的常客的声调来谈论?还有,以我对法国人民怀抱的敬意,我怎么能想象他们愿意和一群注定要被所有的外国人和他们四分之三的法国同胞视为注定要贻笑万年的丑角站在一条线上呢?一个如此聪慧的民族,一个有如此之多的可敬之士并为欧洲写了那么多不朽著作的民族,一个在我看来其社会远比其他国家的社会良好的民族,我怎么能相信他们会认为他们的荣誉与一种连那些尊重法国语言的人都难容忍的

① 指狄德罗。——译者

② 狄德罗在1746年发表的一篇文章中曾称赞友谊是社会美德中的第一美德。——译者

音乐想独霸乐坛的企图有关系呢？怎么能相信他们的荣誉与一个才子的狂妄野心有关系呢？因为他的作品不仅与他本国人民的语言、理智、天性和耳朵格格不入，甚至世界各国人民都一致认为不能接受嘛。

我当然知道法国人的荣誉与丑角及歌剧演员卑劣的利益是有区别的，与那些自以为善于演唱滑稽歌曲的女人和青年人的虚荣心是有区别的。尽管法国人的高雅风度一再被人遗忘，但是我从来不认为他们会一直对我态度生硬……][①]

[差不多也是在这个时候，我不幸被卷入了一场争论，其结果，对我身心的安宁产生了相当严重的影响，而且，正是由于这是一件不值一提的小事，其后果反而给我带来更大的危害。争吵的是一件关于音乐的事情；这件事情在那些夸夸其谈而不深研理论的人看来，比全部哲学问题还重要。至于我，我肯定是要被卷入的，因为，我很羞愧地承认，我这一生都在研究这适合于一个贤者从事的音乐；这门以声音传达感情的艺术，经常使我产生一种应当用一点儿多愁善感的心情加以减低和克制的激情。我从童年时候起就热爱法国的音乐；它是我唯一能听到的音乐。后来，我到意大利听到了意大利音乐；它使我非常喜欢，不过，我并不因为喜欢它就讨厌法国的音乐；我之所以喜欢意大利音乐，是因为我新近才听到它。只是有一天在同一个剧院同时听过这两种音乐之后，我的看法才

① 方括号中的这两段话，在手稿中被划去。——译者

有了改变，而且感到人的习惯能把人的天性迷惑到如此程度，以致使我们把坏的东西当作好的东西，把可怕的事物看作美好的事物。我这个话的意思是说：每一种语言都有它和谐悦耳之音、铿锵高昂之音和它特有的音乐。音乐是最贤明的人的语言；可是在别人看来，只有法国的音乐才是可以接受的。然而，令人非常吃惊的是，在意大利的音乐中，就听不到法国式的曲调。莫里哀笔下的那个富人[①]认为：凡是他听不懂的语言，其全部奥秘就在于说的全是毫无意义的废话；大多数人的看法，和这位富人的看法是相同的。][②]

我知道，要保证自己不受心中的幻想的迷惑，不受那些促使我们行动的动机的欺骗，是很困难的。因此，我只是简单地陈述我心中真实的感想，而不敢肯定其中没有由于虚荣心作怪而说了些不当的话；不过，我始终认为：一切促使我们做诚实之事的动机，促使我们乐于做纯洁的意图也将促使我们采取行动的动机，是不会给我们带来多大危害的。

在巴黎随处可见的那帮懒人，他们成天无所事事，反而自封为美好事物的评判人，其实，他们对美好的事物是一窍不通的。他们

① 指法国戏剧家莫里哀（1622—1673）的喜剧《欲跻身雅士之列的富人》中的那个富商之子。——译者

② 方括号中的这段话，在卢梭的手稿中被划去，另外重写。——译者

天天都在搞音乐，但又不真正喜爱音乐；他们天天画画，但又不真正懂得绘画的要领，他们把爱听人吹捧、爱在傻子面前炫耀看作是对艺术的爱好。

差不多也是在这个时候[①]，我不幸被卷入了一场争论，其结果，不仅对我身心的安宁产生了严重的影响，而且，正是由于这是一件不值一提的小事，它反而给我带来更大的危害。有一门艺术，我非常喜欢，而且下工夫研究过它，并自信对它已有几分造诣；出于对这门艺术的喜爱，我曾撰文像谈论科学、学者、各国政府和国王那样无所顾忌地谈论音乐和歌剧院的各类小丑。然而，不久之后我就发现，不仅是我的安宁、我的性命和我的自由受到危害，而且有时候在某些地方谈到这些微不足道的小事时，人们竟表现得比谈正经八百的大事还小心谨慎，而且往往对坏言论所表现的不宽容态度比对伪宗教的不宽容态度有过之而无不及。我们应当忘记这个谬误层出不穷的时代，切不可把几个疯子的胡言乱语看作是一个对人殷勤和正直的民族的意见。我当然知道法国人的荣誉与丑角及歌剧演员卑劣的利益是有区别的，与那些自以为善于演唱滑稽歌曲的女人和青年人的虚荣心是有区别的，尽管有时候法国人对我不再是那样文雅，但我从来不认为一个性情如此温和的民族，一个如此聪慧，拥有那么多可敬之士并给欧洲写了那么多不

① 这段话，是前面方括号中的那段话和其他几个段落的重写。在重写的文字中，有几句话照录前面说过的话的原样，未加改动或只改动一两个词，例如这头一句话就是其中之一。——译者

朽著作，而且在我看来，其社会远比其他国家的社会良好的民族，会认为他们的荣誉与一种令任何一个没有成见的人的耳朵都难以卒听的音乐想独霸乐坛的企图有关系，与一个才子的野心有关系，因为他的作品不仅与他本国人民的语言、理智、天性、耳朵格格不入，甚至世界各国人民都一致认为不能接受嘛。

《论法国音乐的信》发表之后，在公众中就立即出现了许许多多新的论战类文章。我很快就发现，这一类论战文章与前一次的论战[①]文章之间存在着差异，文学界人士的笔调与音乐界人士的笔调的确不同。我很小心，不参加这么一种什么都涉及就唯独不涉及音乐的争论，何况，在我看来，争吵的双方采用诡辩的时候多，采用说理的时候少。的确，他们怎么能证明我不是一个傻子，不是一个自命不凡的人，不是一个粗人和无知的人呢？所有这些，就连我自己想给自己证明也很困难嘛。

在这些诽谤性的小册子中，据一位著名的音乐家[②]的敌人大胆推测：有几本是这位音乐家写的，那本有一些真实内容标题为《关于音乐的错误叙述》[③]的小册子就是其中之一。这位作者（无疑是一个爱搞恶作剧的人）用相当刻薄的笔调批评那位大音乐家的作品非常晦涩。他把我使人听懂的音乐说成是犯罪，以此证明我是一个对音乐无知的人，证明拉摩先生的学问十分渊博；据作者

① 指卢梭的《论科学与艺术》1750年发表之后引起的论战。——译者

② 指拉摩。——译者

③ 全题是《〈百科全书〉中关于音乐的错误叙述》，是拉摩为攻击卢梭而匿名写的小册子。从这里的文字看，还很难肯定卢梭在撰写这段话的时候已怀疑这本小册子是拉摩所作。——译者

说，他那些艰深的理论，能看懂的人愈少愈好。由此可见，这位公然宣传如此巧妙地隐藏在拉摩著作中的那一套说法的哲学家[①]在他关于音乐要素方面表现出的无知，并不比我为《百科全书》撰写的词条表现的无知少。按照这一点，我们可以说，这本小册子的作者，在学识方面超过了拉摩先生；在写作技巧方面超过了拉伯雷[②]，因为他文章中的那些艰深难懂的话，是任何一个头脑荒诞的人也说不出来的。他在小册子中时不时地提出一些很有趣的问题，例如："美妙的曲调是否产生了和声？"又如："伴奏是否应当表现发声体？"这些经过精心思考之后提出的问题，似乎表明作者有许多话要说，而我也准备在我的《音乐词典》中加以探讨。

千真万确的是，拉摩先生在这本小册子的那些讽刺人的话中是扮演了角色的；小册子的作者为了嘲笑他，便先不断让他自己吹捧自己。关于我，这本小册子提到的是我的《风流的缪斯》；这已经是一件过去的往事了[③]；看来，他也不愿多谈这件事情。我不知道他是不是因为相当谦逊才觉得他本人不便多谈，而我知道的是：这部作品和证人至今还在。至于我，我把一切全都忘记了。

关于歌曲的话说得太多了，现在让我们回过头来谈更重要的

---

① 指达朗贝尔；达朗贝尔发表了一篇文章，标题为《按照拉摩先生的理论归纳出来的音乐要素》，对拉摩说了许多赞美的话。——译者

② 拉伯雷(1494—1553)：法国小说家。——译者

③ 这件事发生在1745年。那时，卢梭还是一个无名小卒，在一位友人家把他写的歌剧《风流的缪斯》给拉摩看，请他指点。但心胸狭窄的拉摩大拿架子，拒绝看卢梭的谱子；经过主人的一番说服，拉摩同意让人演奏其中的几段给他听，但演奏刚开始不久，他便大声指责卢梭作的曲子只能算小学生的习作，而且有几段曲调是剽窃他人的。这种指责显然是不公正的。关于这件往事的详细叙述，请见卢梭：《忏悔录》，第7卷。——译者

事情。无休止的争论使我产生了许多感想，那就是：我们最好是多做实事，尽管做得晚了，但终归是有效果的。在那些像冰雹似地向我袭来的小册子中，究竟是些什么东西呢？全是些骂人的话和站不住脚的狡辩之词。文学家们说国家需要文学的支持，法国音乐家需要文学的支持。他们还说：再也没有什么事物是像法国音乐这么美好的，再也没有什么人是像法国的歌剧作者那么棒的，法国的歌剧是人类心灵的杰作。在他们的文章中还恬不知耻地从他们的利益和仇恨心出发，竟公然把假话当真话，硬要公众接受。我发现，在文学界的争吵中，关键不在于谁有道理，而在于谁有权威；不在于谁说的是事实，而在于谁最后胜利；连他们的对手都不屑一顾的那个蹩脚作家也居然加入争吵的行列，看来，其目的不是为了战斗，而是为了登场亮相，出一阵风头。

张文英　译

我的画像[①]

一

各位读者，我常常在思考我自己究竟是怎样一个人。因此，我心里是怎么想的，我就怎么说；如果你们不喜欢我谈我自己，就请别看这篇序言

二

我已经接近生命的终点，然而，我在世上尚未做过任何一件有意义的事情。我有许多美好的愿望，但一个人想顺顺当当地实现他的愿望，并不是那么容易的。现在，我打算为世人做一件前人未曾做过的事：把他们当中的一个人的真实面貌展现给他们看，以便使他们也学会如何自己认识自己。

① 《我的画像》是卢梭1778年去世后发现的。原件现存纳沙泰尔图书馆，是用大小不等、颜色各异的纸写的。关于此文，有两种说法，一种是：卢梭生前曾打算应书商雷伊之约，写一本自己的传记，把《我的画像》放在传记的正文前面作为序言，但这个计划后来未曾实现。另一种是：卢梭计划在将来出他的全集时，以《我的画像》为全集的序言。——译者

三

我是一个观察家，而不是一个道学家。我是一个植物学家，能描述花草生长的样子；至于断定它们有什么用处，那是医生的事情。

四

我很穷，当我快要没钱买面包的时候，除了靠我自己的劳动[①]挣钱以外，我就没有其他更诚实的谋生办法。

单凭我刚才讲的这一点，就足以使许多读者不愿意继续往下看我的书。他们认为，一个连面包都没得吃的人，是不值得他们去了解的。因此我申明：我的书不是为这样的读者写的。

五

认识我的人相当多，所以，人们可以很容易检验我说的话是不是真的；如果我撒了谎，我的书就会反过来拆我的台。

六

我发现，与我生活最密切的人并不真正了解我。他们或者是

① 指替人抄写乐谱。卢梭穷困的时候，以为人抄写乐谱谋生。——译者

出于善意，或者是出于恶意，把我的大部分活动都归之于另外的动机，而没有弄清楚我从事那些活动的真正意图。这就使我认为，人们在历史学家的著作中所看到的对人物性格和外貌的描写，大部分都是虚构的，是史学家凭自己的文思把它们说得好像真是那个样子。他们把一个人的主要的活动，像画家任意挪动一个假想的人物肖像的五官那样，爱怎么描写，就怎么描写。

七

一个人如果一刻不停地老是在社会上到处活动，一再对别人伪装自己，那么，他对他本人也不会不来点儿虚伪，而且，当他有时间观察自己的时候，很可能连他自己也不认识自己。

八

历史学家对君主们的描绘，差不多都是千篇一律的，其原因，正如人们所说的，不是因为君主们的地位很突出，容易被人们看出来，而是因为第一个历史学家对他们怎样描绘的，其他的历史学家就照着抄。利维的儿子与塔西佗[①]笔下的提比略[②]连外貌也不太像；正是因为这样，我们大家才爱看塔西佗笔下的提比略。大家都喜欢看漂亮的画像；但如果画得真像本人了，大家反倒不喜欢看了。

① 塔西佗(55—120)：罗马历史学家。——译者

② 提比略(公元前42—公元37)原是利维的儿子，后为罗马皇帝奥古斯都收为义子，并继承奥古斯都为罗马皇帝(公元14—37)。——译者

九

同一个原件的各个抄本，彼此都差不多是一样的，然而，同一个人的面孔让不同的画家去画，他们画出来的样子，彼此就很难有什么完全相同的地方了。它们是不是都画得很好？哪一幅画得逼真？我们看画像，要看它是不是画出了心灵。

十

他们说，我之所以谈我自己，是由于我有自命不凡之意。唉，如果我有此意的话，我为什么要隐瞒它呢？难道说我是由于自命不凡而向众人表白我有自负之心吗？也许，我在谦逊的人面前能够得到他们的宽恕；其实，自以为了不起的人，倒是那些挑我有自命不凡之心的读者。

十一

只要我有一分钟不按规矩行事，我往后就会把规矩抛到九霄云外。只要我一开始动用我费了那么多心血才积攒起来的钱，我转眼之间就会把它全部花光。

十　二

说这些话的目的何在呢？目的在于使我其他的话能引起人们的注意，使我所讲的话前言能合后语。一个人的面孔上的特征，只有它们在面孔上一个不漏地全都表现出来，才有价值；如果少了其中的任何一个，则面孔就会变样。当我写书的时候，我一点也不考虑全书的整体如何，我注意的只是：我知道什么才说什么，说完以后，它们自然会形成一个整体。这样的整体，才符合它的原型。

十　三

我认为，对世人来说，重要的是：人们要认真读我这本书。事实上，我知道人们对本书的作者是很难做到十分公正的。不过，对于那些开诚布公谈自己看法的人，请不必去纠正他们。我所要求的公正，做起来并不难。只要人们不到我面前来谈论我这本书，我就满足了。这并不妨碍每一个人对公众发表自己的意见，因为他们发表的文章，我是一个字也不看的。我深信，我能自己克制自己，做到这一点；这是不需要人家教我就会的。

十　四

我不在乎有人在注意我；人们注意我，即使是用某种有点儿特殊的方式注意我，我也不生气。我宁肯让全人类都忘记我，也不愿意被人家看作是一个平平常常的人。

十　五

我以上这番话，并不是有意拿话回敬什么人，大家都熟知我在世上为人处世的方式；拿这种方式使我得到的好处，与我以本来的面目对人使我受到的损失相比，好处就太少了。然而，我还是宁肯自尊自重照老样子行事。我被人家视为一个如此奇怪的人，以致每一个人都喜欢夸大其词地说我。在这种情况下，我只好听凭公论。公众的意见，比我自吹自擂的话管用得多。因此，从我的利益出发，人家爱怎么议论我，就让人家怎么议论我，这反而比我自己表白自己更策略得多。不过，也许是出于某种自爱之心的驱使，我觉得：人家多议论我几句，这倒不妨，而夸我的话，最好是少说为佳。公众谈论我的话已经很多了；我让他们爱说多少就说多少。不过，话又得说回来，我很担心，用不了多久，他们就再也不会提起我了①。

十　六

我不打算对别人比对我自己有更多的宽恕，因为，在我如实地描绘我自己的时候，也不能不描绘别人。所以，无论是为了别人，还是为了我，我都要像虔诚的天主教徒那样坦白，对我的言行做一番忏悔。

---

① 这种情况很可能出现，不过，在目前我还没有明显地觉察出来。——作者

十　七

此外，我还要不遗余力地表明我的心是真诚的：如果在我的著作中看不出我的真诚，在书中没有什么话可以证明它，那就表明我书中的话不是出自真心[①]。

十　八

我生来就是为了做他人绝无仅有的知心朋友的，然而，知我之心的人还没有到来。现在我已经到了我的心扉已开始关闭、不再向新的友谊打开的年龄了。我梦寐以求的甜蜜的感情，永别了；现在已为时太晚，不可能过幸福快乐的生活了[②]。

十　九

我对社交场合的风气，对人们在社交场合谈论的话题和谈论的方式，已略有所知。在社交场合，最能消磨时间，可以无所事事地闲聊，议论风生地说什么赞成这个和反对那个，而且还要在思想上搞什么怀疑论，结果使人们管它什么善与恶，一概束之高阁，漠

① 参看本书《我的画像》第5节。——译者

② 1757年10月1日卢梭在致乌德托夫人的信中说："像我这样懂得爱、并真心爱我的人，到现在还没有出生，而我，我已经快要死了。"第18节这段话，显然是在与狄德罗闹翻之后和1759年春天结识卢森堡元帅夫妇之前写的。——译者

不关心；这么惬意的场合，你能在别处找到吗[①]？

二　十

恶人最感到痛苦的事情，莫过于落到他自己一个人单独生活；然而，这种生活正好是善人的至福。对善人来说，再也没有什么更好的境地胜过他自己的良心了。

二十一

有人见我单独一个人生活还生活得那么自在，便硬说其中的原因：不是我的自爱心没有别人多，就是我另有一套自爱的方式。不管他们怎么说，我认为：他们之所以想方设法去见别人，其目的，只不过是为了让人家赏识他们。一个人之所以那么拼命去寻求别人的赏识，其动机是一目了然的。他们常常挖空心思用美好的言辞掩饰他们那么起劲活动的目的，例如说：是为了社会呀，是为他人尽义务呀，是实行人道主义呀。其实，一个离群索居的人[②]，才是对别人最无妨害的人；如果与他交往的人太多，他反而感到别扭。我觉得，要证明这两点，那是很容易的。

① 关于巴黎社交场合的情形，请参见卢梭：《新爱洛伊丝》，第2卷，书信十四，李平沤、何三雅译，译林出版社1994年版，第223页。——译者

② 指作者本人。——译者

二十二

爱社交的人希望别人对他感到满意，而落落寡合的人只求自己对自己感到满意，否则，他的生活就无法忍受。后一种人不得不性格刚毅，而前一种人必然是一个伪君子；也许他是被迫成为一个伪君子的，因为，假装道德比实践道德更能使他取悦别人，在别人当中找到一条门路。那些想对这个说法提出异议的人可以看一下柏拉图的《理想国》卷二……[①]所说的话。苏格拉底是怎样驳斥他那段话的呢？他勾画了一个理想的共和国，他详细论证了在这个共和国里每个人都可受到他应当受到的尊重，而且，最公正的人必将是最幸福的人。爱社交的人最好是到柏拉图描写的共和国去生活；所有那些喜欢和坏人生活在一起的人，请不要自以为是好人。

二十三

我深信：凡是在品德上有可称道之处的人，是不会想方设法硬要去寻求他人的赏识的。“他人是否赏识我，我不在乎。”我承认，这句话说起来很容易，不过，话一说出口，就不仅是要听其言，而更重要的是，要观其行。

① 此处，卢梭空了几个字。空去的字是：阿德曼托斯。——译者

二 十 四

我这番话，不是针对我说的，因为，我之所以离群索居，只是因为我病了，而且生性疏懒。不过，几乎可以肯定的是，如果我身体健康，又爱活动，我也会像别人那样做的。

二 十 五

这座房子里也许有一个生来就是为了做我的朋友的人。一个值得我尊敬的人也许每天都会在这个花园里散步。

二 十 六

在金钱和生活方面，他们一直是很乐意帮助我的，我拒绝也拒绝不了；尽管我有时候在接受他们的帮助时说话不甚得体，他们也从不因此就减少对我的帮助，仍继续不断地问我还需要什么。这种热情，简直弄得我受不了。我不需用的东西太多，而我最喜欢的东西，他们却拒绝给我。他们还没有和我交心，还没有对我吐露过真情。我看：他们之所以对我不惜花费大量的金钱和时间，就是为了省得拿出他们的心。

二 十 七

由于他们对我绝口不谈他们自己，我只好对他们谈我，尽管我已经谈了许多。

二 十 八

有那么多其他的关系把他们拴在一起，有那么多人安慰他们说不要担心我，所以我走了他们也没有发现。他们之所以对此感到不满，其原因，不是由于他们因为没有我便感到难过，而是由于[①]他们知道我本人并未因为没有他们而感到痛苦；他们没有料到[②]我在乡下因为没有他们而感到的苦恼，比我在城里[③]因为有了他们而感到的苦恼少得多。

二 十 九

我认为，真正的善行只能是那些对我的幸福有所增进的事情；只有这种善行，我才对之深表感谢。馈赠金钱和礼物，是无助于我

① (a) 他们没有想到我能单独一个人生活，而且生活得很好。
(b) 他们不知道我有办法补偿。
(c) 他们总以他们之心度我之腹，所以没有料到我并未因为没有他们而感到痛苦。——作者

② 或没有想到。——作者

③ 在城里因为不能享受他们对我的友谊而感到的苦恼少得多。——作者

的幸福的。我之所以对人家百般纠缠硬要送我的某种馈赠终于接收,是因为我急于想得到休息,而不是因为我想得到某种好处。不管别人送的礼物值多少钱,也不论送礼物的人费了多少心,由于我接受礼物之后付出的代价比他还多,所以,我只能感谢那些值得感谢的人,而他们也不应当忘记我对他们的情谊,这就是说,我的贫穷无碍于我的为人。我绝不到处去寻找施恩的人和施舍的恩惠。我常常向人郑重申明这些观点,我的做法是对的。至于真正的友谊,那是另外一回事。两个朋友,一个给点财物,另一个收下对方给的财物,这没有什么关系;共同的财物从这个人的手里转到另一个人的手里,这不要紧,只要双方都牢记彼此的友情就行了,其他一切,可以通通忘记。我认为,如果一个人很穷,而他的朋友却很富,他们之间也可以按这样的原则行事。不过,在对待有钱的朋友和没有钱的朋友方面,我的做法是不同的:我让有钱的朋友登门来拜访我;而没有钱的朋友,则由我去登门拜访他。有钱的朋友应当使我忘记他的富有。一个朋友只要能想方设法使我不把他的富有当一回事,我又何必因为他富有而躲避他呢?

三　十

我甚至不喜欢向人打听我去办事的街道在哪里,因为,去向人家问路,就得靠人家的指点。我宁肯瞎转悠,走两个小时的冤枉路,也不去问人。我随身带一张巴黎的地图,依靠这张地图和一个小望远镜,我终归可以找到的。尽管我被弄得满身尘土,精疲力尽,而且,走到那条街的时候,又迟到了,我还是很高兴的,因为,我没有欠任何人的情。

三十一

过去的痛苦,一过去我就把它忘记,而过去的欢乐,我至今想起来仍觉得其味无穷。我把我现在的苦难全都归之于我自己的过错,而把我过去的著作看得如此之与我无关,以致当我领取著作的报酬时,我觉得是在享受另一个人的成果。在这方面,奇怪的是:当某一个人窃取我的心血的结晶时,我的自爱之心就会觉醒起来。我觉得,尽管由于他人的窃取我变穷了,但我手中拥有的东西还是很多的,如果他还给我留下点东西的话。他这样做,除了我个人的过错以外,又使我增添了一分对一切不公正的做法的愤怒;趁我正在生气的时候对我采取这种做法,这简直比不公正还不公正。

三十二

我毫无贪婪之心,但我对我占有的东西却抓得很紧;我不汲汲于获得,但我绝不愿意失去。我对友谊和钱财都是这么做的。

三十三

有一些心理状态,不仅与我一生经历的重大事件有关,而且与我在那些事件中最熟悉的人物有关。因此,在我回想那些心理状态中的某一个状态时,我不能不同时按我的感官在那个状态下的活动方式改正我的幻想。

三 十 四

我病中阅读的书，在我病好以后读起来就觉得没有趣味了。回忆这一阶段读书的情况，是不愉快的，因为，我在回忆书中的论点的同时，也回想起我在读书时候受到的痛苦。在我患尿结石期间，我曾阅读过蒙台涅[①]的书，但在我病势稍轻以后，我就没有兴趣再读它了；它对我的想象力的冲击，远远胜过它对我的心灵的宽慰。我读他这本书，使我变得如此之谨小慎微，以致为了怕失去一个安慰我的人，我就干脆连一个知心的人也不要，而且，在我以后生病的时候，我再也不敢看我喜欢看的书了。

三 十 五

我只有在散步的时候才能写作，在其他时间，我是一个字也写不出来的。田野就是我的工作间；一看到桌子、文件和书，我就厌烦；有了书案，我反而没有写作的勇气。如果让我坐下来写，我是不知道写什么好的。为了开动文思，我就不敢坐下来写。我把我零零星星、杂乱无章的思想匆匆写在一些破破烂烂的纸上，然后把它们马马虎虎地组合起来，就成了一本书。你们瞧，这是多好的书呀！我喜欢沉思、研究和创新；我不喜欢什么事

① 蒙台涅（1533—1592）：法国作家和道德学家。——译者

情都按部就班,讲什么次序。说明我推理的能力不如我信笔而写的文思好的证据是:要我循序渐进,由浅而深地写,那是很难的。我的思想在我的头脑中酝酿好了,就用不着那样写嘛。此外,我天生的固执性情也使我偏要和这种困难作斗争。我也曾经想把我所有的著作都写得层次分明,一气呵成;我分章写的第一部著作①,就是如此。

三十六

我记得,我这一生当中曾目睹过宰杀一只雄鹿的情景。我记得在看到这一壮观的情景时,狗(它天生是鹿的敌人)欢喜得发疯的狂吠使我受到的惊吓,远不如那几个拼命学狗狂吠的人使我受到的刺激深。至于我,听到那只可怜的鹿最后的几声哀鸣,看到它使人伤感的眼泪,我就感到人的天性是何等的平庸;我暗中下定决心:我今后再也不看这种狂欢的场面。

三十七

一个作家成为一个伟大的人物,这不是不可能的,他要成为这样的人物,不能靠著书,也不能靠写诗或写散文。

① 指作者的《社会契约论》。——译注

三 十 八

尽管荷马和维吉尔都是大诗人，但从来没有人说他们是伟大的人物。不管哪个作家，若硬要在我活着的时候把诗人卢梭称为伟大的卢梭，那他是在自找苦吃。我死以后，诗人卢梭也许会成为一个大诗人，但他不会成为伟大的卢梭，因为，一个作家要成为伟大的人物，虽然不是不可能的，但他不是靠著书、写诗或写散文就能成为那样的人的。

致马尔泽尔布总监先生[①]的四封信[②]

信中如实叙述我的性格和我的一切行动的真正动机

一

致马尔泽尔布先生

1762年1月4日于蒙莫朗西

先生，如果我稍微勤奋一点，能及时对你上封信中给我带来的慰藉表示感谢，我就不会迟到现在才回你的信了。你对我的慰勉，使我想到我有许多话该写信告诉你，不过，考虑到你的公务太多，

---

① 马尔泽尔布（1721—1794）：法国政治家，在法王路易十五时代，曾任宫内大臣和图书总监。——译者

② 关于写这四封信的起因，卢梭在他的《忏悔录》第11卷中说："我已经说过，自我住进退隐庐以后，他们（指卢梭所说的"那帮哲学家"——引者注）就放出风声，说我在那里住不长久。及至看见我要坚持住下去，他们又说这是由于我生性固执、骄傲，不好意思反悔，还说我实际上在退隐庐闷得要死，生活得很糟糕。马尔泽尔布先生信了他们的话，并写信把他们的话告诉我。看到我那么尊敬的人也有这种错误的看法，我十分痛心，便接连给他写了四封信，向他阐明我此举的真正动机，并向他如实地讲述了我的爱好、我的习性、我的性格和我心中的一切想法。"（卢梭：《忏悔录》，巴黎"袖珍丛书"1972年版，下册，第353页）。——译者

我不能再拿我的事情来打扰你，所以我才决定晚几天写这封信。尽管我对最近发生的事情不无感伤，但我高兴的是：你已尽悉其中的原委，而且没有因此而稍减你对我的看重；即使你不相信我实际上比我的表现还好，你对我的嘉许，也已经超过我应得的奖赏了。

我此次行动的动机，你认为：人们早在看出我在社会上有点儿名气以后就打好了这个主意。的确，这个主意真给我带来了荣誉，而且，荣誉之大，虽远远超过了我应得的程度，但比文人雅士们给我的荣誉实在得多。文人雅士们个个都看重名气，他们也以他们之心度我之腹了。我心中喜欢做的事情太多，哪有工夫去理会他们的议论。我对我的爱好和独立的地位十分珍惜，所以我不会像他们所想象成为虚荣的奴隶。一个从来不为了争钱财和飞黄腾达的机会就不赴朋友的约会或欢乐的晚餐的人，当然是不会为了得到人家的称道就牺牲自己的幸福的。说一个自信有一定的才能、而且直到行年四十才为人所知的人[①]，仅仅为了获得一个"厌世者"这个虚名，竟愚蠢到跑到一个穷乡僻壤之地，去百无聊赖地度过他的余生，这是绝对令人难以相信的。

不过，先生，尽管我恨透了不公正的事和恶劣的行为，但单单这一点，还不足以使我下定决心：即使离开社会就要遭受重大的损失，我也要离群索居，不与人交往。不，我的动机没有这么高尚，但它切合我的性格。我生来就对孤独和寂寞有一种天然的爱。随着我对世人的了解愈来愈多，我对孤独和寂寞的爱也愈来愈深。我

① 卢梭生于 1712 年，到 1750 他三十八岁那年才以一篇获奖论文(《论科学与艺术的复兴是否有助于敦风化俗》)(简称《论科学与艺术》)跻身文坛，"为人所知"。——译者

觉得，和我聚合在周围的想象中的人在一起，比和我在社交场合看到的人在一起更自在。我退隐到乡下后，再同想原先在社交场合看到的情形，就使我对我离开的那些人厌恶透了。你以为我的生活忧忧郁郁，很不愉快。啊！先生，你大错特错了！我在巴黎的时候，倒真是很不愉快，苦闷极了；使我伤心的事情都发生在巴黎；它们给我带来的苦恼，我在巴黎发表的文章中随处都可看到。先生，把我在巴黎写的文章与我离群索居后写的文章一加比较，你就会发现，我在乡下写的文章，除非我的笔下有误，否则，它们会处处流露出一种心灵的宁静的。这种宁静，不是装出来的；人们是可以根据这种宁静的状态准确无误地看出作者的内心世界的。我最近的心情的极度激动，竟使你也对之产生了与我相反的看法。显而易见，我心情的激动，与我现在的境况无关；它是我方寸大乱的结果，它使我对一切都感到愤慨，凡事都走极端。接连几次取得的成功，使我对荣誉非常珍惜。凡是心灵高尚而又有个性的人，一想到他死后别人将在一本有损他的名声并祸害世人的坏书上写上他的名字，偷天换日地取代他的好书，是不能不感到灰心丧气的。我病情的加速恶化，很可能就是这种烦心之事造成的。即使说我在巴黎就有了这种狂躁的现象，那也不能肯定说是我自己的意志没有随着事情的发展保护好我的天性。

很久以来，在我与他人的交往中，我总感到一种难以克服的厌烦；其中的原因，连我本人也搞错了，我把它归咎于我担心与他人谈话的时候没有足够的应变机智，因此，其影响所及，竟使我觉得我在社会上没有占有我应当占有的地位。在我发表了几部著作以后，我发现：我虽说了些蠢话，但人家没有把我当傻子。人们对我表示的关注和尊敬,虽远远超过了可笑的虚荣心所希冀的程度,但我的厌烦的心情反而有增无减。到这时候我才认识到,我这种心情的产生,是另有原因的;我得到的这些东西,都不是我所需要的。

究竟是什么原因呢?这原因不是别的,而是不可改变的对自由的热爱;这是任何外界的因素都不能战胜的。与自由相比,什么荣誉、财产和名声,在我看来都不值一提。当然,我对自由的热爱,产生于骄傲的成分少,产生于懒惰的成分多。我懒惰的程度是令人难以置信的;谁要我做什么事情,我就生气。在社交生活中,任何一丁点儿应尽的义务,我都受不了。说一句话,写一封信,做一次登门拜访,只要是人家让我去说,去写,去做,我就认为是在让我去受苦刑。这就是我为什么不喜欢一般的交往的原因;但亲密的友谊,我还是很珍视的,因为它不要求人非做什么事情不可,只要我按我的良心去做,一切都会做得很好的。这也是我为什么害怕人家恩赐的又一个原因。任何一种恩赐,受者必须对之表示感谢;一想到这一点,我的心就不愿意了。我所需要的惬意的幸福生活,指的不是我能尽量做我愿意做的事,而是我可以尽量不做我不愿意做的事。积极活动的社交生活,对我来说,没有任何吸引力。我已经说过一百次:我宁可什么事情也不做,也不愿违背我的心意去做任何一件事情。我曾反复想过一百次:即使我被关在巴士底狱,只要是光把我关在那里而不要我做什么事情,我也不会觉得狱中的生活太苦。

不过,我在青年时期也曾为了上进而勤奋过的;可是,我勤奋的目的,只是为了在我到老的时候能领取退休金,过安逸的生活,因此,也像任何一个懒鬼一样,三天打鱼两天晒网,一事无成,如果我得了病，这正好成为一个美妙的借口，可以让我尽情按我的心意行事。我觉得：为老之将至（也许我还活不到老）而筹谋，而折磨自己，这简直是荒唐；一想到此，我马上停下，啥也不干，赶快去痛痛快快地玩。先生，我向你保证，我退隐的真正原因，就是如此，而我们的文人雅士却说我是在故意做作。这就意味着我有耐性，或者说得更确切一点，我很顽固，硬要坚持做我必须付出许多代价才能办到的事；这种说法，与我天生的性格是完全相反的。

先生，你也许认为我所说的这种懒散性格与我这十年来发表的著作的论调不太符合，而且和我对荣誉的追求大相径庭，而我之所以能出版那么多书，正是由于我的荣誉感的激发的缘故。对你这个看法，必须加以反驳，因此，不能不把信写得长一点，不能不把话说完。先生，如果你不介意我信中高傲的语调的话，我就要再回头来谈一谈这个问题，因为，既然要打开心扉吐露肺腑之言，我就不能采用另外一种笔调。我描绘我自己，既不涂脂抹粉，也不故意谦逊。我认为我是怎样一个人，我就向你展示怎样一个人；我现在是什么样子，我就向你描绘什么样子，因为，既然我自己要回顾我这一生，我就要自己观察自己，我就要观察个清清楚楚，而且要采用那些自以为了解我的人的方式来观察和解释他们根本就不了解的我的行动和我的为人。在这个世界上，除我自己以外，还没有任何一个人真正了解我。等我把话说完以后，请你评判我说得对不对。

先生，我给你写的信，不必寄回。把它们烧了就是了，用不着保存；不过，把它们付之一炬的目的，不是为了我。保存在杜什纳手中的信，我求求你，千万别去收回。如果要把我在世上所做的蠢事的痕迹全都抹掉的话，那需要收回的信就太多了。在这件事情上，我是一分钟的时间也不愿意花的。无论是骂我也好，还是替我辩解也好，我一概不过问。我这个人是不怕人家议论的。我知道我有什么缺点，也完全明白我有哪些恶习；尽管这样，我仍然能满怀希望地死在最高的神的怀抱里。我深深相信，在我一生认识的人当中，没有任何一个人比我更好。

二

致马尔泽尔布先生

1762 年 1 月 12 日于蒙莫朗西

先生，既然我已经开始向你谈我自己，我就接着继续对你讲述我这个人，因为，就我来说，最糟糕不过的是，人们对我只是一知半解。你没有因为我有过错就看不起我，因此我想。你也不会因为我坦诚相告就不尊重我。

一颗什么事情都不愿意做的懒人的心，一个极易伤感、对一切与自己有关的事情都抱极端态度的暴躁脾气，是很难在一个人的身上并存的，然而，这两个截然相反的性格在我身上都有。尽管我不能在理论上解释这两种相反的性格为什么同时在我身上存在，但它们的确存在。这一点，我很清楚，再清楚不过了，我可以列举事实，像写史书似的按时间顺序编成一本可供大家研究这个问题的书。我童年时候非常爱活动，但活动的内容与其他小孩子不同。后来，我对一切都感到厌烦的性格使我很早就养成了爱读书的习惯。我六岁就开始读普鲁塔克的书[1]，八岁就能背诵；在我还没有到能看小说的年龄，我就什么小说都看；小说中的故事往往使我伤心得泪如雨下。从读普鲁塔克的书开始，我就产生了对英雄和浪漫人物的爱；这种爱，直到现在还有增无减，使我除了那些符合我奇异想法的事情以外，对其他事情都一律不感兴趣。在青年时代，我以为在世界上可以找到我在书中读到的那种人物；无论是谁，只要他能瞎说一番使我折服的话，我就毫无保留地信服他，虽然他那些话往往使我受他的骗。我好动，我很顽皮。当我逐渐觉醒以后，我就改变了我的兴趣、我的倾向和我的追求。这种改变，是花了我许多心血和时间的，因为我寻求的，全都是一些根本不存在的东西。后来，我的经验多了，我也就渐渐放弃了追求那些东西的希望，最后连追求那些东西的兴趣也没有了。由于我对我受到的不公正对待和亲眼看到的不公正事情感到痛心，由于我对那些迫使我照着别人的榜样做的乱七八糟的事情感到忧虑，我便对我这个世纪以及和我同世纪的人感到轻蔑。我觉得，在他们当中是根本找不到能使我的心感到高兴的环境的。于是，我开始逐渐脱离人类社会，并在我的想象中创造了另外一个社会，我觉得，我不用费多大力气，也不冒什么风险，就能使这个社会日益文明，非常安适，而且正合我的心意，所以我非常珍爱它。

在我这一生中度过了既对我自己又对他人都不满意的四十年之后，我发现，我想割断我和我很不喜欢的社会之间的一切联系，纯属徒劳。由于生活的需要（我指的是自然的需要而不是由社会

① 指普鲁塔克的《名人传》。——译者

舆论造成的需要）我不能不做许多我不喜欢做的事情。然而，一件偶然的事情突然使我豁然开朗，使我明白我对我自己应当做些什么事情，明白我对我的同胞应当持什么态度：对于我的同胞，我心中一再产生许多互相矛盾的看法，我爱他们，但同时也有许多理由恨他们。先生，我愿意对你描述一下在我一生中使我进入一个如此之奇特的时期的那一刹那之间的情形；只要我还活着，一想起那一刹那之间，当时的情形便如同刚刚在眼前发生。

我去探望当时被关押在万森纳监狱中的狄德罗。我把一份《法兰西信使报》放在衣兜里，以便在路上有时间就看看。我突然看到了第戎科学院提出的那个问题，我的第一篇论文[①]就由这个问题引起的。如果有什么东西能使人产生突然的灵感的话，那就是我在看到那个问题的时候心中产生的震动：我突然感到心中闪现着千百道光芒，许许多多新奇的思想一起涌上心头，既美妙又头绪纷繁，竟使我进入了一种难以解释的思绪万千的混乱状态。我觉得我的头昏昏沉沉，像喝醉了酒似的；我的心怦怦直跳，连呼吸都感到困难，甚至边走边呼吸的力气也没有了，只好倒在路边的一棵树下。我在那里躺了半个小时，心情是那么的激动，及至我站起来以后，才发现我曾不知不觉地哭了一场，眼泪把我衣服的前襟全湿透了。唉，先生，如果我把我在那棵树下所看到的和感觉到的情形能好好地描述出四分之一的话，我就能多么清楚地向人们展现我们社会制度的种种矛盾，多么有力地揭示我们制度的一切弊端，

① 指《论科学与艺术》，关于这篇论文的写作经过，参见卢梭：《忏悔录》，第 8 卷。——译者

多么简要地阐明人生来是善良的,他之所以变坏,完全是由社会制度造成的。我在那棵树下一刻钟内悟出的许许多多真理,我能记得的,都零零星星分散地写进了我的三部主要著作,即第一篇论文[①]和关于不平等的论文[②]以及关于教育的论文[③]。这三部著作是不可分开的;三部著作应合起来成为一部完整的著作。至于在那棵树下的其他感受,我全忘记了,而当时写下的几句话,则是用法布里西乌斯那种气势磅礴、掷地有声的笔调写的。我就是这样在压根儿不想当著述家的时候不由自主地当上著述家的。不难想象我是如何被第一次成功的诱惑力[④]和那些胡说八道的人的批评[⑤]逼上写作这条道路的。我有没有从事写作的真正才能呢?这,我不知道。不过,我的文章一贯是重在以理服人,而不是夸夸其谈、徒逞口辩。当我还没有完全弄明真理的时候,我的文章总是软弱无力,写得很糟糕的。看来,有一种自爱之心在暗中鞭策,要我慎于选择,真正按我信奉的格言行事,衷心服从真理和我认为是符合真理的事物。如果我是为写作而写作的话,我认为,人们是不会看我的书的。

当我在他人荒谬的言论中发现了他们的坏事和恶毒的用心之后,我认为,我的不幸,完全是他们的那些言论造成的。我的缺点

① 《论科学与艺术》(1749)。——译者

② 《论人与人之间不平等的起因和基础》(1755)。——译者

③ 《爱弥儿》(1762)。——译者

④ 卢梭的第一篇论文(《论科学和艺术的复兴是否有助于敦风化俗》)获奖和出版后,立即在法国文坛引起轰动,使原本默默无闻的卢梭一夜之间出了名。——译者

⑤ 卢梭的这篇论文出版后不久,就引起了一场大争论;在一个时期,攻击作者和批评论文的文章几乎天天都有,连波兰国王也匿名撰文加入批评卢梭的行列。——译者

和我的恶习，由我所处的环境造成的多，由我本人的过错造成的少。在此期间，我得了一种病（我童年时候就得过这种病），许多江湖郎中都说能治，后来经医生诊断说，根本无法治；自此以后，我就不再受任何郎中的骗了。我认为，要做到言必行，行必果，把压在我身上的舆论的枷锁一股脑儿全都摆脱，我就一分钟的时间也不能浪费。我鼓足勇气，一下子就制定了我的计划，而且相当坚定地一直把它坚持到今天。我为此付出的代价，只有我一个人知道，因为，只有我一个人才知道我过去曾经遇到过哪些障碍，今后还需要克服哪些障碍，才能不断地顶住向我袭来的浪潮。我知道得很清楚，这十年来我走了一些弯路，但是，只要我还能再活四年，人们将看到：我第二次摆脱我身上的枷锁之后，我至少能恢复到我原先的水平，不会继续往下堕落，因为，各种严峻的考验我都度过去了；我从以往的经验中发现：要想过美好幸福的生活，只有保持我目前的状态才行，只有这样我才能对谁也不依靠，才不至于为了自己的利益，就必须去损害他人。

我承认，我的著作给我带来的名气，大大有利于执行我的计划。我有信心：一个有名气的作家即使抄乐谱抄得不好，也不会挨人家骂的，是不会找不到这方面的工作的。如果没有这个头衔，人家就不会相信我能抄乐谱，果真如此的话，那就要了我的命，因为，人家的嘲笑，我可以不在乎，但是，如果人家轻视我，那我可受不了。不过，虽说我的名气使我在这方面得到了一点儿好处，但只要我不愿意做奴隶，而一心想单独一个人过独立的生活，则我受到的那点儿好处，就会被我的名气给我带来的麻烦通通抵消。我之所以被人家逐出巴黎，一部分原因就是由于有了这种麻烦。我躲进了避难处，这种麻烦还在追赶我，而且可以肯定的是：尽管我的健康状况日益恶化，它还是要继续把我驱逐到更远的地方。我在这个大城市遇到的祸害中，有一个祸害是：那一帮所谓的朋友，他们抓住我不放，以他们之心度我之腹，硬要我过他们过的那种快乐生活，而不允许我过我自己的快乐生活。他们对我退出他们的圈子感到失望，因此还在继续追逐我，想要我改变主意。我只有把一切关系都通通割断，我才能坚持过退隐的生活，才能从此获得真正的自由。

自由！不，我现在还没有自由。我最近的著作还没有出版，我可怜的身体状况现在是如此之糟，看来我是活不到我所有的著作汇成集子出版之日了。如果我能出乎意料地活到那一天，并向公众说一声再见，先生，请相信：自此以后，我将自由自在，活得比任何一个人都自由。啊，但愿如此！唉，无比幸福的日子！我是看不到它的来临了。

先生，我的话还没有说完；你至少还要收到一封信。好在你不必非看它不可，因为看了你会感到难过的。如果要我马上把连篇累牍的废话全都说完，我只好说，但事实是，我现在没有这个勇气了。我当然乐于写，不过，我需要休息一下，我目前的状况不允许我一口气把信写得很长。

三

致马尔泽尔布先生

1762 年 1 月 26 日于蒙莫朗西

先生，把我此次行动的动机向你阐明以后，我现在要向你讲一讲我退隐以后的精神状态了。不过，我觉得我讲得太晚了；我混乱的心灵还依附在我身上。我可怜的身体虽已衰败，但我的灵魂却一天比一天更紧紧地依附于它，而且要一直依附到它最后突然脱离，才能了结。我现在想对你谈的，是我的幸福，不过，在我生病的时候谈幸福，是谈不好的。

我的病是天生的，而我的幸福则是我自己创造的。不管人们怎么说，我从前是很聪明的，我心里想怎么快活，我就能做到怎么快活。我从来不到遥远的地方去寻求幸福，我就在我身边寻找，而且真找到了。斯巴提安说，特纳让的宠臣西米里斯对自己被逐出宫廷一事，没有任何不满之处。他为了到乡下去过悠闲的生活，什么事情都愿意做；他要后人在他的墓碑上镌刻这么一句话："我在世上活了七十六年，但真正说得上生活的，只有七年。"我在某些方面也可以这么说，尽管我的牺牲比他少。我是从 1756 年 4 月 9 日那一天[①]才开始真正生活的。

先生，当我听见你说我是男人当中最不幸的男人时，我心里受到的震动之大，真不知如何向你描述才好。公众大概也会像你这样看我，因此使我心里更加痛苦。但愿我的命运为世人所知，愿每个人都希望自己的命运也像我的命运，愿世上到处都出现和平，人们再也不互相伤害；只要当坏人没有好处，世上就不会有坏人。不过，当我单独一个人的时候，我拿什么东西来享受呢？拿我自己，拿整个宇宙，拿现在存在的一切事物，拿将来可能有的事物，拿可以感知的一切美好的事物，拿精神世界可以想象的事物：我要把所

① 卢梭于那天搬进退隐庐。——译者

有一切能使我的心感到高兴的事物全都聚集在我的周围;我的欲望就是衡量我的快乐的尺度。这样的乐趣,就连最会享受的人也从未享受过。我从我幻想的种种事物中得到的乐趣,比它们真的变成现实给我的乐趣强一百倍。

当我的病痛使我感到漫长的黑夜难熬的时候,当我发烧到一刻也不能入睡的时候,我就喜欢分析我当前的情况,回忆我一生中经历的各种事情:无论是令人后悔的事情,还是令人愉快的事情或抱歉的事情,以及使人感到温暖的事情,全都一起涌上心头,使我暂时忘记我的痛苦。先生,你是否知道我在梦幻似的回想中想得最多和最感快乐的是我一生中的哪一个时期吗?我想得最多的,不是天真的少年时期,我少年时期得到的快乐太少,而且还掺杂有苦味,我对它们早已淡忘了。我想得最入迷的,是我退隐以后得到的种种乐趣和我孤独一人的田间漫步,是我单独一人过得很快但很甜蜜的时光,此外,还有我那位善良纯朴的女管家,我那条可爱的狗和那只老猫,田间的鸟儿和林中的小鹿,以及整个大自然与不可思议的大自然的创造者。我在日出以前就起床,到我的花园去观赏日出;当我看到晴朗的一天开始的时候,我的第一个愿望就是:千万不要有人来投书送信或登门拜访,以免扰乱这令人陶醉的美景。有些事情尽管我可以挪到另外的时间去做,我也高高兴兴地利用早晨的时间把它们做完,之后,我就赶快去吃早饭,以免一会儿有不速之客来打扰我。中午以后,我休息的时间较长一些。在下午一点,即使是大热天,我也要顶着烈日,带着我那条忠实的狗阿沙特,出门去转悠。我们加快步伐走,以免碰见什么人来不及躲避,被他纠缠不休。当我转弯抹角快步走到一个僻静处时,尽管累得心儿直跳，我也高兴得手舞足蹈，开始畅畅快快地呼吸，庆幸自己得救，终于成了我自己的主人，可以由我支配当天余下的时间了！于是，我放慢脚步，在林中找一块野草丛生之地，或者找一块从未被人使用过或占有过的荒凉的地方，或者找一个僻静幽深之处，而且此处的地形地貌必须使我能自信是第一个置身其中的人，不会有冒失的第三者跑来插足在大自然和我之间。只有在这样的地方，大自然才能向我展现它永远清新美妙的景色。染料树的金色和欧石南的大红色是那样的华丽，简直是深深地打动了我的心；挺拔的树木把它们的影子投在我身上；我周围的灌木和我脚下的各种花草，既赏心悦目，又能引起我细细研究的兴趣。那么多美好的事物使我目不暇接，看了这个又看那个，真是心醉神迷，好像进入了梦幻之乡，我一再禁不住自言自语地说：啊，所罗门在极其荣华的时候也不如它们当中的任何一个穿得这么美①。

我心中的幻想不能让装点得如此之美的大地长期荒凉，因此，我心中想到什么就马上把它们摆设在这块土地上。我把人们的议论、偏见和穷奢极欲的贪心通通从这里驱逐出去，让那些配住在天然的幽静处的人全都搬到这里来。我在想象中把他们组成一个令人陶醉的社会，只有这样的社会，我才不会有不适应的感觉。我按照我美妙的幻想设计了一个黄金时代；我把我这一生中见到的给我留下了美好回忆的各种场面以及我心中盼望看到的情景，都拿到这个时代来重演一遍。我对人类所能享受到的这种真正的幸福，竟激动得流下了眼泪，尽管那么甜蜜和那么纯洁的真正幸福离

---

① 参见圣经《旧约全书·路加福音》，第 12 章，第 27 节。——译者

人类是那么的遥远。哼，要是此刻有什么发生在巴黎的事，或发生在我们这个时代的事，或与我作家的小小的虚荣有关的事，浮现在我心里，打乱我的梦幻，我一定要十分憎恶地把它都通通赶走，以便让我能毫不分心地尽情陶醉在这充满我的灵魂的美妙感受！不过，我也承认，当我对这一切陶醉得入神之际，我空幻的梦想有时候也会突然使我感到忧伤。即使我所说的这些梦想全都变成现实，那也不够；我还要幻想和追求。我发现我身上有一种难以解释的和无法填补的空虚感；我心中的激情推动着我去追求另外一种乐趣，尽管我对这种乐趣现在还一点概念也没有，但我觉得它是我必须得到的东西。唉，先生，我产生的这种心理状态，它本身就是一种乐趣，因为，我既十分激动，同时也感到一种我不能不有的忧伤。

我把我的心立刻从地面的景象延伸到大自然中一切有生命的东西，延伸到宇宙万物；我想到了那不可思议的主宰一切的神。这时候，我的心在广袤的宇宙中漫游；我不再动脑筋思考，不再分析，不再推究哲理。我感觉到了一种得自宇宙的快乐，我尽情享受万物纷呈的美，陶醉在茫茫的幻想之中。我觉得我周围的事物阻挡着我的心，使我感到我幻想的范围太狭窄，感到我在这个世界上太沉闷；我要奔向无边无际的太空。我觉得，要是我真地揭开了大自然的一切奥秘，也许我还领略不到这如醉如痴的尽情沉湎的感受。我此刻心花怒放地快乐得不知道如何是好，以致，除有时候大声喊叫："啊！伟大的神，伟大的神呀！"就再也没有什么话可说，再也没有什么事情可思考了。

一个人一天之中最美好的时光就是这样在如醉如痴的状态中流过的；当落日的余晖提醒我该回家的时候，我惊奇地发现时间是过得如此之快。我认为，我对我一天的时光还没有享受够，我希望我能再更多地领略它的美：我决心明天再来。

我缓缓回家，尽管有点儿累，但心里是很高兴的。我一到家就舒舒服服地休息，回味所看到的情景，但我不用心去思考，也不进一步去想象，除尽情享受我心灵的宁静和幸福以外，其他一切全不考虑。我发现我的餐具已经摆好，我在小厨房里吃晚饭吃得很香。我们家里的成员在一起时，谁也不侍候谁，谁也不依赖谁。我这只狗也自己知道它是我的朋友，而不是我的奴仆；我们的心尽管是一致的，但它从来不按我的话办。我整个晚上都很快活，这表明我这一天是单独一个人过的。看到乡间景色的时候，我的心境是一番滋味，而回到家里就不同了，我对一切都不满意，甚至对我自己也很少有满意的时候。我的女管家说我天黑以后就沉默寡言，稍不如意就大声嚷嚷。自从她对我说了这个话以后，我就经常反躬自问，觉得她的话说得对。一天的事情完毕以后，我就到花园去散步，或者弹着埃比耐琴唱几首歌，之后，我就上床休息，这时候，我的身子和我的心感到的舒适，比真正睡着了还强一百倍。

这样度过的时光，给我的生活带来了真正的幸福，没有忧虑、烦恼和悔恨，而且，我还有意识地把这种幸福限制在我的生活范围之内。是的，先生，我真心希望我一生都能享受这样的时光，除此以外，我就别无他求。在这使人入迷的沉思中，我觉得，我得到的快乐并不亚于天上的神灵。不过，一个多病之躯，必将使精神失去自由。今后，我不再是单独一个人了；我有一个使我感到心烦的主人，我必须摆脱他，才能做到我属于我，我由我自己支配。我这些美妙的感受，是一种实验，其目的，只是为了使我在等待美好时刻来临的过程中，少一些恐惧，能不分心地领略其中的甘美。

现在，我已经快写满两张信纸了。看来还需要一张才够，索性就另外写一封信，以后就不写了。先生，尽管我很喜欢谈我自己，但我并不是对每一个人都讲；我要有了机会，而且觉得机会很好，我才讲。这是我的错，我做得不对的地方，请你多多包涵。

四
致马尔泽尔布先生

1762 年 1 月 28 日于蒙莫朗西

先生，关于我隐居乡下和停止一切活动的真正动机，我已经把密藏在我心里的话全都对你说了。当然，我的动机并不如你想象的那么高雅，但我自己却引以为荣，因为他使我感到了一个行为端正的人的心灵的骄傲和做这种人的勇气。此事是由我做的主，目的不在于表明我的气质和性格与别人不同，而是因为这样做，既对我有利，也不伤害别人。先生，我这样说，就完全清楚了，别人对此事的说法，是不会讲得这么透彻的。我对你什么也不隐瞒；尽管我有许多过失，但我对我自己的评价还是很高的。

你身边的几位文人学士胡说什么一个孤独的人对谁都没有用处，说他无法尽他的社会义务①。而我，我则认为蒙莫朗西的农民

① 1757 年，狄德罗把他出版的《私生子》送了一本给卢梭。狄德罗在书中用大段文字论证一个人孤独生活的坏处，并特意总结性地加了一句话："只有恶人才是孤独的。"卢梭撰文反驳，针对卢梭的反驳，狄德罗说："算了吧，公民，一个隐士还说自己是公民，这样的公民也太奇怪了。"关于此事的争论，参见卢梭：《忏悔录》，第 9 卷。——译者

是社会最有用的成员，他们比这帮吃着人民的饭而什么实事也不干的人有用得多；这帮人每星期到一个什么学院去六次，只会在那里东拉西扯地闲聊一通。我觉得，我和我的穷邻居聊天，也比和这帮爱搞阴谋的人凑在一起痛快得多。这种人，在巴黎到处都有，他们都拼命出头露面，独霸一方。为了公众的利益，也为了他们自身的利益，应当把这帮人通通都赶到各省去种地。这样做，大有好处，可以为人们树立一个应当如何生活的榜样。当一个人体力衰弱到不能劳动的时候还能从他隐居之地向世人讲述真理，这是好样的。我提醒世人不要上那些坑害他们的人的言论的当，是为世人做了一件好事。我还做了一件好事，那就是：我曾尽了一份力量阻止（起码是推迟了）达朗贝尔为了讨好伏尔泰，竟主张在我的家乡花我们的钱修一座毒害人们的剧院[1]。如果我住在日内瓦，我就不能在《论不平等》这本书中加写那篇“献词”[2]，也不能用那种语气发表反对修建喜剧院的文章。如果我和我的同胞生活在一起，那肯定比我现在这样隐居还无用得多。只要在我该活动的时候活动，住在什么地方不可以呢？再说，蒙莫朗西的居民也不像巴黎人那么世故。如果我劝说一个人不要把他的孩子送到城里去学坏，我的功德就不如劝说一个孩子回到他父母的家吗？我家道清贫，单单这一点，就岂能使我像那些大言不惭的人所说的什么事情

① 此句中的“我的家乡”，指日内瓦。达朗贝尔在《大百科全书》第7卷“日内瓦”条中提出：在日内瓦修建一座剧院，上演伏尔泰的喜剧。1758年，卢梭发表他的《就戏剧问题致达朗贝尔先生的信》反对此举。——译者

② 《论不平等》即《论人与人之间不平等的起因和基础》，卢梭在这篇论文的正文前面加写了一篇长达十余页的献词：《献给日内瓦共和国》。献词行文的语气，作者说：因心情激动“有点儿放肆”。——译者

都不干吗？由于我只能挣多少钱才能买多少面包，我岂能不为了我的生计和向社会偿还我得之于它的东西而劳动吗？是的，我谢绝了你为我安排的工作，原因是：那项工作不适合于我[①]。我既然觉得自己没有做你为我安排的工作的才干，还硬要接受那份工作的话，就等于是侵占了一个比我更穷但比我更能胜任那个工作的人的钱财。你以为我能抄抄写写，就向我提供那份工作，想把我的心思用去搞那些与我无关的文章，这办不到。我很可能使你失望，因为我一动起笔来，就不会按我答应你的话办，以致辜负你的好心。如果我把我答应的事情办坏了，那是绝对不能原谅的。到时，我自己不满意，你也不满意，我也不能像现在这样领略到给你写信的乐趣了。将来，如果我的精力许可，我还是要在为我自己工作的同时，为社会贡献一份力量。虽说我对社会的贡献很微小，但我向社会索取的东西也不多。我认为，只有像我现在这样生活，我与社会的关系才能拉平。在我完全退休，只为我一个人生活的时候，我也将这么做。我下定决心，再也不理会任何人的闲言碎语了。将来，即使我还能活一百岁，我也一篇文章不写了。我认为，只有当我完全被人忘记以后，我才能真正重新开始生活。

我承认：我差点儿又再次卷入社会的旋涡，差点儿放弃过孤独生活的初衷（其原因，倒不是我不喜欢这种生活，而是由于我差点儿在孤独生活与社会生活之间做出宁要后者的选择）。先生，你首先要了解我所有的朋友是如何背离我和鄙弃我的，要了解当他们

① 1759年11月15日，马尔泽尔布曾示意马尔让西在《学者报》为卢梭安排一个工作，在该报担任撰稿人，每月只需写两本书的提要就算完成任务。卢梭认为这是一个因人设事的“闲差”而没有接受这项工作。——译者

使我的心灵遭到巨大痛苦时，卢森堡先生[1]和他的夫人是多么希望结识我的，然后才能看出卢森堡先生和他的夫人主动对我的亲切关怀在我受到创伤的心中产生了多么大的影响。那时，我几乎死去；没有他们，我肯定会忧郁而死。他们给了我第二次生命，我理应把我的生命用来做他们喜欢的事情。

我有一颗非常爱他人的心，但我这颗心也很自爱。我太爱他人了，以致我从未对我所爱的人有过什么选择。我对所有的人都爱；正是因为我爱他们，所以我要憎恨一切不公正的事情。正是因为我爱他们，所以我才逃避他们；我没有看见他们的坏处，我所感到的难过心情才有所减轻。我对人类的爱，就足以滋润我的心；我不需要任何特殊的朋友，然而，一旦我有了，我就不能失去。他们离我而去，这的确是撕碎了我的心。他们那样做，是大错特错了，因为我要求于他们的，只是友谊。他们爱我，我知道这一点就行了，没有必要非常常见到他们不可。在感情的问题上，他们一心想让公众知道他们如何关心我和帮助我，要我把他们对我的关心和帮助铭记在心。我真心爱他们，而他们一直是在表面上爱我；对我这个在任何事情上都不喜欢表面的人来说，我对他们的做法是很不以为然的。我发现，他们对我所做的一切，全是这样，因此，我只能把他们对我的关心和帮助，看作是为了向公众宣扬而为的。正是由于他们不表示不爱我，我才发现他们对我的爱并不真心。

我突然发现我的心自由自在，这在我还是平生第一次。单独

[1] 卢森堡先生，即后文所说的卢森堡元帅。卢梭和卢森堡夫妇初次相识的时间大约在1759年复活节前后。关于他和卢森堡的关系以及元帅夫妇对他的一生的影响，参见卢梭：《忏悔录》，第10卷。——译者

一个人隐居，尽管疾病缠身，我今天也是这样独自一人。正是在这种情况下，我的心才开始转移到新的目标；这个目标填补了我一切其他的损失，它是任何其他的东西都无法代替的。我希望：我的生命能活多久，这个目标就存在多久；不论将来发生什么情况，我都将把它当作是我一生最后的目标。先生，我不能对你隐瞒我对所有那些地位高居他人之上的人的强烈的厌恶之心。这句话，我本来是不该对你说的，因为你是世家子弟，是法兰西王公大臣的儿子，你本人又担任总监之职。先生，我对你说这句话，的确是错了，因为，你虽不甚了解我，但对我做了无数件好事。尽管我天生一副不记他人恩情的性格，但对你我是要说一声感谢的话的。我憎恨大人物，我憎恨他们的社会等级、他们的铁石心肠、他们的偏见、他们的狭隘心胸和他们的种种罪过。我不是轻视他们，而是恨他们恨之入骨。我怀着这样的心情，像是被强拉硬拽似的到了蒙莫朗西城堡。我见到了城堡的主人，他们爱我，而我，先生，我也爱他们，而且，在我有生之年我也将衷心爱他们；我要为他们作出奉献，甚至愿意牺牲我的生命。目前，我的才能已经衰退，我愿抛弃我在我的同时代人当中享有的名声；我从来不把我得到的名声看在眼里。我将奉献于他们的，是我倾心追求的光荣，是我留待后世的人们给我的荣誉；后世的人们将给我以应得的荣誉，后世的人们是公正的。我绝不会半心半意地爱卢森堡先生和他的夫人，我爱他们就要毫无保留地爱，这一点，我现在不后悔，将来也不后悔，因为已经没有可能改变我说过的话了。他们使我的心感到如此的温暖，以致有好几次几乎开口求他们在他们的府第里给我一个住处，使我能在他们身边安度我的余年。从他们对我的态度看，他们肯定会给我的。这个计划，当然是我考虑很久并巴不得实现的计划之一。然而，最后我还是觉得这个办法不好，因为，我只估计到了主人对我的爱，而没有考虑到中间有人会疏远我们的感情，何况我自己有许多毛病，因而在行动上将感到诸多不便。因此，这个计划从感情上说是可以的，但实际上行不通。再说，在他们府第中应当采取的生活方式，肯定会和我追求的乐趣和我的习惯直接发生矛盾，住不到三个月，我就会受不了的。所以，尽管我们住近了，那也枉然，两个社会地位之间的距离依然如旧。一个小集体中洋溢的亲切感，在我们这样的小集体中是不会产生的。我既不能做卢森堡元帅的朋友，又不能做他的仆人，我只能做他的客人；一感到我住的地方不合我的身份，我就会千方百计地想办法回到我原先的住处的。其实，与我所爱的人保持一个距离而又时时怀着想接近他们的心，远比我住得近但又不愿接近他们好一百倍。如果接近他们的程度再多一点，也许就会使我的生活发生大变革。我曾经无数次像做梦似的想象：要是卢森堡先生不是公爵，而只是法兰西元帅，一个开明的乡村绅士，住的是一个古老的旧城堡，而让-雅克·卢梭不是作家，不是著书立说的人，才气平平常常，肚子里的知识也不多，自我引见地去见城堡的主人，去见他的夫人。主人和夫人都很高兴；我觉得与他们在一起很幸福，也使他们感到幸福。为了使我的想象更美好，如果你允许的话，就让我使劲一推，把蒙莫朗西那座城堡推到离这里只半里之地。先生，我觉得，要是能这样长久想象下去的话，我真不愿意从我的梦想中醒过来。

现在，一切都完了，我长长的梦也该结束了，今后，再做什么梦都不对了。我在蒙莫朗西城堡度过的美好时光，如果能再过上几个小时的话，那就太好了。不管怎样，我心中的感受是这样，我就这样说；如果我还值得你评论的话，你就根据我这番杂乱无章的话评论好了。我不知道如何才能把我的话讲得更有条理，我也没有勇气把这封信重新写过。如果我的话说得太直率，因而使我失去你对我的眷顾，我就不再希冀任何不该我得到的恩宠了。如果我还能继续得到你的眷顾，你对我的眷顾之情将更加珍贵，更有益于我。

《忏悔录》草稿

一

让-雅克·卢梭的《忏悔录》叙述他一生经历的重大事件和他在各种环境中深藏在内心的情感[①]

我曾经多次说过，即使在那些大夸自己善于看人的人当中，如果有谁真敢自诩把自己的为人看清楚了的话，他对自己的了解也充其量只是了解个皮毛，因为，一个人光看自己如何如何，而不和别人比较，他怎能断定自己究竟如何呢？然而，竟有人把这样一种对自己的不完全了解用来做评判他人的标准。有人想用它做衡量一切的尺度。正是在这个问题上，我们发现人们对自爱之心有两种错误的看法：要么，硬说我们所评判的那些人也具有与我们相同的动机，似乎那些人虽处在他们的地位，也会像我们一样行动似的；要么，根据这种假设，我们把我们自己的动机也弄错了，而不知道应当把我们从现在的环境转移到另外的环境来看待我们的行为。

我这番话，是针对我自己的情况而言的，因此，我在评判他人时，没有犯这个错误。我自己认为我属于另外一种类型的人；他人

① 这个小标题是后来加在纳沙泰尔手稿第1页上的。——译者

在评判我的时候，往往弄错了。人们对我的行为的解释，几乎没有一个说得对，而且，愈是才学高的人，反而比普通人更容易误解我的行为。他们的标准使用的范围愈广，他们愈容易弄错，得出的结论愈不符合他们所评判的人。

说明了我的见解以后，我下定决心：要求各位读者在了解世人方面必须进一步去了解。如果可能的话，把他们拉到你们这边来衡量，而不要采用那些总以自己之心去揣度他人之心的人对谁都使用的错误的尺度；相反，在衡量你们自己的心时，倒是要先从观察他人之心开始的。为了学习如何自己评判自己，我希望你们最好有一个可供比较的对象，以便每一个人在评判自己的同时，也评判了那个对象。那个对象不是别人，就是我。

是的，是我，只能是我。因为，迄今为止，我还没有看见过任何一个人敢像我这么做。有人抱出一大堆大大小小的人物传记和人物肖像与特写！这算什么东西呢？它们只不过是用生花之笔编写的小说而已，是根据形之于外的某些举止言谈和作者为了表现自己的才华而不顾事实的添枝加叶的猜测而写的东西；抓住一个人的某些特征，生拉硬扯地加以编排，只要最后能凑成一个人的模样，就算完事了，至于是不是真像某一个人，谁又去管它呢？这样去评判人，是评判不好的。

为了真正了解一个有特色的人，就需要把他先天的性格和后天的习染加以区别，就要看他是如何成长的，是什么机遇使他有所发展的，要看他内心深处有什么千丝万缕的情结使他变成如此这般一个人，看他发生了什么变化，以致在某些时候竟做出了极其矛盾和根本预料不到的事情。我们肉眼所看到的，只不过是极微小的部分;这是外表,而其中的原因是深藏在他内心的,而且,往往是很复杂的。我们只能根据他行为的方式来猜测他的内心,根据他兴之所至的行为来描绘他是怎样一个人。他不怕人们把画像和原型加以对照。他体内的原型是什么样子,我们完全不知道;如果描绘他内心的人看不见他体内的原型,而对自己体内的原型一清二楚的他又不愿意把它给描绘的人看,在这种情况下,我们怎么能真正了解呢?

一个人的传记,除他本人以外,其他任何人都写不好。他的内心,他真正的为人,只有他自己知道;在撰写他一生的经历时,他将给他自己披上伪装,名义上是在写传记,实际上是在为自己唱赞歌。他希望人家把他看作是什么人,他就写得像什么人;他让人家看的,根本不是真面目。即使是最老实的人,也只是口头上似乎是在讲真话,而实际上他们吞吞吐吐,瞒天过海,全是谎言。有些事情他们避而不谈,这就把他们表面上讲得好像煞有介事的话打了个大折扣,结果是,尽管讲了一部分真话,实际上却什么也没有讲。我把蒙台涅排在那帮采用轻描淡写的手法骗人的假老实人之首;他们说他们有许多不足之处,但讲给人家听的,全是可爱之处,更没有一个人有可憎之处。蒙台涅对自己的描绘好像很逼真,但实际上画的只是一个侧面,谁知道他是不是对我们隐瞒了他脸上的某一处有个伤疤,或者有一只眼睛是斜视,谁知道他是不是原封不动地画的是他的真面貌。有一个比蒙台涅更狂妄但更诚实的人,名叫卡尔丹[①];可惜此人是如此之夸夸其谈,以致人们从他梦呓似的话中得不到多少教益,再说,谁愿意像大海捞针似的为了寻求一

① 卡尔丹(1501—1576):意大利数学家和哲学家。——译者

点点知识就去读他那十卷特大开本的书？

我敢肯定，如果我按我说的话去做，我将写出一部举世无双的好书。也许有人不以为然，说我只不过是一介平民，没有什么值得读者阅读的东西可写。这话说得不错，就我一生经历的事情来说，的确如此。不过，我本来就不打算在事情本身的叙述上多下工夫，我主要是随着事情的铺叙，着重描写我的内心。我对我的内心的描写，是大书特书，还是一带而过，这就要看我的思想是高尚还是不高尚，我思考的事情是纷繁还是不纷繁；书中所叙的事情，只不过是触发我的心情的偶然的原因。尽管我一生默默无闻，也无论我思考的事情比国王思考的事情是多还是少，我相信，我对我的内心活动的描述，一定比他们的有趣得多。

还有，从经验和对世事的思考来说，我在这方面所处的地位比任何人都有利。我本人没有什么社会地位，但我了解所有一切有社会地位的人。除了没坐过国王的宝座以外，我在最底层社会和最高层社会都待过。大人物只了解大人物，小人物只了解小人物；小人物看大人物，只从后者的地位看，因此遭到后者不公正的轻视。关系隔得太远，双方共同的地方必然不多，人的样子彼此都看不清楚。至于我，我一定要揭开一个人的假面具，看他的全貌。我要把他们各自的兴趣、爱好、偏见和行事的准则加以分析和比较。作为一个没有野心和无任何身份的人，我和谁都可以接近，因此，我可以怎么方便就怎么观察他们。当他们互相都脱去伪装的时候，我可以把这个人和另一个人加以比较，用这个社会地位的人去对照另一个社会地位的人。我是一个无名小卒，对谁都无所希求，因此，我不妨碍任何人，也不打扰任何人。我到处都可以去，对任何东西都不会恋恋不舍；我有时上午与王子同桌用餐，而晚上又到农民家去吃晚饭。

尽管我的社会地位和家庭出身都不显赫，但我有另外一种只有我这个人才愿意花那么大的代价买到的名声：我以多灾多难出了名。我的事情纷纷扬扬，传遍了欧洲；贤明的人听了为之咋舌，善良的人听了感到痛心。最后，大家终于明白：我比他们都更了解这个以知识和哲学著称的时代。我发现，他们以为已消灭干净的盲目崇拜，只不过改头换面，换了个样子，然而，它还来不及扔下假面具，我就揭穿了它*。我也没有料到，搞得它非扔下假面具不可的人是我。这些事情的来龙去脉，虽然最好是让塔西佗去写，但由我写出来也不无趣味。事情是公开的，每一个人都可以去调查，不过，问题的关键是要弄清其中的秘密的原因。当然，没有任何一个人比我更清楚到底是怎么一回事情；表述这些事情，就等于是表述了我一生的历史。

事情愈传愈走了样，我对此感到十分恼火。我见过各种各样的人，也经历过各种各样的社会阶层；在五十年中，如果我善于利用了我的时光的话，我就可以说我等于是活了好几个世纪。就事情的件数和种类来说，满可以使我的叙述写得非常有趣，尽管有些叙述也不一定写得真的有趣。不过，这不能怪内容不好，而只能怪作者不会写。一个人在一生极其光辉的时候，也是有他的缺点的。

如果说我做的这件事情很奇特的话，促使我做这件事情的环境也是很奇特的。在我的同时代人当中，没有任何人是像我这样名满全

---

* 参见我在1750年发表的第一篇论文(2)的序言。——作者

欧，而我本人是何许样人，却无人知晓。我的书传遍了各个城市，而书的作者转来转去，都局限在几处小小的树林中。大家都看我的书，大家都批评我和谈论我，但都不是当着我的面批评和谈论我的。我离得远远的，既听不见他们说的话，也看不见他们的人，他们究竟说了些什么，我一点也不知道。每个人都在胡乱描述我这个人，都不怕我会去说他描述得不对。在世人心目中有一个卢梭，而在这偏僻的隐居之地又有另外一个卢梭，他和世人心目中的卢梭根本不一样。

所以，我对大家谈论我的话是大有意见的*。尽管他们毫不留情地把我批评得体无完肤，但他们也常常把我恭维得五体投地。这全看他们在谈论我时的心情而定，无论是说我好还是说我坏，都没有一个标准。如果单凭我的著作来评判我这个人，则读者必然会根据自己的爱好或兴趣的不同，把我勾画成一个想象中的怪人，因此，我每发表一部著作，我的面貌就会被人们修改一次。在我与某些人结了仇以后，他们就根据他们的观点编一套言论，先把我捧得高高的，然后才把我打翻在地。为了不露出他们干这种卑鄙勾当的痕迹，他们一点也不指责我有或真或假的坏事，或者，即使指责的话，他们也说那是由于我的头脑有毛病。这样一来，老实人反倒认为他们上了我的当，拿我的心作牺牲，去歌颂他们的心。当他们假装原谅我的时候，他们就拿我的原话反过来诬蔑我，表面上好像是在偏袒我，但实际上是从不同的角度暴露我。

他们装出很厚道的样子，给我的脸上抹了黑，还说他们是出自

* 此话是1764年我五十二岁时说的，那时我一点也预料不到我这把年纪会落到什么样的命运。现在，这篇文章中需要改写的地方太多，但我决定一句也不改。——作者

一片好心。他们口口声声说我是他们的朋友，但心目中却把我看作一个可恨的敌人。他们貌似怜悯我，但实际上是在诋毁我。他们就是这样不顾事实地对我的性格乱加评论，用称赞我的手法，达到丑化我的目的。他们对我的描绘，不仅没有给我增色，反而把我画成了另外一个人：再也找不到什么比他们对我的画像更不像我本人的了。他们无论是对我说好还是说坏，都没有说得恰如其分；我本来没有的美德，他们硬说我有，结果把我说成了一个坏人；反之，他们把谁也没有说我干过的坏事硬栽到我头上，这倒使我感到挺舒服。要是我受到他们的好评的话，那肯定是我做过什么与庸俗之辈同流合污的事；不过，这样一来，我反倒可以跻身于贤士之列。其实，我是从来不希望贤士们投我的票的。

以上所说，不仅阐明了促使我写这本书的动机，而且也是我忠实执行计划的保证。既然我的姓名要长留人间，我就不愿意背上一个别人给我捏造的名声，也不愿意人家给我硬加上什么我根本没有的优点或缺点，更不愿意人家给我画上几道不像我的线条。如果我真想活在后世的人们的心中的话，我就凭我真真实实的事迹，而不凭我的虚名。我宁可让世人从我的缺点方面认识我和了解我，而不愿意人家给我加上几个我根本没有的优点来显示我。

比我更拙于处事的人是不多的，而像我这样谈论自己的人，可以说是一个也没有。要一个人承认他性格上的缺点，那是比较容易的，而要他承认干过肮脏的和卑鄙的事，那就难了。可以肯定：一个敢承认自己干过这类事的人，是什么都敢如实地坦白的。我是否真能做到有啥说啥，实话实说，就要拿这一点来认真考验我。我既然要说真话，就要毫无保留地说，什么都说；无论好的或坏的，我全都说。我要严格做到名副其实;对于良心的检验,即使是最虔诚的女教徒,也不会比我检验得更认真。她向听她忏悔的神甫透露她心中的隐秘,绝没有我向公众透露我的秘密这么和盘托出,一丝一毫也不保留。请各位一开始看我的书,就检验我说的话,你用不着看多少页就会发现:我说话是算数的。

为了铺叙我要说的话,就需要创造一种和我的计划同样新颖的语言。我的思想感情是如此之头绪纷繁,既多且杂,前后不一,而且,有时候是那样的卑鄙,有时候又是那样的高尚,以致搅得我心潮起伏,无有宁时。要理顺这样的思想感情,条分缕析地加以铺叙,请问:该采取什么笔调?该采用什么文体?哪些无足轻重和穷愁潦倒的事是用不着讲的?对于有些令人恶心的、不干不净的、幼稚的和可笑的事情,其细节我该讲到什么程度,才能顺着我心中秘密的思路把它们讲清楚?应如何行文才能把每一种在我心中刻下痕迹的事情第一次进入我心的情形描述得明明白白?当我讲到那些我一提起来就脸红的事情时,我知道,心狠的人一定会把我对厚颜无耻的事情的叙述看作是丢尽了脸,是经过了痛苦的思虑才迫不得已承认的。其实,我是该承认的,就一定承认,否则,我就会乔装打扮,给自己披上伪装,因为,如果我对某些事情避而不谈,人们就无所依据来了解我。要揭开我的真面目,就一切要有根有据,就要全面叙述我的性格,使之成为一个整体;我这一生恰恰是需要经过各种各样的环境,才能把我铸造成一个这么奇特的人。

如果我也像别人那样细心推敲,字斟句酌地写这本书,我就不会自己揭露自己,而要涂脂抹粉,美化自己。我这个话指的是我的画像,而不是我的书。我将在一个幽暗的房间里工作,不需要什么其他的技巧，只严格按照我的线条画就行了。我画什么东西，就采用什么风格，我绝不勉强非要前后的笔调一致不可。我兴头来了，高兴用什么笔调就用什么笔调；只要心情一变，我就毫不迟疑地改换笔调。我对一件事情是怎样感觉就怎样讲，有什么看法就说什么看法，既不搜索枯肠，也不羞于启齿，更不怕人家说我杂七杂八什么话都讲。我既回忆过去的往事，也同时谈我目前的感想，这样着手，就等于是把我的内心描画了两次，也就是说，既叙述了事情发生时的情形，又道出了我写作时的心境。我行文不讲究匀称，完全听其自然，有时候紧凑，有时候松散；有时候措辞斟酌，有时候措辞又欠考虑；有时严肃，有时诙谐。此种写法，正是我一生历史的反映。总之，不论此书用什么手法写，它本身的目的就决定了它是哲学家们难得的一本好书；我再说一遍：它是人们研究人心时的一本参考书，而且是当今唯一的一本参考书。

关于我将本着什么样的精神描述我这一生，以及读者应本着什么样的精神看我的书和用我的书，我要说的话就是这些。有几个人，由于我与他们有密切的关系，所以在谈到他们时，我不得不像谈我自己一样地敞开心扉谈。不这样做，就无法使人们更好地认识我，也无法更好地认识他们。有些事情，谁也不能指望我会避而不谈；如果我保持缄默的话，就会损害我应当讲述的真情，所以谁也休想我会避而不谈它们。对于别人，我也许会笔下留情，少写几句，但对于我自己，我绝不姑息，一定要讲个一清二楚。我之所以决定在我活着的时候不出版这本书，是出于我对我的敌人的尊敬，而不是因为我的计划出了什么问题。我还采取了可靠的措施，以便只有在书中所讲的事情，由于时间的流逝而变得与谁也没有关系的时候才发表。我将把这本书交给最可靠的人保存,不让任何人随便加以利用。就我来说,此书如果在我活着的时候出版的话,我也许会吃点儿苦头。本来是尊敬我的人如果看了我的书以后就瞧不起我的话,我也不在乎。我将在书中讲述我的一些丑事;对于这些丑事,我恨都恨不完,所以我不会加以辩解。我要讲我心中的秘密,我要极其真诚地向人们忏悔。为了保护我的名誉而吃点苦,那也是应该的。至于公众将怎么说,人们将如何严厉地评论我,我早有思想准备;无论人们说什么,我都认了。现在,让每一个读者都仿照我这样做,也像我这样反省,在自己的灵魂深处扪心自问,看他敢不敢说:“我比这个人好。”

二

朗贝尔西埃小姐像母亲那样照料我们,因此,她也行使母亲的权威。她凭借这一点,有时候就像惩罚孩子那样惩罚我们。开头,我怕她的惩罚,比怕死还怕得厉害,及至挨她几次打以后,就觉得并不像我想象的那么可怕。尽管我从来不故意惹她打我或骂我,但我不但不怕,反而巴不得被她打一顿才好。温柔的朗贝尔西埃小姐后来发现了她对我们的惩罚没有达到她的目的,便宣布再也不打我们了;她说她打我们,实在太累,所以再也不打了。我看见她说话算数,反而感到有点儿遗憾,虽然我不知道为什么遗憾。

一个三十岁的未婚女子为什么这样做,其原因只有她自己知道,不过,在我看来是值得注意的。另外还有一点也值得注意,那就是此事发生的时间。此事发生在 1721 年,那时我还不到九岁。

我不知道我为什么会有这么早熟的色欲;也许是因为看小说加速了我的性欲成熟的缘故。我非常清楚,此事影响了我的一生,影响了我的爱好、我的脾气和我的行为。我认为这是贯穿全书的一条线索;顺着这条线索叙述,是有好处的,不过,要如何才能做到既在字里行间显示这条线索而又不玷污笔墨呢?

这感官的第一次冲动,在我的记忆中是如此的印象深刻,以致几年以后它就开始刺激我的想象力:我一见到漂亮的女孩子的面孔,我就感到不安,就要动心,就觉得当年的情况再次重现,就觉得她们个个都是朗贝尔西埃小姐。

她们的形象屡屡浮现在我的心中,使我的血液沸腾,一举一动都显得狂躁,巴不得我见到的形象都成为现实。这种情形出现在我身上,不能不说是非常奇怪的。我受的是很严格的教育,满脑子都是为人要诚实的思想,对浪荡的行为简直是深恶痛绝到了极点。所有一切涉及淫秽的事都使我十分反感、厌恶和痛恨。男女性结合的事,不用说别的,只要动一动这方面的念头,我就觉得如此之可耻,以致我活跃的想象力便逐渐呆滞,怎么也活跃不起来。

有了这样一种奇怪的矛盾思想,使我对某些性质相近的事情采取了截然不同的做法,因而产生的效果也是很奇特的。有一些很可能毁灭我的事情,反倒救了我。在青春时期,我所从事的事情分散了我的心力,因而没有去做那些令我害怕的事情。一种思想代替了另外一种思想,使我奋发振作,没有堕落下去。我心中的骚动虽没有产生任何恶果,但的确使我受到了很大的折磨,不过,我并不因此就羞于见人,只不过在一个很长的时期内老保持着孩子气,这一点,说来倒真是有点儿不好意思。我这仅有的一点儿理智,确使我的那些荒唐事儿做得颇有分寸。我觉得，我那些荒唐事儿只能说是幼稚的，不能说是浪荡的。一个腼腆的人是不会去干淫荡的事情的。

正是这种心力分散的奇怪现象，使我心中虽燃烧着爱的火焰，而且，几乎从童年时候起血液里就沸腾着性欲，但我终于没有过早地走入使大多数青年人耗尽精力并最后陷于毁灭的迷途。后来，我的伙伴们的可耻的事例，不仅没有消除反而增加了我对这种事情的反感。我怀着憎恨的心情去观察那些卖淫的女人。感谢那些贤明的人对我的教育和关怀，使我的自然的本能在我荒唐的时候也深深隐藏，因而在我游历了那么多地方，并在各种人物当中厮混了那么多年之后，直到十九岁我才开始觉得我有性的需要。

尽管我在这方面懂得的事情愈来愈多，但我在妇女们面前依然保持着我当初的那种谨慎样子。爱情曾使我走入歧途，但我并未变成纵欲无度的人。我的感官始终受我的良心的指导；我原有的羞耻心依然如旧；只要我稍稍触动深藏在我心中的情欲，这种羞耻心即将发挥它的作用，使情欲受到我的天性的制约。如果我想得到的快乐，只能让我得到一半的话，我又何必为了这一点点儿快乐就厚着脸皮去追逐女人呢？我不敢讲说的快乐事，可以给其他的事情增添乐趣，但只有与他人分享的乐趣才是值得称道的；只男人高兴而女人受害的可笑的事情，难道不是不值一谈的吗？

这样说来，我之所以行端品正，只是因为我有另外一些稀奇古怪的癖好吗？这个结论不公平，也很武断。我生来就很害羞，心地善良，并富有浪漫的想象力；这些性格，使我一方面有爱女人的心和言行谨慎的表现，另一方面又有种种追求：为人要正直，举止要端庄，对寡廉鲜耻和荒淫凶暴之事要恨之入骨。所有这些，都是高尚的和贤明的教育对我熏陶的结果。尽管我受的教育有时候也掺杂了其他的成分，而且时断时续，不是一以贯之，但一个性格善良和重廉耻的人，有了那么多的追求，就没有剩余的精力去追求其他了。由于我看人首先是重人品而不管他们的性别，加之我生怕得罪人，所以我对对方凡事都很顺从和迁就，我表现得既像一个苦苦追求的情人，又像一个害怕受老师惩罚的学生，我发现，这是从侧面接近我想得到的女人的好办法。就我来说，依偎在一个泼辣的情妇的怀里，是得到女人宠爱的最甜蜜的享受。我觉得，这样一种求爱的方式，进展的速度虽不会太快，但不会使被追求的女人的品德冒太大的危险。

要不是我怕细枝末节的事讲得太多，使读者读起来太累；我哪能不举出童年时候的许多事情来作有力的例证，以阐明人类性格的大特征呢。我敢说，在我的性格中，最突出的特征是对不公正的事情的极端憎恨。见到一桩不公平的事，即使与我个人毫无利害关系，我也是非常之憎恨，无论是多么有权势和地位的人都不能阻止我把愤恨的话说出来。我再斗胆说一句：我对不公平的事情的愤恨，不仅是一秉大公，而且是非常的高尚；在我受到不公平的对待时，我的愤怒之情远不如我看到他人受到不公平的对待时那么大。产生这一不可更改的正义感的根由，乃起因于一把被弄坏了的梳子①，这谁相信呢？

① 有一次，朗贝尔西埃小姐发现她的一把梳子的齿被弄坏了，便认为是卢梭干的。实际不是，朗贝尔西埃小姐错怪了卢梭。因此，任凭怎么惩罚，卢梭“宁可死去”也不承认。童年时候的这件事情，对卢梭性格的形成，影响极大，以致后来在写《忏悔录》时，也把这件事情叙了进去。参见卢梭：《忏悔录》，第1卷。——译者

三

我们对人的了解，真是太少了。迄今为止，就连自己对自己有了解的人，我们也举不出一个。万一有谁说他对自己十分了解的话，我们可以说，他的那一点点儿了解，用来说明他在人们心目中是哪一种人和哪一种地位的人，也不够。除了自己以外，一个人至少还要了解另外一个与他相似的人，才能在他自己的心中分清哪些现象是他那种人都有的，哪些现象是某一个人独有的。是的，有许多人自以为了解他人，其实他们根本不了解。从别人对我的评论来看，我有充分的理由这么说，因为，对我的各种评论，尽管都是出自有学问的人之口，但却没有一个是正确的和符合实际的。

四

在我这一生中，我曾不止一次地说过，在那些自以为对人最有了解的人中，每一个人都只是了解他自己，几乎每个人都是用自己的心去忖度他人的心。我希望他们至少要有一个与之作比较的对象，并希望他们既了解自己，也了解另一个人；这另一个人，就是我。

如果不根据自己去评判别人，那就要根据别人来评判自己；切莫停留在表面现象上，而要像自己扪心自问那样去深入探讨他人的心。然而，正是在这个问题上，我们发现人们对自爱之心有两种错误的看法：要么，硬说我们所评判的那些人也有与我们相同的动机，似乎他们虽处在他们的地位，也会像我们一样行动似的；要么，根据这种假设，我们把我们自己的动机也弄错了。因此，为了做到自己真正了解自己，应当采取的法则或检验的标准是：认真地了解另外一个人；不认真地了解另外一个人，就不可能保证不出差错。

每一个人都自以为了解自己，而实际上，他本人乃是他了解得最差的人。有人说，如果我处在那个人的地位上，我的说法将有所不同。这种看法错了。万一我处在那个人的地位上，我也照样如是说的。

五

我撰写的，是一个已经不在人间的人的一生事迹。我对此人十分了解；此人活着的时候，只认识我，而我也值得他认识。此人非他，就是我。各位读者，请仔细阅读本书，因为，不论它是写得好还是写得不好，它目前是*同类书中独具一格的作品。这本书之所以能写成这个样子，原因是……[①]

六

我使母亲当中最好的母亲丧了命[②]。我的出生是我的第一个不幸。

---

* (a)只要……将来也很可能是。(b)永远是。(c)人类能存在多长时间，它就能在多长时间里是。——作者

① 此处原文是省略号。——译者

② 卢梭于1712年6月28日出生；出生后十天，母亲因产后失调，于7月7日逝世。——译者

七

我在我周围看到的那个圆圆的天空，使我把地球想象成一个空圆球，人生活在圆球的中心。为了使我明白我的看法是错误的，我的父亲就在一个用硅藻土做的泥球上插了许多大头针，让我开动脑筋把它们想象成站在地球上的人。父亲给我讲解什么叫对跖人。泥球上的那些头朝下的人，他们的头怎么会正对着我们的头，这我怎么也弄不明白。哥白尼的学说使我以为太阳在地球的上方；我始终不明白我们在夜里怎么会不掉进天空里。我的父亲用一个浑天仪给我讲太阳的运行，可是他白讲一阵，而我也白听一阵，我怎么思考也搞不清楚是怎么一回事。那个浑天仪反倒使我愈思考愈糊涂。我发现所有的小孩子都跟我一个样；他们记住了大人告诉他们浑天仪上的几个圆圈的名称，也记住了那些圆圈的用途，然后，就到此为止。他们对太阳的运行以及太阳与地球相对的位置，根本没有得到任何真正的概念。我认为浑天仪这玩意儿设计得并不好，那几个凭空想象的圆圈搞乱了孩子们的思想，使他们以为真有浑天仪上的那种圆圈。如果你告诉他们那些圆圈根本不存在，他们就更不明白他们所看到的东西是怎么一回事了。为了使孩子们对浑天仪的错误理解少一点，就要使它各部分的比例和它所显示的比例正好相反，也就是说，球形大，圆圈小。总起来说，我所学的宇宙学的第一课，是一个钟表匠[①]用硅藻土做的泥

① 指他的父亲。卢梭的父亲是一个钟表匠。——译者

球，上插一些大头针，给我上的；这一课上得顶好。

我是多么贪婪地学这门学问，真是无法形容。

八

要是我的父亲再多活四年，他就可以看到他儿子的名字传遍全欧洲！啊，要是他听到这个消息，他会乐死的！幸运的是，他也没有看到我短暂的光荣竟有一天使他不幸的儿子付出了昂贵的代价。

九

当我正在心中胡思乱想地想她和看她[①]的时候，没有注意到那里有一面镜子，她此时也在镜子里看我。她转过身来，极其兴奋地猛然抓住我。这个举动，使我倒吸了一口气，不由自主地伸出两只胳臂去抱她。当我发现她当场抓住我偷看她时，我简直吓得心惊肉跳。我当时的样子，谁也想象不出来：我的脸色煞白，全身战栗，几乎晕了过去。可是她，却用十分温柔的目光看着我，用手指着她脚边的凳子。读者可以想象得到：我没有等她开口，就坐了过去。到此刻为止，一切都比较正常，但紧接在这个小动作以后的情形就挺奇怪了：双方的一举一动似乎都明白无误地宣布我们之间已无藩篱，已无可顾忌，可以像两个公开的情人那样亲昵了。其实

① 指巴西尔夫人，参见卢梭：《忏悔录》，第2卷。——译者

不然。是的，我坐在她身边的那一会儿我的确是很快乐，但也是我有生以来最感拘谨的时刻。我不敢出大气儿，也不敢抬头看她。尽管我有几次大着胆子把手放在她的膝盖上，那也是放得那么轻，她似乎根本就没有感觉到。她专心做她的针线活儿，既不对我说话，也不看我。我们什么动作也没有；我们之间静悄悄地一句话也没有说。不过，我们心里是明白的，是有所感触的！读者也许觉得这种情形似乎很平淡，但我有理由相信，它不会使年轻的女人感到不快的。就我来说，我愿终生都如此，只要我能一辈子坐在她身边，我就别无他求了。

十

她很腼腆，很害羞。她爱美德，她把诚实的品德看得比生命还重要。我不知道如何叙述，才能说清她的一举一动在我看来是多么的动人。

十一

我的心在她[1]面前很平静，什么也不想。

① 这里的“她”指华伦夫人。卢梭在他的《忏悔录》卷3中说：“我在她（指华伦夫人。——引者注）身边既不特别兴奋，也不有所奢望；我处在一种令人迷醉的宁静状态中。”参见卢梭：《忏悔录》，第3卷，巴黎“袖珍丛书”1972年版，上册，第162页。——译者

十　二

我的上帝呀，当时，要是一个人一厢情愿地说一声："我爱你。"那是一定会遭到对方的冷淡对待的。是的，在那种情况下，如果一方向对方表白说："我爱你，"对方一定会立刻回答："请你别爱我。"[①]

其实，在这种场合，只要我们的眼睛互相对视一下，就行了，她就算是失身了。当我们单独在一起的时候，如果彼此都极力避开对方的目光，那就最好是赶快混入人群，溜之大吉。从我们的眼睛中射出的目光就可看出，此番幽会的结果将多么糟糕。

十　三

我觉得，她[②]对我一本正经，反而比对我宠爱有加更甜蜜一百倍。

我认为，她似乎是把我看作是一件属于她所有的东西，把我收作她的财产，把我占为己有[③]。

"爱情"这个词儿，我们之间还没有用过，但是，要我不相信我

① 这段话指的是谁，不太清楚，有人说指的是《忏悔录》第7卷中提到的塞尔小姐。——译者

② 这个"她"指的是乌德托夫人。——译者

③ 1757年10月15日卢梭在写给乌德托夫人的信中说："我岂不是成了你的财产了吗？你岂不是把这个财产占为己有了吗？这一点，你想否认也是否认不了的……"——译者

曾经为她热爱过，那是不可能的。

她不再对我说“请”字；她要我做什么，竟直截了当地下命令了。

她要我念书，我就念书。我念得不好，她就要我念两次或三次，然后就硬要我停止。我很受感动，我要求她允许我继续念下去。她答应了，我才敢继续念。在我这一生中，我从来没有这样认真地念过书。

有一回，唉！在我这一生中也只有这一回，我的嘴接触到了她的嘴。现在回忆起来，那是多么甜蜜啊！即使我进了坟墓，我能忘记此事吗？

好色的人呀，你们吹嘘那些粗俗的快感使你们多么舒服，然而我敢说，你们谁也没有享受过我在那六个月中心醉神迷地享受的乐趣。

十　四

在此次旅行中，她好像是更加爱我了。

在她对我的关怀中，我发现有某种非常亲切的和温柔的迹象。我可怜的心极其敏感，一直在盼望得到她的友谊的明确表示。她果然对我说：“我觉得我们成了好朋友。”“是的，”我回答她说：“我们是好朋友，而且还可成为更好的朋友。啊，我是怎样对你产生了爱的呢？要爱你，就需要五个条件，而其中最容易的条件是不可能有的，而没有这个条件，此事就连想都不用想了。”她听了吃惊得目瞪口呆，一句话也说不出来。这是很自然的，而不自然的是，她眼珠子一转就默不作声了。这一表情，我一辈子也忘不了。这一令人摸不透她的心意的动作，一下子就把我的心冷下来了。

她的嘴唇虽不拒绝我的嘴唇，但她的口却躲避我给她的亲吻。

十　五

当我写到这里的时候，我没想到有人怀疑或者说有人敢怀疑我是不是忠实叙述我所经历的事情。那位保持沉默的先生以及我今天提到的那些人，终于使我看清此事并未逃脱他们的算计。我本该预料到弗兰格耶(由于那几位先生的拉拢，他已经成为那个集团的走卒之一)是不会尊重事实的。不过，此事早已众所周知，而且他本人也曾经公开讲过，所以我认为他与别人合伙搞阴谋的痕迹是不会全部抹掉，一个也不剩的。

我毫不怀疑，弗兰格耶和他的同伙今后对事情的说法会大变样。然而，总有几个诚实的人不会忘记他当初是怎样说的，不会忘记他是在加入别人的阴谋集团以后，才改口乱说的。

十　六
关于我的人生观

有一天，一个在基延纳学神学的青年学生来看我。和别人一样，他也非要我讲一讲《牧师的信仰自白》[①]不可。我发现他对基

① 《牧师的信仰自白》即《一个萨瓦省的牧师的信仰自白》，见卢梭：《爱弥儿》，李平沤译，商务印书馆 1978 年版，第 4 卷，第 377 页。——译者

督救世说有一定的看法，不过，尽管他在其他问题上也有一套颇合哲理的见解，但他未能找到使他本人也满意的办法来解决我的疑难。

后来，我听说他到内阁去大放厥词，但没有人听。他渴望人家送他一个殉道士的光荣头衔。

十　七

我一看《公民们的看法》[①]这本小册子，就知道它是出自凡尔纳先生的手笔。我等一会儿就谈我得出这个结论的依据是什么。针对这本诽谤性的小书，我断定：只有一个能保护我受侮辱的荣誉的办法。我把它送到巴黎去，让人立刻印出来，拿到我曾经居住过的地方去广为散发，才好让人们评判他在日内瓦对我提出的指摘。在第一次情绪冲动之下，我公开对作者进行的唯一报复是，我指名道姓地斥责他。当然，我这样报复法，手段是狠了一点。不过，尽管我点了他的名，并阐明了我的观点，但我用来支持我的观点的理论是软弱无力的，是根据他的话来发表意见的。现在，别人还没有硬说那本小册子是他写的，因此，他是否加以否认，我由他去决定。

① 1764 年 12 月 31 日卢梭在莫蒂埃收到一本专门攻击他的小册子：《公民们的看法》，小册子的作者没有署名。卢梭当时认为是一位名叫凡尔纳的日内瓦牧师写的。实际上这本小册子是伏尔泰写的。关于此事的经过，见卢梭：《忏悔录》，第 12 卷。——译者

十　八

人们对我的迫害，反倒升华了我的灵魂。我认为，我之所以珍惜我对真理的热爱，是由于它使我付出了代价。开始，这种爱只不过是一时的，而现在，它已经成了我心中占主导地位的情感了。这是人类心灵中所能产生的最高尚的情操。我敢断言：它是专门为了我的心而产生的。

《爱弥儿》第一卷第46页[①]。

每一个读者都将有此感觉。我敢肯定：一个人如果对自己的错误毫无歉疚之心，或者企图对公众隐瞒，他是不会说这番话的。

十　九

随着剧情[②]的进展，观众的兴趣和注意力愈来愈增加。有人在窃窃私语，打破了沉静，但没有中断演出的进行。热烈的掌声（有国王在场观赏，本来是不许人们鼓掌的）也没有淹没最精彩的段落的演唱。掌声一停止，人们紧接着是一阵狂喜和百般夸奖的赞扬。我听见每个包厢里都有人在低声说："真感人，好极了。"我很清楚地看见，在国王的包厢里有一阵显然不是恶兆的骚动。最

① 这个页码，指的是1762年阿姆斯特丹版《爱弥儿》的页码。——译者

② 指卢梭的歌剧《乡村巫师》的剧情。1752年10月18日该剧在枫丹白露宫首次演出，获得巨大成功。——译者

后，在两个情人相会那一段，音乐的旋律虽简单，但却有一种连我也弄不清楚的打动人心的美。我发现整个剧场的人都陷入了如醉如痴的境界。这一情景，连我的头脑也支持不住了。

在朗读《忏悔录》前发表的谈话[①]

我认为，我一生经历的事情的详细情况，应当让一个热爱正义和真理的人知道。此人的年纪要轻，在我死之后，他还享其天年，活在人间。经过长期的犹豫之后，我决定把我心中的秘密向少数几个经过挑选的正直的人倾诉。我要向他们坦述真情，并请他们把我讲述的事情记在心里，其目的无他，只是供他们在我活着的时候用来检验我对他们所讲的话是否真实，并在我死后不偏不倚地对我一生的所作所为作出正确的评论。

我十年前就决定：我要用极其确切的词句写我的《忏悔录》，在这个计划进行了相当长的时间以后，我发现，我必须放弃，或者，至少要暂时停止。不过，已经写出来的部分，已足够人们据以评判我以及与我有关系的人，因为，我感到为难的是，在做我的忏悔的同时，我还不能不为他人做忏悔，否则，人们就不明白我忏悔的事情的原委。由于这个缘故，我采取了一些措施，使我的书在我死以后，并等那些对此书感兴趣的人去世以后，再过很长一段时间，才让公众看到。不过，我遇到了许多困难，我采取的措施又远远不

① 在1770年底和1771年5月之间，卢梭曾先后在佩泽侯爵和埃格蒙伯爵等人家朗读他的《忏悔录》。这是他在一次朗读前发表的谈话。——译者

够，所以，我别无他法，只好把我一生的事情存放在有道德的和真诚的人的心里，让他们牢记在心，永久保存。

为了正确评判我的行为，就需要充分认识到我的气质、我的天禀和我的性格生来就很奇特，与别人完全不同。有些人硬要用别人的动机来比附我的动机，所以他们对我的行为的解释没有一个是对的。不过，如果这些情况都要详详细细地讲的话，那就要从童年时候讲起，这样一来，要讲的话就太多，一天的时间就不够用。因此，我只能讲非讲不可的主要事情。这样，即使以后在朗读方面遇到阻力①，这次朗读的事情也不会被人遗忘。因此，各位先生，我今天只给你们朗读一些主要的事情，讲一讲从我来到法国之日，直到对我下逮捕令，逼得我离开蒙莫朗西之时的内心的感受。如果各位先生听起来不觉得太啰唆的话，我在朗读过程中还将穿插着补充一些我原来打算略而不提的事情。

先生们，现在就请你们仔细听。我之所以要请各位仔细听的原因，倒不是因为我讲的事情特别重要，而是由于我要冒昧交给各位先生一项任务——世间最光荣的一项任务。这项任务之完成得好或坏，将决定我身后是流芳百世还是遗臭万年。有些人采取了许多令人惊奇的办法，想永远不让我知道是哪些卑鄙的人在指摘我，不让我知道他们暗中散布了哪些流言飞语和诽谤不实之词，只等我一死，他们便公之于众。尽管我已经感觉到了他们暗中对我的伤害，但却没有发现他们的工具和操纵工具的手。我既不知道

① 卢梭在朗读他的《忏悔录》之前，预感到有人来阻止，不许他公开朗读。后来，果然不出卢梭的预料，埃皮奈夫人向警察局告发卢梭，警察局遂下令禁止卢梭公开朗读他的《忏悔录》。——译者

是谁在指摘我，也不知道指摘我些什么，我有什么办法来保护我自己呢？只有一个办法，把我这一生中所做的好事和坏事以及事情的始末和原委，通通都讲出来，让大家来比较和评说。诸位是第一个，而且也可能是唯一能听我讲述我一生事情的人。我把我好坏两方面的事情都讲给你们听，所以也只有你们是唯一有资格担当评判是非的法官的人。

我请光临此地来听我朗读的各位女士们注意：你们既然承担了听我忏悔的工作，就不可能不听到一些与这项工作分不开的丑话，因此，在进行这项十分高尚和严肃的工作时，只好用你们的心去净化你们的耳朵。至于我，我已做好忠实执行计划的准备：不仅要做到始终忠实讲述事实，而且还要克服自己的害羞之心，要为了真理而敢于牺牲自己的面子。

社会各阶层人士对我的态度

国王和大人物是不会把他们心中的看法说出来的；他们对我历来是很宽厚的。

真正高尚的人是爱荣誉的，他们也知道我了解荣誉的价值，因此，他们尊敬我，三缄其口，什么话也不说。

法官们恨我，原因是他们对我的做法错了。

哲学家们被我揭露了，因此想不惜一切代价毁灭我，看来，他们很可能成功。

主教们虽对他们自己的出身和等级感到骄傲，但他们看得起我，也不怕我；他们在尊重我的同时，也尊重了他们自己。

教士们已经卖身投靠哲学家；为了讨好哲学家，他们对我狂吠不已。

才子们感觉到我的确比他们高明，因此对我百般诋毁，以解他们心头之恨。

人民大众乃是我心中的偶像，可是，他们只知道我是一个戴一副乱假发的人，一个被法院下令通缉的人。

女士们被两个对她们抱轻蔑态度的冷面人所蒙蔽，竟出卖我这个最值得她们尊敬的人。

瑞士人给我造成了不少的痛苦，然而，他们反倒永远不原谅我。

那位日内瓦法官已经觉察到他自己错了;他知道我会原谅他对我的伤害,如果他有勇气弥补他对我的伤害,他早晚会弥补的。

人民大众的领袖们站在我的肩上,想把我遮挡得严严实实的,使别人只看见他们而看不见我。

作家们剽窃了我的文章之后,还骂我;坏蛋们尽说我的坏话,流氓们对我喝倒彩。

好心的人们——如果现今还有这样的人的话——也只能悄悄为我的命运叹息。我祝福他们,愿他们将来有一天能教化世人。

伏尔泰已被我搞得睡不好觉,因此,他将模仿这几段文字的写法,兜售他的俏皮话。其实,他对我的粗暴的侮辱,反倒成了对我的恭维,尽管他不愿意。

日内瓦公民
让-雅克·卢梭的遗嘱[①]

以下是我——日内瓦公民让-雅克·卢梭亲笔立下的遗嘱。

我希望我死之时和我在生之日一样贫穷。我的全部遗产,实际上只有几件破旧的衣服和一点儿钱。这一点儿东西,值不得立什么遗嘱,何况这一点儿东西还不是我的。然而,我还是应当按照我的承诺和法律的要求作出安排。如果在我弥留之际说的话中,由于我的无知而有不够周到的地方,我希望人们鉴于我的目的正确而加以原宥。现在,我指定我的女管家黛莱丝·勒瓦赛尔为唯一的继承人和全部遗赠财产的承受人:我把一切属于我的东西和能够以任何一种形式及在任何一个地方转让的东西,甚至连我的书籍、文稿与我的著作给我带来的收益,都像属于我本人这样交给她支配。我深感愧疚的是,我对她二十年[②]的辛劳和她对我的照料与爱恋不能给

① 1767 年 5 月卢梭在离开伍顿时,曾把他写的一本内计三十首歌词的音乐手稿交给达文波尔小姐保存;这份遗嘱是附在这本音乐手稿中的。——译者

② 卢梭与洗衣女工黛莱丝·勒瓦赛尔于 1745 年认识后不久,即开始同居。卢梭立此遗嘱时,他们实际上已同居二十一年多。——译者

予更多的报答。我谨声明：在这二十年中，她从我手中连一分钱的工钱也没有得过。

我所有的亲属，不管他们是几等亲，我都不允许他们染指我的遗产；对我那两个最亲的亲属，即我的姑妈苏珊娜·贡赛茹·卢梭和我的堂弟加布里尔·卢梭，我将给以特别的照顾，每人给五个索尔[①]。我这样做，毫无轻视和嘲笑他们之意，而纯全是按照我居住的这个国家的法律规定办的。

有几位至亲好友，我没有对他们在此表达我心中想表达的敬意，我深感遗憾；再说，我也担心：为了执行我的遗嘱，就需要办一系列的手续，就要花费我能留下的这一点儿钱，并给我的继承人带来许多麻烦，因此，我不能让任何财产的遗赠问题使本遗嘱不能简便执行。

我得的这个怪病，已折磨了我许多年；从种种现象看，它终将结束我的生命。它和其他同一类型的病是那么的不同，我认为，可以打开病灶检查一下到底是什么病。这样作，对公众是有好处的。

这就是我为什么希望我的身体将来交给手术高明的人加以解剖的原因。我在此附上一份叙述我的病情的便笺，以便指导手术的进行。做这项手术所需用的钱，可以从我的遗产中支取，钱数不限，任何人不得扣压或阻挠。我并不把此事作为我遗嘱中必须执行的主要事项；我这段话的意思不是说非要人们这么做不可，而是表明：为了公众的利益，只要做起来

① 索尔，当时的一种小铜辅币。——译者

方便，而且有人自愿来做这项工作，就照我的话办好了。

公元1763年1月29日于莫蒂埃——特拉维尔。

让-雅克·卢梭

二十年前我患了尿滞留症，深为此病所苦。这个病，我从童年时候就有了。起初，我还以为是因尿道里有结石的缘故。摩兰先生是一个医道不高的外科医生，始终未查准我的病因；他的结论，我一直感到怀疑。直到后来科姆修士用一根极细的探条插入尿道，才查明里边没有结石。

我的尿滞留症，病根不在尿道上，和别人的尿滞留症不一样。别人的尿滞症是由结石引起的，因此，尿道时而畅通，时而又一点尿也排不出来。我的病状很平稳：尿道既不畅通，但又不是一点尿也排不出来，只不过排尿总有或多或少的困难，从来不一尿就尿个干净，因此，我很苦恼，老想撒，而又从来没有一次撒个痛快。后来，我注意到尿量愈来愈不均匀，尿水一年比一年细；我觉得，早晚总有一天我一滴尿也撒不出来。

我的尿道有毛病，达朗先生用催脓的探条插入尿道，有时候的确使我的痛苦有所减轻，但长期使用，不仅无效，反而有害，而且，探条的插入每天都很困难，以致所用的探条一天比一天细，只好中间停好长时间之后再用，探条的插入，困难才少一点。

我感觉到，探条的插入不但困难，而且插入的深度愈来愈接近膀胱。所用的探条一年比一年长，到最后再也买不到长度足够的探条，只好自己想办法把它拉长。

多沐浴，多用利尿剂，通常是能够减轻这种病的痛苦的，但对我却不然，反而使我的痛苦有所增加，甚至用放血疗法也未奏效。内科大夫和外科医生对我的病的诊断，一直是含糊其辞，他们笼笼统统的话，只能安慰我，而不能使我明白到底是什么病因。他们没有办法治好我的身体，便想办法医治我的精神。他们的那番苦心，对他们自己和我都无用处；自从我不再找他们诊断以后，我反而活得更安然。

科姆修士说他发现我的前列腺很大又很硬，像一个硬块似的。他的诊断是值得注意的。病因肯定是在前列腺上，或者在膀胱颈上，或者在尿道上，或者，很可能三处都有病。看来，检查一下这三个地方，也许可找到病因。

说我这种病是因为过去得过什么性病引起的，这种看法是错误的。现在我宣布：我过去根本没有得过性病。我曾经对看过我的病的那些大夫讲过，我发现当中有几个人不相信我的话。难怪他们的诊断是错的。

我幸而未得性病，是我的运气，但不能给我带来任何荣誉。不论人们是相信还是不相信我说的话，我都应当在此明确宣布我讲的全是事实，以免人们在我的病上寻找根本就不存在的病因。

享受人生的方法及其他

一

享受人生的方法

我被一种不治之症害得形销骨立，一步一步地慢慢向坟墓走去。我屡屡回过头去，用恋恋不舍的目光看我这一生走过的路程。我不仅不因为我即将到达人生的终点而哀声叹息，反而巴不得重新开始，再过此生。然而，在值得我留恋的这一生中，为什么有悲有喜，如此坎坷？先是寄人篱下，然后是屡犯错误，怀抱的希望全落空；既一贫如洗，又百病缠身；欢乐的时间短，受难的日子长；受到的痛苦是真的，而获得的好处一会儿便烟消云散，成为泡影。不错，生活是美好的，尽管这不幸的一生给我留下了许多遗憾。

不过，我天天都听见幸运的人们说什么……①

二

在恬静的孤独生活中，我仍然快快乐乐地享受我这多灾多难

① 此处原文是省略号。——译者

的余生。四周是没有树木的空地，没有水的沼泽，矮小的槭树、芦苇和凄凉的灌木林。所有这些像死一般的东西，尽管不能对我说话，也不能听我讲话，但看起来却有一种神秘的美，把我引入这寂静的荒僻之地。这神秘的美，它不属于这些没有感知和宛如死去的东西，它不可能存在在它们的身上，它存在在我的心里。我的心要把所知道的事情全告诉它。人与人的复杂关系，使我离开了我最亲爱的人；只有隐居在这荒僻之地，我才能心境宁静，静观自己。

三

各位请看，这里有一个健康逐渐恢复的人。他胃口大开，狼吞虎咽，硬要把桌上的东西全吃进肚子里，而且贪心不已；嘴里吃着这一个，心里还想着另一个。他吃得津津有味，对每一样菜品尝的时间，比人家吃一顿饭的时间还长。他吃的东西比你们少一半，但他享受的乐趣却比你们多一倍。

四

我们不要在这世上寻求什么真快乐了，因为世上根本就没有；也不要在世上寻求我们的心灵所追求的安闲。在这世上寻找我们的心灵需要的东西，是找不到的，因为世上本来就没有。我们有一种暗暗感知福已到头的本能，它的作用就在于让我们知道：我们的幸福原本是一场空。

五

我对我自己说：我曾经享受人生，我现在还在享受它。

六

我相信我看见过纯洁的神灵，这些来自上天的使者按照万物在大自然中的声音安排万物。大智大慧的人们好像都来到了我的周围，想让我看他们使这个有感知的世界活动起来，充满生机。

七

他们很怕死，但又觉得活得很乏味。

他们心里怕死，但又禁不住自己老在口头上抱怨生活没有意义。他们虽绝口不说苦，但从他们对一切使生活美好的事物都感到厌倦的情况看，他们是确有痛苦的。

八

在谈到一件染成红色的象牙饰品时，荷马[①]说：给它着色，反倒把它弄脏了。

① 荷马，古希腊诗人，史诗《伊利亚特》和《奥德赛》的作者。——译者

九

至于我，我的看法却相反。我认为，正是由于我喜欢单独生活，我才是真正合群的，因为，为了对别人不产生恨，就必须站在远处看他们，只有这样，我才不求他们对我有什么偏爱，何况他们的偏爱不是出自真心。

十

我内心的感受，用三段论法是把它理不清楚的；它比理智的推理更具有说服力。

十一

我有许多证据，我能举出明显的事实。

十二

只要他们说得有理，我就认输；只要他们敢说公道话，那我一定会成为赢家。

十　三

他认为：从他出名之日起，便开始倒霉；他命中注定要遭受的一切灾难，都是少数几个人经过长期秘密准备而策划的阴谋造成的；这少数几个人想方设法，陆陆续续把所有的大人物和所有的才子拉进……[①]

十　四

法国人并不恨我；我心中很清楚：法国人恨我的事情是不会发生的。我不会把某几位作家对我的侮辱归罪于法国；法国的公正舆论已谴责此种行为。法国乃讲究礼貌之国，是不会赞成那些人的做法的。真正的法国人是不会用那种笔调写文章的，尤其是针对不幸的人；他们当然是错误地对待了我，但他们是抱着遗憾的心情那么做的。他们对我的凌辱使我遭到的损害，远不如他们为了弥补此事而采取的措施给我增添的光彩多。

十　五

很有可能，他们对我所讲的话已作出反应，但是，他们肯定没有回答我提出的问题。即使他们详细地批驳了我的文章，他们也

① 此处原文是省略号。——译者

无非是说我讲的话没有人相信;至于我的思想,他们是一点也没有驳倒的。如果真有人愿意花一番力气,从我讲得杂乱无章的话中探究我真正的思想,他很可能发现我的思想是有错误的,然而,如果他根据我的对手所讲的话去探究,他肯定是找不到我的错误的,因为我的对手所讲的话,没有一句击中我的要害。

十 六

当我开始从事这项危险的事业,贸然踏上这条道路的时候,我不是不知道这条道路周围都是陷阱。我想用我的笔阐述真理,可是,我预感到……我老远就看到那些令我提心吊胆的灾难。不过,尽管我的胆子大,敢冲敢闯,但我也毫不麻痹,不敢掉以轻心……

十 七

1768 年秋,在决定再次去英国之前,我又把我的书稿和文件重新检查了一遍,准备把其中的大部分都烧掉,以免带在身边成为一个累赘。我的检查工作就是从这部集子[①]开始的。当我粗粗略略地翻看的时候,偶然发现有一处被挖去几段文字的空白。要是在以前,这不会引起我的注意的,但此时此刻,有许多情况使我想到了它的重要性。搞这种手脚的人使我对陷害我的阴谋有了一个初步的认识。于是我决定:不仅不烧掉这部集子,反而要把它好好

① 指一本书信集。——译者

地保存起来。不管此事的内幕如何,而且看起来对我不利,我认为,它早晚会提供足够的线索,使公正的和细心的人了解真相。也就是在这同一个时候,我收到了舒瓦塞尔先生给我的护照,然而,我决定放弃离开法国的计划,决心以我的清白为唯一的武器,一步一步地揭穿那个陷害我的阴谋。我在有几封信的末尾加了几个简短的注释,以便那些能看到这部集子的人能顺藤摸瓜,弄清事实。如果他们热爱正义的话,他们就会按照其中的提示,去做必要的调查,以便有朝一日把清白还给这个最不幸的人,并使那些迫害他的人对他的诬陷得到昭雪。

十　八

我过去认为,现在仍然认为:共和国是唯一值得人们向往的国家。我经常庄严地公开表明:一个有刚毅之心的人必然是行端品正的。我毫不怀疑德莱尔内心的想法是和我一样的,但他却喜欢惹我生气,逼得我只好和他争论,用轻蔑的语调谈论什么庶民的国家。如果这是热爱共和的人的罪过的话,我承认,我的罪过可大了。我笔下是怎么写的,口头就怎么讲,大声地讲,公开地讲,而且我往往控制不住自己,愈讲愈兴奋,我要把话讲完,讲个痛快。无论是谁,只要他来攻击我,我就要回敬他。不过,即使这样,我也不能原谅德莱尔信中冷嘲热讽的语气;他用这种语气的动机何在,只有他能解释。他的寿命将比我活得长,我也希望他活得长,所以请各位去向他打听他给我写这种信的原因是什么。我可以把话说在前头,你们将发现:始作俑者(有人已经告诉我了)乃狄德罗和霍尔巴赫。

十　九

我于1768年9月11日[1]在勃古安娶黛莱丝·勒瓦赛尔为妻，证婚人为勃古安市市长尚帕涅尔先生和炮兵军官罗西耶尔先生。

① 这里，卢梭把日期记错了；他和黛莱丝·勒瓦赛尔举行世俗婚礼的日期是1768年8月30日。——译者

后　　记

一

在法国的传记文学中，卢梭留下了三部永传后世的作品：《忏悔录》、《对话录》和《一个孤独的散步者的梦》；三部著作，三种体裁，三种笔调；如果说《忏悔录》是一部编年史，《对话录》是一部心理分析小说，那么，最后这部《梦》便是一部散文诗。写这部作品时，卢梭已到垂暮之年，已完全放弃了与敌人周旋和与命运斗争的徒劳的努力，一切听天由命，因此心境恬适，十分悠闲，落笔为文宛如信步咏哦，把十篇《散步》写成了十篇优美的散文诗。就性质来说，这十篇文章是文学作品，但就内容来说，它们又是研究卢梭一生行事和思想发展轨迹的不可不读的著作。受这部著作的影响的人甚多，特别是法国19世纪上半叶的浪漫主义文学家，例如写《九泉回忆生前事》的夏多布里昂就是其中之一；他说："我首先要承认，在我的青年时期，……《一个孤独的散步者的梦》与我的思想非常近似；我毫不隐瞒，毫不掩饰我喜欢阅读的这几部作品使我产生的愉快心情。"①

① 夏多布里昂：《九泉回忆生前事》(Chateaubriand：Mémoires d'Outre-Tombe)，巴黎"袖珍丛书"1973年版，第1卷，第479页；在这段话中提到的作品还有《奥西恩》、《维特》和《对大自然的研究》。

二

“文不加点”这个话，说的是一个人的文章不仅写得快，而且写得好。在本书选译的作品中，《致马尔泽尔布总监先生的四封信》，可以用这句话来形容，因为卢梭写这四封信，“没有打草稿，拿起笔就奋笔疾书，写好后甚至连重看一遍都没有看”就发出去了；他说，这也许是他“一生之中唯一信笔写来，立马而就的作品”[①]。

三

《嘲笑者》是卢梭早期的作品，写于1749年；那时候的卢梭还不是写《论不平等》和《社会契约论》时的卢梭，因此行文随意挥洒，放达不诞，在文中叙述了他和狄德罗的办刊计划后，便用幽默的笔调给自己画像，结果发现：“再没有谁比我自己更不像我的了。”看起来好像是嘲弄自己，而实际是在嘲弄别人。类似这种用布瓦洛讽刺诗的笔调写的作品，在卢梭的著作中并不多，在研究尚未与《百科全书》派的朋友分道扬镳的卢梭时，这篇文章值得一读。

这篇文章和另一篇《随感》，由张文英同志翻译。

① 卢梭：《忏悔录》，第11卷，巴黎“袖珍丛书”1972年版，下册，第353页。

四

《我的画像》及其后的6篇短文，是译者1993年旅居巴黎和在尼斯的好友勒内·玛蒂尼约尔(René Martignelles)先生家做客时译的；此次重读这几篇译文，对这位友人是年在解析文中难点方面给予的帮助，谨志一言，表示感谢。

李平沤

2006年3月于北京惠新里

图书在版编目(CIP)数据

一个孤独的散步者的梦/(法)卢梭著;李平沤译.—北京:商务印书馆,2017
(汉译世界学术名著丛书:120年纪念版:珍藏本)
ISBN 978-7-100-14524-4

Ⅰ.①一… Ⅱ.①卢… ②李… Ⅲ.①散文集—法国—近代 Ⅳ.①I565.64

中国版本图书馆CIP数据核字(2017)第152336号

汉译世界学术名著丛书
(120年纪念版·珍藏本)
一个孤独的散步者的梦
〔法〕卢梭 著
李平沤 译

商 务 印 书 馆 出 版
(北京王府井大街36号 邮政编码100710)
商 务 印 书 馆 发 行
北京市十月印刷有限公司印刷
ISBN 978-7-100-14524-4

2017年12月第1版　　开本710×1000 1/16
2017年12月北京第1次印刷　　印张17¾
定价:95.00元